Griechisches Gift Reihe: 21

Die Deutsche Nationalbibliothek – CIP-Einheitsaufnahme.
Die Deutsche Nationalbibliothek verzeichnet dieses Buch in der Deutschen Nationalbibliografie; detaillierte bibliografische Daten sind im Internet über http://dnb.d-nb.de abrufbar.

Erste Auflage 2015

www.groessenwahn-verlag.de

ISBN: 978-3-95771-035-2
eISBN: 978-3-95771-036-9

Peter Pachel

Griechisches Gift

Kommissarin Katharina Waldmann
ermittelt auf Paros

IMPRESSUM

Griechisches Gift

Reihe: **21**

Autor
Peter Pachel

Seitengestaltung
Größenwahn Verlag Frankfurt am Main

Schriften
Constantia und *Lucida Calligraphy*

Covergestaltung
Marti O´Sigma

Coverbild
Peter Pachel

Lektorat
Edit Engelmann

Druck und Bindung
Print Group Sp. z. o. o. Szczecin (Stettin)

Größenwahn Verlag Frankfurt am Main
März 2015

ISBN: 978-3-95771-035-2
eISBN: 978-3-95771-036-9

INHALTSGIFTE

Für alle Langzeit-Griechenland-Begeisterten
und alle, die es werden wollen.

»Er aber ging umher, und als er merkte, dass ihm die Schenkel schwer wurden, legte er sich gerade hin auf den Rücken: denn so hatte es ihn der Mensch geheißen. Darauf berührte ihn eben dieser, der ihm das Gift gegeben hatte, von Zeit zu Zeit und untersuchte seine Füße und Schenkel. Dann drückte er ihm den Fuß stark und fragte, ob er es fühle; er sagte: ›Nein‹. Und darauf die Knie, und so ging er immer höher hinauf und zeigte uns, wie er erkaltete und erstarrte. Darauf berührte er ihn noch einmal und sagte, wenn ihm das bis ans Herz käme, dann würde er hin sein.«
Platon: Phaidon (übersetzt von Friedrich Schleiermacher)

AIGIÁLI, AMORGÓS
APRIL 2010

HEIMAT

Jannis Pantoúlis sog kräftig die frische Morgenluft ein und machte sich auf den Weg ins Dorf für ein paar Besorgungen. Es war noch früh und angenehm kühl, als er die vielen Stufen zu dem kleinen Pfad hinauf stieg, der weit oberhalb seines Grundstücks entlang führte. Wieder einmal konnten seine Augen sich kaum satt sehen an der Schönheit seines Heimatortes, auf die er so lange hatte verzichten müssen.

Jedes Mal erlebte er diese Gefühle in den ersten Tagen so intensiv, wenn er nach fast sechs Monaten harter Arbeit in New York zurück in seine alte Heimat kam, in der er nun bis Oktober bleiben würde. Diesen Rhythmus pflegte er seit fast dreißig Jahren, und langsam musste er eine Entscheidung treffen, wie und wo er seinen letzten Lebensabschnitt verbringen wollte. Nachdem seine Frau verstorben war, hielt ihn nicht mehr viel in der amerikanischen Metropole, die ihm, selbst nach so langer Zeit, nie wirklich ein Gefühl von Heimat vermittelt hatte. Mit dieser fälligen Entscheidung haderte er schon länger, zumal es ihm in all den Jahren nicht gelungen war, seinen Sohn für das geliebte Amorgós zu begeistern. Er allein konnte das großzügige Stück Land nicht mehr bewirtschaften, aber jetzt hatte man ihm ein sehr interessantes Angebot gemacht.

Der kleine Weg oberhalb seines Hauses war unwegsam und führte zunächst ein Stück an der Steilküste entlang, bis er später in einen breiten Kieselstrand nahe dem Ortseingang von Aigiáli mündete. Hier kannte er beinahe jeden; am Abend ging er regelmäßig in die gesellige Taverne, nicht nur zum Essen, sondern insbesondere, um am gesellschaftlichen Leben des Dorfes teilzunehmen.

So war es auch an jenem Abend des 10. April, als er nach einem arbeitsreichen Tag auf seinen Feldern hungrig das urige Restaurant betrat. Es war brechend voll, und er hatte Glück, noch einen kleinen Tisch nahe am Ausgang zu ergattern, stets beobachtet von einer Person, die ihn voller Ungeduld erwartet hatte.

Von dem mit Heißhunger bestellten Mahl sollte Jannis Pantoúlis jedoch an diesem Abend nichts mehr genießen können, denn eine gute Stunde später wurde nur noch sein Tod festgestellt.

PARAOS, APRIL 2012
GRIECHISCHES GIFT

KATHARINA WALDMANN
AMBELÁS, PAROS

Katharina Waldmann hatte sich ihren alten Schaukelstuhl auf die Terrasse geholt und war voller Zuversicht, ihn endlich dort stehen lassen zu können. Ein altes Erbstück, an dem ihr Herz hing – eines der wenigen Möbel, die sie von Athen mitgenommen hatte. Bislang hatte sie ihn immer wieder zurück ins Haus tragen müssen, denn der in den Wintermonaten fallende Regen und der kalte Nordwind bekamen dem alten Stück nicht gut. So langsam setzte sich aber die Sonne durch, und wenn es windstill war, konnte man sogar ohne Jacke draußen die Wärme genießen.

Es war Anfang April. Noch kämpfte die Sonne um ihre Vormachtstellung nach einem ungewöhnlich langen Winter in Katharinas neuer Heimat. Ein schönes Gefühl, dem Ende des unwirtlichen Wetters auf Paros entgegensehen zu können. Ab jetzt ging es mit großen Schritten auf den Sommer zu, und Katharina freute sich auf das bevorstehende Osterwochenende. Das ganze Dorf engagierte sich bereits lustvoll in den Traditionen der ›Megali Evdomada‹, der Großen und Heiligen Karwoche vor Ostern.

Katharina war das ganze Spektakel fast zu viel, da kam sie ganz nach ihrem deutschen Vater, was ihre griechische Mutter bis heute nicht verstand. Sie war ein Kind zweier Kulturen, das spürte sie in vielen Lebenslagen und hatte dies oft als äußerst positiv empfunden. So war es zum großen Teil ihren deutschen Wurzeln und den typisch deutschen Eigenschaften ›Fleiß und Disziplin‹ zu verdanken, dass sie es beruflich so weit geschafft und man ihr vor einigen Jahren die Leitung der Mordkommission in Athen übertragen hatte. Jedoch, bei der Pflege griechischer Traditionen sah sie die Dinge wesentlich entspannter.

Katharina nahm es auch mit der vierzigtägigen Fastenperiode vor Ostern, der ›Nistía‹, nicht so genau und gönnte sich durchaus hin und wieder ein Stück Fleisch, was eigentlich während der Zeit zwischen Karneval und Ostern nicht gegessen werden sollte, besonders in der Karwoche, wo zusätzlich das Öl auf der Tabuliste steht. Gemäß der Regel ›nur was aus der Erde wächst‹ stehen Gemüse, Obst und Reis auf dem Speiseplan. Demnach könnte die griechische Fastenzeit als ›fast‹ vegan bezeichnet werden, wäre da nicht eine weitere Maßgabe, die erlaubt, Lebensmittel zu essen, die kein Blut enthalten – somit kommen zur Fastenzeit auch Meeresfrüchte und Schnecken zum Einsatz.

Zum großen Fest hatten sich Katharinas Eltern angekündigt, ganz gespannt darauf, wo und wie ihre Tochter jetzt lebte. Mit ihnen gemeinsam und ein paar Freunden würde sie am Samstag die Ostermesse in Náoussa besuchen. Katharina war während des übrigen Jahres eher selten in einer Kirche anzutreffen, aber zu Ostern stand die Mitternachtsmesse mit ihrer Familie immer auf dem Programm. Sie war sich sicher, dass es ihren alten Herrschaften auf Paros gut gefallen würde: Das gesamte Dorf, hatte Katharina erfahren, traf sich auf dem großen Kirchplatz vor der Panagía-Kirche, die mit ihren zwei weißen Glockentürmen weit sichtbar auf einem Hügel über der Stadt thronte. Nachdem das Licht entfacht und zwischen den Anwesenden weitergereicht war, würde jeder mit seiner Kerze nach Hause gehen und das schwarze Kreuzzeichen über der Haustür aus den Vorjahren mit der brennenden Kerze überzeichnen, um sich anschließend mit Freunden und Familie zum Fastenbrechen zu versammeln. Dieses Jahr würde ihre Mutter die traditionelle Ostersuppe – Majirítsa – zubereiten. Schon dreimal hatte sie angerufen, ob auch wirklich alle Zutaten vorrätig seien. Die normalerweise im engsten Familienkreis stattfindende Feier am Ostersonntag würde bei Katharina in diesem Jahr etwas größer ausfallen, denn sie hatte kurzentschlossen viele Freunde an diesem Tag eingeladen, um in erweiterter Runde endlich ihre neue Bleibe einzuweihen.

Die lange kalte Jahreszeit war eine neue Erfahrung für die Kommissarin gewesen; so entbehrungsreich hatte sie sich die Wintermonate ganz und gar nicht vorgestellt. Ambelás hieß der verschlafene Fischerort im Norden der Insel, wo sie jetzt lebte. Das kleine Nest wurde von Touristen oft als ›World‘s End‹ beschrieben, weil die einzige Hauptstraße des Dorfes auf einem runden Platz am Meer einfach endete. Von diesem Platz aus hatte man einen wunderbaren Blick über das funkelnde Meer auf die Nachbarinsel Naxos, die so nah erschien, als ob man hinschwimmen könnte. Von Anfang an hatte dieser Ausblick Katharina fasziniert, obwohl ihr bewusst war, dass es in der dunklen Jahreszeit verdammt einsam werden konnte.

So war sie sich auch im ersten Winter etwas verlassen vorgekommen, aber bis nach Náoussa, dem lebendigen Touristenort, waren es ja nur ein paar Autominuten. Leider war ab November auch dort nicht mehr viel los; an diese Ruhe hatte sie sich gewöhnen müssen. Zum Glück gab es in ihrem neuen Haus viel zu tun. So hatte sie die rauen Winterabende durch Handwerksarbeiten vertreiben können.

Erst im September letzten Jahres war Katharina von Athen nach Paros gezogen, nachdem endlich für sie ein geeigneter Nachfolger in der Athener Mordkommission gefunden wurde; das war die Bedingung für ihren Wechsel gewesen. Lange hatte sie diesem Zeitpunkt entgegen gefiebert.

Der Abschied war ihr nicht schwer gefallen. Sie hatte der Großstadt den Rücken kehren wollen, diesem urbanen Moloch, wo die Krise im Alltagsleben zunehmend ihr brutales Gesicht offenbarte. Ganze Bezirke verwahrlosten. Es tat ihr in der Seele weh, ihre Stadt in einem so traurigen Zustand zu erleben. Immer mehr Bürger, die ihren Job verloren hatten oder denen die Rente drastisch gekürzt worden war, lebten auf der Straße; die pure Verzweiflung sprach aus ihren Augen. Gewaltdelikte hatten enorm zugenommen, und das Dezernat hatte alle Hände voll zu tun, die ansteigende Kriminalität in den Griff zu bekommen.

Auch auf Paros zeigten sich die Auswirkungen. Hier waren die Umsätze in der letzten Saison dramatisch eingebrochen, viele griechische Urlauber waren ausgeblieben. Die konnten sich einen Urlaub auf einer ihrer eigenen Inseln nicht mehr leisten, und deren Geld fehlte nun vielen Hotel- und Pensionsbesitzern ebenso wie dem örtlichen Handel.

Nachdem Ende Oktober die letzten Touristen Paros verlassen hatten, gab es kein anderes Thema mehr als die wirtschaftlichen Probleme, und Katharina war froh, einen krisensicheren Job bei der Polizei in Paríkia zu haben. Den Arbeitsplatz hatte sie ihrem langjährigen Freund Ádonis zu verdanken, der sie nach ihrem Diensteinsatz im Mai des vergangenen Jahres als seine Nachfolgerin vorgeschlagen hatte. Jetzt war sie die Leiterin der hiesigen Polizeibehörde auf Paros und konnte es endlich etwas gemächlicher angehen lassen. In den ersten Monaten hatte sie sich regelrecht zur Ruhe zwingen müssen; zu lange war sie der ständigen Hektik des Athener Kommissariats ausgesetzt gewesen. Als sich im Spätherbst der Inselalltag mehr und mehr beruhigte, spürte Katharina, dass sie langsam angekommen war. Ádonis hatte sich während der ersten zwei Monate fast täglich auf der Polizeistation blicken lassen, um sie in ihrer neuen Aufgabe zu unterstützen. Mittlerweile erfreute sich der Ex-Polizist seines wohlverdienten Ruhestandes. Vom Kollegenkreis in Paros war die neue Kommissarin mit viel Respekt aufgenommen worden; den hatte sie sich im letzten Jahr durch die schnelle Aufklärung des spektakulären Mordfalls Jannis Kostatídis erworben.

Jetzt saß sie gedankenversunken in ihrem alten Schaukelstuhl und genoss die wohligen Sonnenstrahlen, während ihr Blick stolz zu der offenen Küche schweifte. In diese hatte sie die meiste Zeit investiert; für Katharina war es der wichtigste Raum im ganzen Heim. Nicht, dass die Küche der Vorbesitzerin zu alt gewesen wäre. Sie hatte ihr einfach nicht gefallen, und so hatte sie sich eben eine neue gebaut, ganz nach ihren Wünschen und Vorstellungen.

Hätte sie zur Miete gewohnt, wäre eine solche Investition niemals in Frage gekommen. Aber die damalige Hauseigentümerin Stella Koutzári hatte ihr einen so günstigen Kaufpreis angeboten, den Katharina einfach nicht ausschlagen konnte. Und – wie ein Glücksfall war ihr die Empfehlung Ádonis' in den Schoß gefallen, den österreichischen Schreiner Dawid mit dem Neubau der Küche zu beauftragen. Der hatte sich als veritable menschliche Ideenschmiede entpuppt. Gemeinsam mit dem kreativen Handwerker hatte sie über den Winter eine neue Wirkungsstätte geschaffen, in der sie nun kulinarische Orgien veranstalten konnte. Endlich kochen können für viele Gäste, mit Gemüse und Kräutern aus dem eigenen Garten – wie oft hatte sie sich das gewünscht, als sie noch in dem beengten Athen wohnte.

Inspiriert durch einige Fachmagazine war ein Raum entstanden, in dem sie für ihr Leben gern verweilte. Mit fast zwanzig Quadratmetern bot die Küche genug Raum für eine großflächige Kochinsel, in die sie einen Gas- und einen Elektroherd hatte einbauen lassen; und es reichte noch für einen Tisch zum Essen in kleiner Runde. Für größere Einladungen hatte sie ihren alten Eichentisch im Wohnzimmer, an dem locker zwölf Gäste Platz hatten. Das Riesenmöbel hatte in ihrer Athener Bleibe fast die ganze Wohnung eingenommen.

Fast fünf Monate hatten die Umbauarbeiten gedauert. Dawid musste mehrmals in die griechische Hauptstadt reisen, um Material zu beschaffen. Insbesondere die von Katharina ausgewählten Farbtöne hatten einiger Recherchen bedurft. Jetzt strahlte der ganze Raum in Beige und Lindgrün, was der Küche eine harmonische Wärme verlieh. Billig war das alles nicht gerade gewesen, aber es hatte sich gelohnt; schließlich würde es für die nächsten Jahre ihr Zuhause sein.

Nach Fertigstellung ihres Kochtempels hatte sie plötzlich eine aufkommende Wehmut verspürt. Anfangs wusste sie diese Gefühlswallung nicht zu deuten, doch dann wurde ihr klar: Es waren die gemeinsamen Tage mit Dawid, die ihr fehlten. Katharina erschrak etwas über diesen Anflug ungewohnter Sehnsüchte; widerstrebend musste sie sich eingestehen, dass der kräftig gebaute Schreiner ihr ans Herz gewachsen war. Obwohl sie sich meistens nur kurz am Tag gesehen hatten, gefielen der Kommissarin seine ruhige Art und sein handwerkliches Können. Morgens, bevor sie zu ihrer Dienststelle gefahren war, hatten sie die Arbeiten für den Tag besprochen, und wenn es zwischendurch etwas zu klären gab, hatten sie telefoniert. Schon nach kurzer Zeit war eine Vertrautheit mit Dawid entstanden, die sie selten erlebt hatte. Das muss wohl an der neuen Umgebung liegen, dachte sie sich, denn im hektischen Athen wäre ihr so etwas nicht ohne weiteres passiert.

Wenn sie so darüber nachdachte, empfand sie es als äußerst angenehm, endlich einmal für einen Mann mehr zu empfinden als nur das Bedürfnis nach einem One-Night-Stand, ein Vergnügen, das Katharina sich nach ihrer Scheidung ab und zu gegönnt hatte. Doch nie hatte sie mehr daraus werden lassen. Irgendwie schienen die meisten Männer ihr nicht gewachsen zu sein, denn sie strahlte ein respekteinflößendes Selbstbewusstsein aus, das sie aus ihrer Funktion als Kommissarin ins Privatleben einbrachte. Damit konnten Liebhaber nur selten umgehen. Außerdem hatte sie nach nächtlichen Herrenbesuchen immer furchtbaren Ärger mit ihrem Kater Karl, der ihr die fremden Eindringlinge ausgesprochen übel nahm. Tagelang streunte er wie eine beleidigte Diva durch die Wohnung und würdigte sie keines Blickes. Auf Paros musste Karl kleinere Brötchen backen, denn auf der Insel sah sich der verzogene Stadtkater plötzlich mit Horden von streunenden Katzen konfrontiert, denen nichts geschenkt wurde. Schon mehrfach hatte er reichlich auf die Nase bekommen, wenn er blasiert sein neues Terrain erkundete.

Mit Dawid, dachte Katharina, war alles anders. Mit ihm konnte sie sich erstmals wieder eine Beziehung vorstellen. Es war schon passiert, dass sie ihn ohne triftigen Grund einfach angerufen hatte, wenn er sich an einem Tag nicht meldete, nur um seine sanfte Stimme zu hören, die so gar nicht zu dem kernigen Kerl passte. Für ihn war ihr Beruf nichts Besonderes, er schien ihn überhaupt nicht zu beeindrucken. Irgendwann hatte er eher beiläufig danach gefragt, aber keine große Geschichte daraus gemacht. Das hatte ihr imponiert. Ja, mit Dawid, da ginge was, schmunzelte sie in sich hinein und dachte an die erfreuliche Entwicklung der letzten Wochen. Er war vor neun Jahren mit seiner Frau nach Paros gekommen, doch diese hatte sich schnell in einen Hotelier verliebt und ihn verlassen. Seitdem lebte Dawid alleine und bot seine Schreinerarbeiten an. Und jetzt, sann sie, war er fertig mit der Küche, und nun? Dawid war zwar nicht aus der Welt, dazu war Paros einfach zu klein, aber seine Abwesenheit riss ein großes Loch in ihre Gemütswelt. Zu ihrer Einweihungsparty am Ostersonntag hatte sie ihn jedenfalls eingeladen, und seine spontane Zusage deutete sie als gutes Omen für ihre aufkeimende Beziehung. Danach würde ihr schon etwas einfallen; schließlich gab es noch genug andere Räume in der neuen Bleibe, die dringend einer Umgestaltung bedurften ...

MARLENE WINTER
STUTTGART

Marlene Winter hatte sich den Samstagnachmittag extra frei gehalten, um die aktuellen Immobilienangebote zu durchforsten. Das tat sie schon seit drei Monaten, und jedes Mal, wenn sie den Umschlag in ihrem Briefkasten vorfand, wurde sie ganz zappelig. Sie machte es sich in ihrem schicken Appartement gemütlich und goss sich einen Cognac ein. Gespannt saß sie auf ihrem braunen Designersofa, zu ihrer Rechten die teure Kaschmirdecke für kalte Tage. Wieder war sie voller Hoffnung, diesmal könnte etwas Passendes dabeisein. Eigentlich hatte sie ein klares Profil ihrer Vorstellungen erstellt, aber bisher war nicht zu erkennen, dass auf ihre Wünsche eingegangen würde. Vielleicht sollte sie mit der Maklerfirma ein ernstes Wort reden, damit etwas Schwung in die Angelegenheit kam. Oder war sie nur zu ungeduldig?, überlegte sie einen Moment, wohlwissend, dass Gelassenheit nicht zu ihren Stärken zählte. Sie war eine Frau der Tat, und wenn sie sich etwas in den Kopf gesetzt hatte, brannte sie darauf, es schnellstmöglich umzusetzen. Dann gab es kein Pardon, und alle Beteiligten hatten sich zu sputen, ansonsten konnte Marlene recht ungemütlich werden. Ihr Auftreten war stets freundlich und souverän; sie hasste jede Form von Schwäche. Mit ihren einundfünfzig Jahren war sie eine attraktive Frau mit starker Ausstrahlung. Das meist stramm zurückgekämmte dunkle Haar und die ausgewählt elegante Kleidung machten sie zu einer stolzen Erscheinung.

Voller Erwartung riss sie den weißen DIN-A-4-Umschlag auf und sah, dass einige Objekte mit einem Textmarker angestrichen waren. Ihr Agent hatte ihr die interessantesten Objekte vorsortiert und kurz kommentiert, sodass sie nicht alle Offerten einzeln durchgehen musste; für sie eine Selbstverständlichkeit, schließlich bekam er als ihr Dienstleister eine großzügige Provision, falls es zu einem Abschluss kommen sollte.

Ein Objekt mit freiem Blick aufs Meer suchte sie, am liebsten in Aigiáli, dem beschaulichen Hafendorf im Norden von Amorgós, der größeren Kykladen-Insel, die mit Naxos und Ios quasi ein Dreieck im Mittelmeer südöstlich von Paros bildet. Das Grundstück sollte groß genug sein für einen Gemüsegarten sowie einen Tanzplatz mit überdachtem Pavillon; so hatte sie es dem Makler beschrieben. Die in Frage kommende Preiskategorie hatte sie trotz mehrfacher Nachfrage bewusst offen gelassen; dazu kannte sie diese Halunken von Immobilienmaklern zu gut, um denen ihre Budgetverhältnisse preiszugeben.

Während der letzten zehn Jahre hatte Marlene ihren Sommerurlaub auf dieser Insel verbracht; nun, nach Abschluss ihrer Zusatzausbildung zur Tanztherapeutin, wollte sie im Frühjahr und Spätherbst Kurse auf Amorgós anbieten. Das nötige Geld hatte sie in trockenen Tüchern, nachdem ihr Ex-Mann sie endlich ausgezahlt hatte. Sie hatte lange gebraucht, ihn zum Verkauf des ehemals gemeinsamen Hauses zu bewegen. Doch auch an dieser Angelegenheit hatte sie beharrlich gearbeitet und letztlich ihren Gatten davon überzeugt, das Anwesen zu veräußern. Er hätte es lieber zunächst vermietet in der Hoffnung, sie würde irgendwann zu ihm zurückkehren. Noch immer liebte er sie und hatte an der Trennung heftig zu knabbern. Für Marlene dagegen war alles längst beendet, und sie hatte sich genau überlegt, wie für sie das Beste herauszuholen wäre. Der Verkauf des Bungalows hatte zu diesem Plan gehört; ohne ihn wäre die Idee mit einem künftigen Besitz auf Amorgós nicht zu realisieren gewesen. Der stattliche Geldbetrag hatte für ein schickes Appartement im Stuttgarter Westen gereicht, und es war noch genug übrig geblieben, um sich ihren lang gehegten Wunsch zu erfüllen. In dem gut situierten Stadtteil betrieb die ausgebildete Ärztin seit vielen Jahren eine Praxis. Ihr treuer Patientenstamm verhalf ihr zu einem üppigen Einkommen. Wenn sie aber, wie geplant, mehr Zeit in Griechenland verbringen wollte, würde sie ihre Arbeitszeit in Stuttgart herunterfahren müssen, was sich wiederum in ihrem Geldbeutel bemerkbar machen würde.

Sie hatte an alles gedacht, alle Eventualitäten durchgespielt, um vor bösen Überraschungen gefeit zu sein. Minutiös hatte sie ihr Projekt auf Amorgós in Angriff genommen, hatte sogar schon Kontakt zu einem

Webdesigner, der ihr eine Homepage für ihre neue Tätigkeit gestalten sollte. Jetzt fehlte nur noch das kleine Haus mit Tanzplatz nebst Pavillon, und es konnte losgehen. Sie solle nicht zu lange warten, hatte ihr Frank Felten von der Dreamroom GmbH mehrfach geraten. Billiger würde sie nie mehr an ein Häuschen auf einer griechischen Insel kommen, behauptete er. Bei aller Tragik, die der wirtschaftliche Einbruch in Griechenland ausgelöst hatte, kam Marlene Winter diese Krise recht gelegen. Die Preise für Ferienhäuser und Wohnungen waren seit Monaten im freien Fall. Viele Griechen, die sich ihr Feriendomizil auf einer der vielen Inseln gekauft oder auf eigenem Land gebaut hatten, mussten jetzt verkaufen, um wieder an flüssiges Kapital zu kommen.

Der Makler hat gut reden, er soll mir lieber endlich etwas Geeignetes anbieten, dachte sie und nahm einen großen Schluck aus dem angewärmten Cognacschwenker.

Die Fachärztin für Psychiatrie bereiste seit vielen Jahren die Kykladen und hatte schon lange mit dem Gedanken an eine Bleibe auf einer ihrer Lieblingsinseln gespielt. Aber ganz ohne Sicherheit wollte sie diesen Schritt nicht wagen; so war ihr die Idee mit der Tanztherapie gekommen. Zusammen mit ihrer Tätigkeit als Ärztin war es eine ideale Kombination.

Lange war sie auf Paros fixiert gewesen, ihrer Lieblingsinsel; erst in den letzten Jahren hatte sie sich mit Amorgós angefreundet. Neben dem starken Preisgefälle spielte zudem eine Rolle, dass es auf Paros bereits zu viele solcher Einrichtungen gab und sie auf Amorgós eine der ersten sein würde. Außerdem bekam man dort zwei Häuser für den Preis einer Immobilie auf Paros. Daran hatte sich auch in der Krise nichts geändert, und die Preise auf Paros sprengten ganz einfach ihr Budget.

Vor zehn Jahren hätte sie selbst nicht geglaubt, jemals einer anderen Insel als Paros den Vorzug zu geben. Doch animiert von der jährlich zusammentreffenden Touristenfamilie auf Paros war sie auf Amorgós neugierig geworden. Einige Mitglieder dieser eingeschworenen Urlaubertruppe waren regelmäßig zu Ausflügen auf die Nachbarinseln aufgebrochen; Amorgós schien für alle ein Highlight gewesen zu sein. Marlene erinnerte sich noch genau, wie sie in ihrem Lieblingstreffpunkt ›Aliportas‹ gesessen hatten – dem zentral gelegenen Café in Náoussa, von ihren Freunden gemeinhin ›das Familiennest‹ genannt -, und Seelchen, die Älteste in der Runde, ihr mit ihrer ständigen Schwärmerei über Amorgós auf die Nerven gegangen war. Schon eine ganze Weile hatte die Schweizerin ihre Freunde zu einem Abstecher dorthin zu bewegen versucht, mit einem Packen Bilder in der Hand war sie von Tisch zu Tisch gelaufen. »Ihr müsst da unbedingt mal hin. Diese Ruhe und diese karge, zerklüftete Landschaft. Ihr könnt dort stundenlang wandern, ohne einer Menschenseele zu begegnen«, hatte sie geseufzt und ein paar Fotos auf den Tisch gelegt. »Hier, schaut euch das an, ein Kloster mitten in den Fels gebaut, so etwas Schönes habe ich noch nirgendwo gesehen. Das muss man erlebt haben«, hatte sie sich begeistert und dabei ihrem Gatten Paul zugewinkt, der ihre Werbeversuche beobachtete. »Ihr könnt doch nicht die ganze Zeit nur am Strand liegen.«

Das Kloster Chozowiótissa war tatsächlich faszinierend anzusehen; als weißer Klecks auf dem braunen Felsen, dreihundert Meter über dem Meer, wirkte es wie ein Fremdkörper in der kahlen Steinwand. Es war dieses Foto und der aus Seelchens Augen sprühende Feuereifer, die Marlene damals zu einem Abstecher nach Amorgós bewegt hatten. Danach war sie immer wieder dorthin gefahren, hatte Gefallen an der Ruhe und der Unberührtheit dieses spartanischen Eilandes gefunden.

Genau betrachtet, war ihre Sturm- und Drang-Phase sowieso vorbei. Mit ihrem neuen Projekt wollte sie es etwas seriöser und in einer ruhigeren Umgebung angehen lassen. Waren das noch Zeiten gewesen, als sie mit ihrer besten Freundin Lisa viele aufregende Sommer in Náoussa verbracht und für Gesprächsstoff in dem kleinen Küstenort gesorgt hatte! Ein jedes Ding hat seine Zeit, dachte sie, und jetzt ist es Zeit für Amorgós. Euphorisiert von dem Gedanken blätterte sie akribisch die markierten Objekte ihres Maklers durch und hätte dabei fast den handgeschriebenen Zettel von Frank Felten übersehen.

BRACHLAND AUF DEN KYKLADEN

Das abgelegene, seit Jahren unbenutzte Steinhaus, das eher einem Schuppen ähnelte, war bestens geeignet, um ungestört einem traditionellen Handwerk nachgehen zu können; einem Handwerk, das bei vielen Griechen längst in Vergessenheit geraten war. In diese Einsamkeit verirrten sich keine neugierigen Besucher, bis auf ein paar Ziegen, die gelegentlich um das verfallene Gebäude streunten. Das Haus gehörte schon lange zum Besitz der Familie; ganz früher waren hier Schweine gehalten worden, aber dafür schien sich seit Jahren keiner mehr zu interessieren.

Fast drei Monate hatten die Umbauarbeiten gedauert, bis die kleine Werkstatt soweit hergerichtet war, dass alles bereit war für die Arbeit an dem großen Projekt. Ein Projekt, über das man noch lange reden sollte. Äußerlich waren dem Schuppen diese Veränderungen nicht anzusehen, aber das war Absicht, denn nur so war die nötige Verschwiegenheit garantiert.

STÉFANOS KOURÁKIS
NÁOUSSA, PAROS

Stéfanos wurde wach, weil ihn fröstelte. Wieder einmal war er in einem seiner Weinkeller eingeschlafen, nachdem er sich den Kopf darüber zermartert hatte, wie er an zusätzliche Anbauflächen kommen könnte. Die Anfragen, die er mittlerweile aus der ganzen Welt erhielt, konnte er längst nicht mehr alle bedienen; dadurch ging ihm einiges an Umsatz durch die Lappen. In Anbetracht der desolaten Wirtschaftslage im gesamten Land war das eigentlich eine für ihn positive Entwicklung, wenn er nur genügend Land zur Verfügung hätte zum Anbau seiner Weine.

Auf Paros hatte er alle Kapazitäten ausgeschöpft, ihm blieb nichts anderes übrig, als auf die Nachbarinseln auszuweichen. Erstmals hatte er vor einigen Jahren auf Amorgós mit dem Anbau begonnen, nachdem er sich nach geeigneten Gegenden auf den Kykladen umgesehen hatte. Die besten Lagen befanden sich auf Höhen zwischen 250 und 400 Metern, am fruchtbarsten waren Schiefer- und Tonmergelböden, um die geläufigen Rebsorten für den Weißwein Monemvasía und den Rotwein Mandilaría zu kultivieren. Zwar hatte er begonnen, auch internationale Rebsorten wie Sauvignon Blanc und Cabernet Sauvignon zu züchten, allerdings nur in geringem Volumen. Mit den beiden Klassikern verdiente er sein Geld, in diese Rebsorten hatte sein Unternehmen in den letzten Jahren viel Arbeit gesteckt. Jetzt endlich begann er, die Ernte seiner Mühen einzufahren. Ein paar seiner Weine hatten es sogar in die höchste griechische Qualitätsstufe OPAP geschafft, worauf er mächtig stolz war.

Das mit Liebe geführte Weingut Maróssi am Ortsrand von Náoussa befand sich seit Jahrzehnten im Besitz seiner Familie; den echten Durchbruch hatte Stéfanos erst mit der Ausrichtung auf ökologischen Weinbau geschafft, den er insbesondere auf Amorgós betrieb. So pendelte er regelmäßig zwischen Paros und den gepachteten Parzellen außerhalb von Aigiáli, um dort nach dem Rechten zu sehen und seinen Pächter Ilías

Galánis zu treffen, einen wortkargen Zeitgenossen, dessen Familie von Amorgós stammte und die ihren Unterhalt seit Generationen mit dem Anbau von Gemüse und Oliven verdiente. Das sollte nach den Vorstellungen von Ilías auch weiterhin so bleiben.

Schon mehrfach hatte Stéfanos versucht, an weitere Grundstücke in dieser Gegend zu gelangen, bisher ohne Erfolg. Dabei hatte er ein ganz besonderes Stück Land im Auge gehabt, das einem Nachbarn von Ilías gehört hatte. Jener Nachbar war vor knapp zwei Jahren auf sonderbare Weise verstorben. Vor dessen Tod hatte Stéfanos ihn mehrmals persönlich kontaktiert und ihm Angebote in seine Wahlheimat Amerika geschickt, doch leider nie eine Antwort erhalten. Stéfanos war am Todestag des Mannes selbst auf Amorgós gewesen und hatte den Vorfall miterlebt. ›Plötzlicher Herztod‹ hatte ein aus dem zwanzig Kilometer entfernten Hauptort der Insel Katápola herbeigeholter Arzt lakonisch festgestellt, nachdem er fast eine Stunde bis zum Eintreffen in Aigiáli gebraucht hatte. Einfach so zusammengebrochen war der gute Mann, als er in einer vielbesuchten Taverne gesessen hatte. Einige der anwesenden Gäste hatten berichtet, dass er wie gelähmt auf seinem Stuhl gehockt und kurz vor seinem Ableben jäh nach Luft geschnappt habe. Jetzt lag er auf dem kleinen Friedhof oberhalb des Hafenstädtchens. Seine letzte Ruhestätte verwahrloste.

Jannis Pantoúlis war sein Name gewesen. Man erzählte, dass er in New York mehrere griechische Restaurants betrieben hatte. Nur im Sommer war er in seine alte Heimat zurückgekehrt und hatte mit Leib und Seele seine Felder bewirtschaftet. Diese lagen seit dem Todesfall brach, nur gelegentlich kümmerte sich Ilías um das Nötigste. Jannis' Bruder und seinen Sohn Brian hatte man seit der Beerdigung nie wieder auf Amorgós gesehen, sie schienen sich weder für die Grabstätte ihres Angehörigen noch für das schroffe Stück Land zu interessieren.

Das tat Stéfanos Kourákis dafür umso mehr, doch alle seine Bemühungen, mit den Erben ins Gespräch zu kommen, waren bisher im Sande verlaufen; sehr zu seinem Ärger - aber heute würde er keine Lösung mehr finden. Es war spät und er beschloss, den Rest der Nacht lieber im warmen Bett zu verbringen.

GEORGIOS APOSTOLÓPOULOS
LAGÉRI, PAROS

Georgios strich sich zufrieden über den kleinen Bauchansatz, den er seit seinem Klinikaufenthalt angesetzt hatte. Noch vor einem halben Jahr wäre so eine Wölbung für ihn einer Katastrophe gleichgekommen, er hätte alles daran gesetzt, diese schnellstmöglich wieder los zu werden. Aber die Ereignisse der letzten Monate hatten ihn verändert, auch wenn es ihm immer noch schwer fiel, die Finger von seinem geliebten Alkohol zu lassen. Doch es gab keine Alternative, das hatten ihm die Ärzte in der Athener Euroklinik ganz klar zu verstehen gegeben. Zu schlecht waren seine Leberwerte durch den langjährigen, exzessiven Alkohol- und Medikamentenmissbrauch gewesen. Im Nachhinein betrachtet war der Mordanschlag auf ihn seine Rettung gewesen, so absurd das auch klang, denn sonst hätte er sich nach seiner Wiederherstellung niemals in die Suchtabteilung der Spezialklinik einweisen lassen und hätte nie Louis, den fürsorglichen Krankenpfleger, kennen- und liebengelernt.

Anfangs hatte er den Mittdreißiger gar nicht richtig wahrgenommen, zu stark hatte man ihn mit Medikamenten sediert. Vor Beginn diverser Therapien war Georgios für einige Zeit ruhiggestellt worden. Wie im Nebel hatte er in dieser Zeit seine Umgebung wahrgenommen, und erst als man das Clomethiazol-Präparat langsam reduzierte, erkannte er, was für ein netter Bursche den ganzen Tag um ihn herumwuselte.

»Ich glaube, es wird endlich einmal Zeit, an die frische Luft zu gehen«, hatte Louis eines Morgens gesagt und ihm aus dem Bett geholfen. »Der Therapeut will Sie heute sehen, und da sollten wir Ihren Kreislauf vorher in Schwung bringen. Wie wär's mit einem Spaziergang im Park?« Aufmunternd hatte er Georgios dabei angesehen. Der selbst hatte sich furchtbar gefühlt; seine Bewegungsabläufe schlichen dahin wie in Zeitlupe, hatte er doch die letzten Wochen fast nur gelegen und geschlafen.

Sein Kreislauf war vollkommen am Boden; ihm war sofort schwindelig geworden bei dem Versuch, ein paar Meter auf eigenen Beinen zu gehen. Schwerfällig hatte er seinen leeren Kopf zu dem Betreuer gedreht und diesen zum ersten Mal genauer betrachtet. In der weißen engen Hose und dem kurzen Pflegerkittel sah Louis richtig sexy aus, hatte er gedacht, und nach Tagen voller Trübsinn war sein Gemütszustand ein wenig heller geworden.

Es hätte ihn durchaus schlimmer treffen können, hatte Georgios seinerzeit überlegt, bei all den grantigen Schwestern in der Klinik. Aber vielleicht gehörte das ja zur Therapie? Fast hätte ihn dieser Gedanke zum Lachen gebracht, wäre seine Verfassung weniger desolat gewesen, und er hatte geahnt, dass noch ein langer Weg vor ihm lag vor seiner Rückkehr nach Paros.

Ob er dies überhaupt wollte? Nicht einmal das war ihm zu jenem Zeitpunkt klar gewesen; zu stark litt er noch unter dem Trauma des Mordanschlags. Von der verhafteten Person war nichts mehr zu befürchten, diese saß seinerzeit bereits hinter Gittern für den Mord an Jannis Kostatídis sowie für den Mordanschlag auf ihn selbst. Das hatte ihm die Kommissarin ausrichten lassen. Sie hatte ihn eigens in der Klinik besucht, um ihm dies mitzuteilen.

Er hatte damals das Familienanwesen von seiner verstorbenen Mutter geerbt; leider nicht er allein, denn es gab noch die Haushälterin Sophía, der das Vorderhaus vermacht wurde, wo sie ihren letzten Lebensabschnitt verbringen wollte. Das Haus war riesig; es gab genug Platz, sich aus dem Weg zu gehen. Trotzdem wusste er damals nicht, ob er es zusammen mit der alten Frau dort aushalten konnte.

Louis hatte ihn beherzt untergehakt und die ersten Schritte mit ihm zurückgelegt. »Na, das geht doch schon wieder, jetzt ziehen Sie sich eine Jacke an, und ab an die frische Luft«, hatte er befohlen. Georgios hatte die positive Wirkung genossen, die Louis auf ihn ausübte.

Zunehmend hatte er Gefallen an den gemeinsamen Momenten mit dem beherzten Pfleger gefunden. Mit jedem weiteren Tag in der Klinik waren sich der angeschlagene Patient und der fröhliche Sanitäter ein Stück näher gekommen. Georgios war schnell klar geworden, dass hier etwas ganz anderes vor sich ging, als er es in all den Jahren mit seinen Männerbekanntschaften erlebt hatte. Es hatte keinen schnellen Sex gegeben, wie er ihn sich auf Mýkonos oft besorgt hatte. Es war viel mehr die einfühlsame Nähe von Louis, die ihm gut getan hatte. Ganz davon abgesehen wäre er für schnellen Sex in seinem maroden Zustand gar nicht in der Lage gewesen. Tag für Tag war es dank Louis' Unterstützung mühsam, doch stetig aufwärts mit ihm gegangen; die verschiedenen Therapien hatten Wirkung gezeigt.

Als eines Morgens sein Betreuer mit einem großen Bündel von Sophía in seinem Zimmer auftauchte, hatte er erstmals wieder Lust am Leben verspürt. Mit viel Liebe hatte die Haushälterin ein Carepaket für ihn zusammengestellt. Seit der Beerdigung seiner Mutter hatte er nichts mehr von der alten Dame gehört, zu sehr waren die Fronten zwischen ihnen beiden verhärtet gewesen. Mit solch einer Geste hatte er nicht gerechnet. Sogar einen Brief hatte sie ihm geschrieben. Zögerlich hatte er die handgeschriebenen Zeilen gelesen. Sie war einsam gewesen in dem großen Haus, der Brief hatte versöhnliche Töne angeschlagen. Bis dahin hatte er lediglich von Kiriákos, einem Freund und regelmäßigen Besucher aus Paros, einige spärliche Informationen aus Náoussa und so ein vages Bild davon erhalten, was auf dem elterlichen Anwesen in seiner Abwesenheit geschehen war. Es musste für die alte Frau ein hartes Stück Arbeit gewesen sein, das große Haus ganz allein in Schuss zu halten. Beim Lesen hatte er Mitleid für Sophía empfunden. An diesem Abend hatte er zusammen mit Louis die Leckereien genossen und sich das erste Mal seit langer Zeit nach seinem geliebten Lagéri-Grundstück zurück gesehnt.

Das war jetzt gut sechs Monate her, er war schon eine ganze Weile zurück auf Paros, haderte aber noch immer mit der Frage, was er mit dem großen Stück Land machen sollte. Er hatte sich vorgenommen, sich vor übereilten Entscheidungen zu hüten. Finanziell war er mehr als abgesichert, daher konnte er sich Zeit lassen, auch wenn verschiedene Immobiliengesellschaften ihn weiterhin bedrängten. Mehr und mehr reifte in ihm eine Idee, eine ganz neue Richtung einzuschlagen, und Louis sollte bei diesem Plan eine wesentliche Rolle spielen.

KATHARINA WALDMANN
NÁOUSSA, PAROS

Katharina war spät dran; sie musste sich beeilen, um rechtzeitig zur wöchentlichen Arbeitsbesprechung zu erscheinen.

Heute standen einige Punkte auf der Agenda, die mit dem Polizeiteam besprochen werden mussten. Ganz oben auf der Liste: eine Einbruchserie in die während des Winters meist unbewohnten Ferienhäuser, die ihnen seit langem Kopfzerbrechen bereitete. Doch alle Versuche, der Diebesbande auf die Schliche zu kommen, waren bislang gescheitert. Es gab bereits negative Berichte in der ›Paros Life‹, die von vielen ausländischen Besuchern gelesen wurde. Das machte die Sache für die Kommissarin und ihr Team nicht leichter. Wenn sie nur nicht so knapp besetzt wären! Und jetzt war auch noch Alexis, ein langjähriger Kollege, für mindestens sechs Monate ausgefallen. Ein Bandscheibenvorfall, der dringend in Athen operiert werden musste. So wie sie Alexis nach den ersten Monaten der Zusammenarbeit einschätzte, würde er versuchen, daraus eine längere Auszeit zu machen. Die Einstellung zum Job war auf der Insel eher lässig. »Sigá-sigá« hieß es, immer mit der Ruhe – da gab es in ihren Augen einigen Optimierungsbedarf. Man hatte sich gemütlich eingerichtet bei der Polizei auf Paros, zumal es glücklicherweise wenig spektakuläre Fälle gab. Der Mord an Jannis Kostatídis, dem Kellner aus dem ›Aliportas‹, im letzten Sommer war die große Ausnahme gewesen.

Doch Katharina kam der Ausfall von Alexis gar nicht so ungelegen. Mehrfach war sie mit ihm schon aneinander geraten, denn sie hatte den Eindruck, dass er ihre Autorität zu unterwandern versuchte. Dies verursachte ihr Störgefühle, dennoch hielt sie es für verfrüht, sich bereits jetzt gegen Alexis zu entscheiden.

Sie musste lächeln beim Gedanken an das Versprechen, das sie nach ihrem ersten Einsatz auf Paros im vergangenen Jahr gegeben hatte. Fílippos, ihr ehemaliger Kollege aus Athen, würde lieber heute als morgen nach Paros wechseln; und sie beide zusammen, das wäre ein starkes

Team. Nur zu gerne hätte sie den jungen Mann wieder als Assistenten. Sie musste nur noch mit der Präfektur in Ermoupolis auf der Insel Syros sprechen, wo sich die zentrale Verwaltung der Kykladen befand. Dort mussten alle neuen Stellen genehmigt werden; in diesen Zeiten keine einfache Aufgabe, wurden doch Behördenstellen derzeit eher massenhaft abgebaut. Und dann kam sie mit der Bitte um einen Stellvertreter! Dennoch war Katharina davon überzeugt, Fílippos genehmigt zu bekommen. Das würde sie heute noch klären, damit wollte sie ihren Ex-Kollegen überraschen – ein schöner Gedanke.

Auf Syros fand alle sechs Monate ein Treffen sämtlicher Polizeibehörden der Kykladen statt. Katharina hatte kurz nach ihrem Amtsantritt auf Paros an einer dieser Zusammenkünfte teilgenommen: ihr erstes Meeting als einzige Frau in einer zwanzigköpfigen Männerrunde. Argwöhnisch wurde die kleine, selbstbewusste Kommissarin gemustert, die wie ein Eindringling in der dominanten Herrentruppe wirkte. Katharina hatte nichts anderes erwartet, sie kannte die Strukturen des griechischen Polizeiapparates. Daher hatte sie sich auf diesen Antrittsbesuch gut vorbereitet. »Meine Herren«, hatte sie am Ende des Meetings das Wort ergriffen, »nachdem wir mit dem offiziellen Teil durch sind, möchte ich Sie auf ein paar Mezédes einladen, um Sie etwas besser kennenzulernen. Es wäre schön im Hinblick auf unsere künftige Zusammenarbeit, wenn Sie alle dabei wären.« Sie hatte nachdrücklich in die Runde gelächelt und wie immer in solchen Momenten ihre große Hornbrille zurechtgerückt, was ihrer Ankündigung beinahe den Charakter eines Dienstbefehls verlieh. Ein Raunen war durch die Menge gegangen, mit einem solchen Schritt hatte keiner gerechnet. Der Kollege von Amorgós, eng mit Katharinas Vorgänger Ádonis befreundet, war ihr zur Hilfe gekommen, indem er sich bedankte und den Rest der Gruppe aufforderte, das Angebot anzunehmen. Katharina hatte mehrere Flaschen Ouzo und ein paar Mezédes von der besten Ouzerie auf Syros bringen lassen und war auf alle Herren einzeln zugegangen, sodass keiner sich hatte entziehen können.

Gegen Ende hatte sie noch ein paar brisante Fälle aus Athen zum Besten gegeben, die ihre Wirkung nicht verfehlten. An den erstaunten Blicken ihrer Kollegen hatte sie ablesen können, dass Ereignisse dieses Kalibers bisher ihnen noch nicht untergekommen waren und sie dergleichen wahrscheinlich bis zu ihrem Renteneintritt nie erleben würden. Bingo! Die Duftmarke war gesetzt, beim nächsten Treffen würde sie dazugehören.

Bei offenem Fenster genoss sie die wärmer werdende Luft, die der fortschreitende Frühling verströmte, und nahm die Umgehungsstraße von Náoussa, um auf die Verbindung nach Paríkia zu kommen. Die Strecke führt durch ein weitläufiges Tal, zu beiden Seiten eingerahmt von den sanften Höhenzügen der Insel. Ihre Augen sogen mit Wohlgefallen das üppige Grün auf, das auf dieser Strecke selbst im Sommer noch zu bewundern war. Es hob sich scharf von den vielen hellbraunen Steinmauern ab, die zur Begrenzung zwischen den einzelnen Felder gezogen waren. Am Ortsausgang auf der linken Seite passierte sie das große Gebäude, das vom Besitzer des Stadthotels Minóli vor ein paar Jahren errichtet worden war. Es diente als eine Art Gemeindesaal und wurde für größere Veranstaltungen und Hochzeitsfeiern vermietet. Letztere hatten in Griechenland Volksfestcharakter. Zumeist wurden sie vom Hotel ausgerichtet, somit hatte das Minóli ein gutes Zusatzgeschäft.

Der Kommissarin fiel bei diesem Gedanken ihre eigene geplante Einweihungsfeier ein, und ihr wurde ganz heiß. Es gab noch so viel zu erledigen, die Zeit wurde langsam knapp. Sie hatte ganz bewusst den Ostersonntag für die große Party ausgewählt, weil an diesem Tag in Griechenland ausgelassen das Ende der Fastenzeit und die Auferstehung des Lichts gefeiert wurde. Zu diesem Termin – auch um die Orangenblüte mit ihrem intensiven Geruch zu genießen, der sich über die ganze Insel verströmte – verweilten bereits einige ihrer langjährigen Urlaubsbekannten auf der Insel, die unbedingt an der Sause teilhaben sollten. Es würde der erste große Einsatz in ihrer neuen Küche werden, darauf freute sie sich seit langem. Sofort ratterten ihr sämtliche Gerichte durch den Kopf, die sie an diesem Abend servieren wollte, und obwohl es noch früh am Morgen war, begann ihr Magen zu knurren. Katharina liebte gutes Essen – unschwer an ihrer rundlichen Figur zu erkennen. Gedankenverloren strich sie mit der Zunge über die Lippen bei der Vorstellung, wie die Gäste begeistert alle Köstlichkeiten in sich hineinstopften.

Ihre Küchen-Crew hatte sie bereits zusammengestellt, denn allein war das Bekochen so vieler Leute nicht zu schaffen. Gemeinsam mit Nektaría, der Frau ihres Vorgängers im Kommissariat, und Sophía, der ehemaligen Haushälterin des Lagéri-Anwesens, wollte sie ein Festmahl zubereiten, das keiner so schnell vergessen würde. Akribisch hatten sie gemeinsam die Menüfolge erarbeitet; mit den beiden erfahrenen Frauen an ihrer Seite konnte nichts schiefgehen.

Das riskante Überholmanöver eines ungeduldigen Taxifahrers holte sie in die Gegenwart zurück. »Maláka!«, fluchte sie laut, als sie abrupt in die Bremsen steigen musste.

Im Hafen von Paríkia herrschte um diese Tageszeit bereits ein reges Treiben, so dass sie einige Zeit brauchte, um mit ihrem Wagen bis zum Polizeigebäude zu gelangen. Dieses lag unweit vom Hafen auf der linken Seite der großen Platía in unmittelbarer Nähe zur großen Hauptgasse. Das zweistöckige Gebäude hatte im Untergeschoss mehrere kleine Büros. Ein breiter Balkon an der Frontseite bot einen freien Blick zum Hafen und hinaus auf das Meer. Dort war immer etwas los, besonders in den Sommermonaten, wenn die großen Fähren Urlauber aus der ganzen Welt an Land warfen.

Katharinas Team bestand aus fünf festen Mitarbeitern, vier Polizeibeamten inklusive des rückenkranken Alexis sowie Xenia, der guten Seele der Truppe, die das Sekretariat schmiss. Katharina wurde bereits erwartet, die gesamte Mannschaft saß in dem kleinen Besprechungsraum, den die Kommissarin im Winter hatte renovieren lassen.

»Kalimera«, wurde sie freundlich begrüßt, und Xenia goss aus einem Briki, jenem kleinen Bronzetopf, der Katharina an das deutsche Butterpfännchen erinnerte, den vorbereiteten Mocca in die weiße Tasse. Katharina nahm einen Schluck des kräftigen Gebräus und schrieb die Tagesordnungspunkte auf einen Flipchart. Dann setzte sie sich an den Besprechungstisch.

»Wir haben schon wieder einen Einbruch, den fünften mittlerweile«, eröffnete Takis, einer der älteren Kollegen, die Sitzung, während er Katharina eine Visitenkarte vorlegte. »Diesmal hat es einen aus Náoussa erwischt, der das Haus nur für seine Gäste nutzt, wenn er Besuch hat. Und wieder wurden alle elektronischen Geräte und die Bilder gestohlen.«

»Verdammt«, fluchte Katharina beim genaueren Betrachten der Karte. »Stéfanos Kourákis«, las sie den Namen vor. Stirnrunzelnd dachte sie nach. »Der Name kommt mir irgendwie bekannt vor«, murmelte sie und drehte die Visitenkarte um. »Ha! Ich wusste doch, dass ich den kenne. Das ist der Besitzer des Weingutes Maróssi, da gab's bestimmt einiges zu holen, oder?« Fragend schaute sie in die Runde.

Takis nickte zustimmend, während er aufstand und zu einem Aktenschrank hinüberging. »Das haben wir gleich.« Mit einem Griff zog er einen Ordner heraus und suchte das Protokoll, das der diensthabende Kollege zu dem Einbruch aufgenommen hatte.

»Hier ist die Liste der entwendeten Gegenstände: eine Stereoanlage von Bang & Olufsen, ein Computer, wohl ein Notebook von Apple, eine Jura-Kaffeemaschine und vier Bilder. Das hat der Besitzer jedenfalls als gestohlen gemeldet. Letztere scheinen Kunstwerke gewesen zu sein, aber davon habe ich keine Ahnung«, sagte Takis und ergänzte noch: »Wegen der Bilder hat er das größte Theater gemacht. Er will uns die Zertifikate der Gemälde noch zukommen lassen. Er hat Fotos davon angefertigt.«

Katharina blickte auf: »Das hatten wir doch schon einmal. Auch bei zwei der vorherigen Einbrüche wurden wertvolle Bilder und Skulpturen gestohlen. Die Diebe scheinen auf Kunst aus zu sein. Woher wissen die, in welchen Häusern wertvolle Werke zu finden sind?« Nervös trommelte sie mit ihrem Kugelschreiber auf den Tisch. »Irgendjemand muss sich hier auskennen, wo sich das Einsteigen lohnt. Stellt mir mal eine Liste aller entwendeten Kunstgegenstände zusammen. Vielleicht hilft uns das weiter. Und besorgt euch von den Besitzern Fotos, Zertifikate, Beschreibungen und so weiter, damit wir den Wert der Beute genauer beziffern können. Das machst du!« Sie deutete auf Konstantinos, einen Kollegen, der sich ansonsten um Verkehrsdelikte kümmerte.

»Ja, da könnte was dran sein«, pflichtete Takis ihr bei. »Es gibt ja etliche betuchte Ausländer, die hier ordentlich investiert haben – das weckt Begehrlichkeiten. Diebe mit Verständnis für Kunst, mal ganz was Neues. Allein der Schaden bei dem Kourákis - nur für die vier Bilder hat er zwanzigtausend Euro angegeben, wenn es denn stimmt. Jetzt müssen wir nur noch dahinter kommen, wo der gemeinsame Nenner ist. Konstantinos, eine schöne Aufgabe für dich. Endlich einmal etwas Spannendes neben all den üblichen Unfällen.« Takis schob seinem Kollegen die Informationen zur Einbruchserie hinüber.

Doch Konstantinos schien wenig von seiner neuen Aufgabe zu halten. »Wann soll ich das denn alles machen? Ich habe doch schon die ganzen Projekte von Alexis übernommen. Und das hier sieht richtig nach Arbeit aus«, gab er grimmig zurück.

Die Kommissarin nickte verständnisvoll. Konstantinos hatte Recht. Erst gestern hatte sie dem jüngeren Kollegen die Fälle von Alexis übergeben. Den Personalengpass hatten alle vergessen, und der wurde jetzt zu einem echten Problem, zumal ihnen die Presse bereits im Nacken saß.

»Für ein paar Tage muss das funktionieren, auch wenn es schwer fällt, langfristig muss ich mir etwas anderes überlegen, ich habe auch schon eine Idee ... wir können die Ermittlungen auf keinen Fall auf die lange Bank schieben«, sagte sie bestimmt, um die Diskussion zu beenden. »Ich werde versuchen, dass wir Verstärkung bekommen«. Sie schmunzelte. Jetzt hatte sie endlich die richtigen Argumente, um Fílippos' Versetzung an oberster Stelle in Syros durchzuboxen.

Alle betroffenen Häuser gehörten Leuten mit Geld und Einfluss; die hatten sich flugs zusammengetan und ihnen diesen Reporter auf den Hals gehetzt. Wenn die Einbruchserie nicht bald gestoppt würde, könnte das ein schlechtes Licht auf die Polizei werfen, worauf wiederum auch die Präfektur in Syros sensibel reagieren würde. Katharina war sich jetzt ganz sicher, Fílippos in Kürze auf Paros begrüßen zu können und freute sich schon auf ihren früheren Kollegen aus Athen.

»War das Haus denn gesichert?« Sie widmete sich wieder dem aktuellen Einbruch.

»Ja, mit einer aufwändigen Alarmanlage, eben weil es laut Besitzer so selten genutzt wurde.«

»Ein Indiz dafür, dass wir es mit Insiderwissen zu tun haben«, warf die Kommissarin ein. »Wir brauchen dringend eine Liste, wer Zugang zu den Häusern hatte. Gärtner, Handwerker, Putzfrau, alle, die in Frage kommen.

Es muss eine Gemeinsamkeit geben und die müssen wir finden. Konstantinos, bitte fang noch heute damit an. Ich verspreche dir, dass ich mich sofort um Unterstützung kümmere, um dich zu entlasten. Die Einbruchserie hat höchste Priorität.«

Das Team nickte zustimmend, und Xenia warf ergänzend ein: »Was soll ich eigentlich dem Presseheini von ›Paros Life‹ sagen? Er ruft ständig hier an und will einen Termin haben. Ich weiß schon gar nicht mehr, was ich antworten soll.«

»Nichts«, erwiderte Katharina entschieden. »Es gehen keine Informationen nach draußen, und wenn der sich das nächste Mal meldet, stelle ihn direkt zu mir durch, damit ich mir den Bengel zur Brust nehmen kann.«

Danach besprachen sie noch die weiteren Punkte der Agenda: ein mutwillig beschädigtes Auto in Kóstos, einem kleinen weißgekalkten Dorf auf dem Weg von Paríkia nach Léfkes; das Auto war morgens von seinem Besitzer ohne Reifen und Navi vorgefunden worden. Außerdem gab es noch einen Autounfall mit Personenschaden nahe dem Logarás Strand in Pounda. Mit diesem ›Pounda‹ kam die Kommissarin noch immer durcheinander, denn es gab zwei Orte auf Paros mit diesem Namen: einmal an der östlichen Küste gegenüber Naxos, dann an der Westküste gegenüber der kleinen Schwesterinsel Antiparos. Diesmal war ersterer gemeint, wo sogar um diese Jahreszeit vereinzelt touristische Sandburgen, mit bunten Windschirmen umzäunt, in der Sonne glitzerten wie auf einem Spielplatz. Zwei Touristen mit Mietwagen waren aneinandergeraten. Hier mussten Zeugen befragt und eine Stellungnahme geschrieben werden. Um diese beiden Punkte sowie alle weiteren Routineaufgaben sollte sich Spyros, der dritte im Bunde, kümmern. Er war ein ruhiger Menschentyp, etwas dickbäuchig mit vollen grauen Haaren, der fast so viele Dienstjahre wie Takis vorzuweisen hatte. Katharina löste die Besprechung auf und zog sich in ihr kleines Büro zurück.

Sehnsüchtig schaute sie durch die offene Balkontür hinunter auf den Hafen. Die ›Blue Star‹ lief gerade in den Hafen ein und ließ ihr Horn lautstark ertönen. Seufzend machte sich Katharina an die Arbeit, griff in ihre Schreibtischschublade und suchte nach der Nummer des zuständigen

Kollegen in der Bezirksverwaltung Syros, hatte aber statt der Telefonliste plötzlich die Gästeliste für ihre Einweihungsparty in der Hand. Neben einigen Freunden und ein paar Verwandten aus Athen hatte sie viele Bekannte von Paros eingeladen, die sie aus ihren zahlreichen Urlauben kannte oder in den letzten Monaten seit ihrem Umzug kennengelernt hatte. Natürlich durften auch die Mitglieder aus der immer wiederkehrenden Touristenfamilie nicht fehlen, mit denen sie in den letzten Jahren so oft zusammengesessen hatte. Stephan aus Köln würde da sein wie jedes Jahr; er hatte seinen Urlaub extra vorverlegt. Sogar die trinkfreudige Hannah hatte sie nach langer Überlegung eingeladen. Matt und Patsy aus London würden auch ohne Einladung kommen. Einige von ihnen hatte sie schon im ›Aliportas‹ getroffen, der Rest der eingeschworenen Truppe würde in den nächsten Tagen eintrudeln. Sie ergänzte noch ein paar Namen, die sie vergessen hatte. Da würde eine bunte Mischung zusammentreffen, dachte sie und nahm sich vor, noch heute eine detaillierte Einkaufsliste zu erstellen.

BRIAN PANTOÚLIS
NEW YORK

Der New Yorker Geschäftsmann Brian Pantoúlis war in der ganzen Welt unterwegs und hatte weiß Gott andere Sorgen, als sich um ein einsames Stück Land auf einer griechischen Insel zu kümmern. Er trug zwar den griechischen Namen seines Vaters, doch das war auch schon das einzig Griechische an ihm. New York war seine Heimat, er war durch und durch Amerikaner: Dort war er aufgewachsen, dort hatte er studiert, dort war sein Zuhause. Sein Vater hatte es sich anders gewünscht, aber der bloße Gedanke, sein Leben auf einem kargen griechischen Eiland verbringen zu müssen, ließ den Mittdreißiger schaudern. Zu sehr liebte er die Metropolen dieser Welt. Die drei Tage, die er zwangsläufig zur Beerdigung seines Vaters auf Amorgós verbringen musste, hatten ihm gereicht; so schnell würde ihn keiner mehr dorthin bekommen. Eigentlich hatte er direkt nach der Beerdigung wieder abreisen wollen, doch sein Onkel, der ihn aus den USA nach Amorgós begleitete, hatte auf einem Gespräch mit dem Arzt aus Katápola bestanden. Er hatte es einfach nicht hinnehmen wollen, dass sein kerngesunder Bruder plötzlich einem Herztod erlegen war, wo der doch so viel Sport betrieben hatte. Die Unterredung mit dem Arzt war unergiebig verlaufen.

Brian hatte sich mit dem Nachbarn seines Vaters auf die Überweisung eines monatlichen Geldbetrages geeinigt, damit dieser das Grundstück im Auge behielt. Den Gemüsebauern hatte sein Vater seit vielen Jahren gekannt und stets dessen Verlässlichkeit gelobt. Weitere Verwandte gab es auf Amorgós nicht mehr. Danach war er zusammen mit seinem Onkel wieder in die Staaten gereist, hatte sich nicht weiter um den griechischen Besitz gekümmert und ihn inzwischen bei all seinen geschäftlichen Aktivitäten schlichtweg vergessen.

Seit geraumer Zeit jedoch hatte er regelmäßig Anfragen per Post oder Telefon erhalten, sich wegen des Grundstücks zu melden. Jedoch hatte ihm die Muße gefehlt, sich ernsthaft damit auseinanderzusetzen. Er hatte die Anfragen ignoriert, in dem Wissen, dass die meisten Firmen nach zwei bis drei Versuchen ohnehin aufgaben, wenn keine Rückmeldung erfolgte.

Erst die außerordentliche Hartnäckigkeit zweier Interessenten hatte schließlich seine Aufmerksamkeit geweckt, war er doch selbst ein Vertriebsprofi, der den Biss guter Verkäufer zu schätzen wusste. Eine Frankfurter Immobilienfirma und ein Weinbauer von Paros hatten unablässig versucht, mit ihm in Kontakt zu treten. Der Mitarbeiter der deutschen Firma war besonders penetrant gewesen; er hatte es sogar geschafft, seine Handy-Nummer herauszufinden. In passablem Englisch hatte der Mann sein Anliegen vorgebracht und ihm einen attraktiven Kaufpreis geboten.

Das war jetzt vier Monate her, seitdem war alles schnell vonstatten gegangen. Die Dreamroom GmbH hatte das Angebot schriftlich bestätigt, und Brian ließ es anwaltlich prüfen. Es gab eine kleine Nachverhandlung, und der Verkauf des ungeliebten Grundstückes war perfekt. Er brauchte zum Vertragsabschluss nicht einmal nach Europa zu reisen, war aber eingeladen, zum Baubeginn im Namen seines Vaters etwas Promotion für ein geplantes Ferienhausprojekt zu machen. Alle Kosten wollte die Dreamroom GmbH übernehmen. Es sollte eine groß angelegte Werbekampagne mit Internetauftritt werden, zu der alle potentiellen Käufer eingeflogen werden sollten. Exklusive Ferienhäuser sollten entstehen, hatte ein Frank Felten ihm gesagt, die Baugenehmigung läge vor, in den nächsten zwei Monaten sollte mit dem Bau begonnen werden. Brian war es eigentlich egal. Für ihn zählte, dass er das Stück Land los war und einen stattlichen Geldbetrag mehr auf seinem ohnehin gut gefüllten Konto hatte. Wer weiß, vielleicht würde er nach Griechenland fliegen, wenn es sich einrichten ließ. Ein paar Tage Ferien täten ihm sicherlich gut.

FRANK FELTEN
FRANKFURT - DREAMROOM GMBH

Frank Felten jubelte innerlich und rieb sich die Hände. Endlich hatte er den Besitzer des begehrten Areals oberhalb von Aigiáli zum Verkauf des Grundstücks bewegen können. Eine lange Durststrecke lag hinter ihm. Nach den Rückschlägen im letzten Sommer war es an der Zeit gewesen, seinem Boss eine Erfolgsgeschichte zu präsentieren. Dieser hatte schon mit Kündigung gedroht, nachdem der Deal auf Paros im letzten Juni geplatzt war - seinerzeit eine herbe Enttäuschung, zumal er so viel Energie in das Projekt gesteckt hatte. Es war zwar noch nicht ganz vom Tisch, aber alle Versuche, mit Georgios, dem Alleinerben des Apostolópoulos-Anwesens, erneut in Kontakt zu treten, waren gescheitert. Bei seinem letzten Besuch hatte ihm die alte Haushälterin sogar mit der Polizei gedroht, wenn er sie weiter belästigen sollte.

Was für ein Glück für ihn, ein weiteres Eisen im Feuer gehabt zu haben, das ihn allerdings zwei Jahre gekostet hatte. Mit dem Grundstück oberhalb des kleinen Hafenortes Aigiáli in dieser unverbaubaren Lage würde die Dreamroom GmbH zwar nicht ganz so viel Profit machen wie in Náoussa, aber Amorgós war im Kommen. Und wenn man erst einmal den Fuß in der Tür hatte, boten sich für einen guten Makler immer weitere Möglichkeiten.

Es hatte ihn unendliche Mühe gekostet, an die Kontaktdaten des Erben in New York zu kommen. Aber Frank Felten wäre nicht Frank Felten, hätte ihn in solchen Momenten nicht der Ehrgeiz gepackt. So schnell ließ er sich nicht abschütteln. Von verschiedenen Bewohnern des kleinen Ortes hatte er nur vage Angaben erhalten; der Eigentümer des Nachbargrundstückes, dieser stets finster dreinblickende Bauer, hatte ihn mehrfach abblitzen lassen. Dessen Sturheit hatte er total unterschätzt, wegen dieses starrsinnigen Esels hatte er sogar seinen Aufenthalt auf Amorgós verlängern müssen. Der Bauer stand als einziger regelmäßig mit dem Erben in Kontakt, war jedoch selbst gegen einen hohen Geldbetrag nicht zur Herausgabe von Informationen bereit gewesen. Bei einem seiner letzten Besuche in der Dorftaverne hatte er mitbekommen, dass dieser Ilías Galánis kein einfacher Geselle war, aber was sollte ein sturer griechischer Bauer gegen einen wie Frank Felten ausrichten?

Im Februar dieses Jahres hatte er einen letzten Versuch unternommen und war bei dem Griechen vorgefahren. Diesen Besuch würde er so schnell nicht vergessen. Als er an der Tür des großen Hauses stand und klopfte, war er mit einer doppelläufigen Schrotflinte empfangen worden. »Mach dich sofort von meinem Grund und Boden!«, hatte ihm der Bauer gereizt entgegengerufen, und sein aggressiver Blick hatte keinen Raum für Diskussionen gelassen. »Ich will dich hier nicht wieder sehen, sonst garantiere ich für nichts.« Hilfe von irgendwelchen Leuten war nicht zu erwarten gewesen, denn die nächsten Häuser lagen weit entfernt, sodass selbst ein Schuss aus der alten Flinte von niemandem gehört worden wäre. So schnell er gekommen war, war er zurück in seinen Wagen gesprungen und zitternd vom Hof verschwunden.

Danach hatte er einen anderen Weg gesucht und gratulierte sich selbst für den grandiosen Einfall – ein Fakelaki, wie in Griechenland ein prall gefüllter Umschlag mit Bakschisch heißt, richtig platziert, hatte das Problem gelöst. Die Liegenschaftsbehörde in Katápola hatte sich an die Adresse erinnert, und ein paar Telefonate nach New York hatten ihn schließlich mit Brian Pantoúlis, dem Sohn des verstorbenen Besitzers, in Kontakt gebracht.

In den nächsten zwei Monaten sollte mit dem Bau begonnen werden.

BRACHLAND AUF DEN KYKLADEN

Ein Stück Brachland unweit eines verfallenen Schuppens war der ideale Standort für die unauffällige Pflanze. Hier brauchte man sich keine Sorgen zu machen, dass sie unbemerkt unter gemähtes Viehfutter gelangte, denn das hätte für manches Nutzvieh tödlich enden können.

Die zur Familie der Doldenblütler gehörende ein- bis zweijährige Staude erreicht eine Wuchshöhe von fünfzig bis zweihundert Zentimetern. Der fein gerillte, bläulich bereifte, röhrige, kahle Stängel ist reich verzweigt und im unteren Bereich rot gefleckt. Auf diese roten Flecken bezieht sich auch der Name der Pflanze. Der Stängel und die Blätter sind unbehaart. Sie gehört zur selben Familie wie Fenchel, Petersilie, Kümmel oder Anis. Die dreieckig wirkenden, weichen Blätter wachsen wechselständig, sind zwei- bis vierfach gefiedert, obenseitig dunkelgrün und unten graugrün gefärbt. Die Blattzipfel sind gesägt, die Blattspreiten mit einem weißen Hautrand besetzt. Die unteren Blätter sind bis zu fünfzig Zentimeter lang und vierzig Zentimeter breit und besitzen einen dicken runden Stiel. Besonders in den unreifen Früchten des Gewächses befindet sich das tödliche Gift.

Ein großer steinerner Mörser dient dazu, die frisch gepflückten kümmelähnlichen Früchte zu zerkleinern, um das darin befindliche Gift freizusetzen und anschließend mit Alkohol aufzunehmen. Wasser kommt dafür nicht in Frage wegen der begrenzten Löslichkeit. Der alkoholische Extrakt ist die geeignete Darreichungsform, die unauffällig allen Arten von Speisen und Getränken beigemischt werden kann. Zwischen fünfzig und hundert Gramm Früchte sind nötig, um die für den Menschen tödliche Dosis von einem halben bis einem Gramm zu erhalten. Während des gesamten Aufbereitungsprozesses ist es ratsam, Handschuhe zu tragen, denn das freigesetzte Gift wirkt schon bei bloßer Berührung mit der Haut.

MARLENE WINTER
STUTTGART

Marlene Winter schenkte sich einen großzügigen Schluck Cognac nach, bevor sie sich dem Zettel von Frank Felten widmete. Sie hatte ihn völlig übersehen, obwohl er ganz vorne vor den eigentlichen Offerten angeheftet war.

»Sehr geehrte Frau Dr. Winter«, hatte er ihr geschrieben, »ich glaube, wir kommen der Realisierung Ihres Projektes so langsam näher.«

»Na, das wurde ja auch langsam Zeit«, dachte sie und las neugierig die akkurat verfassten Zeilen weiter.

»Ich bin in der glücklichen Lage, den Zuschlag für eines der begehrtesten Grundstücke auf Amorgós erhalten zu haben. Ein Stück Land in unmittelbarer Nähe zu Aigiáli, welches bereits zur Bebauung freigegeben wurde. Da habe ich direkt an Sie gedacht.«

»Wie löblich von dir«, überlegte die Ärztin, hielt einen Moment inne und hatte den kleinen, dicklichen Makler vor Augen, der so gar nicht ihrem Typ Mann entsprach. Es schüttelte sie innerlich - Frank Felten, dieser Schleimer. Schon von ihrem ersten Treffen war er ihr unangenehm in Erinnerung geblieben. Was sollte das überhaupt heißen: ›zur Bebauung frei gegeben‹? Sie suchte ein Haus und kein nacktes Grundstück, ärgerte sie sich, las aber trotzdem weiter. »Der Vertrag mit der Baugesellschaft steht kurz vor dem Abschluss, und viele Vorverträge mit Interessenten sind bereits gemacht. Wir sollten uns schnellstens treffen, bevor Sie leer ausgehen.«

Marlene Winter hielt erneut inne. Jetzt setzte der Schmierlappen sie auch noch unter Druck. Sie musste an ein Objekt denken, das ihr kürzlich vor der Nase weggeschnappt wurde. Die günstigen Preise auf Amorgós hatten Käufer aus ganz Europa angelockt - der Makler spielte diese Karte gnadenlos aus.

»Bitte setzen Sie sich umgehend mit mir in Verbindung, ich werde ab nächster Woche in meinem Büro auf Paros sein. Wir könnten uns dort treffen und einen Abstecher nach Amorgós unternehmen. Ihr Frank Felten.«

In großer Schrift hatte er seine Handy-Nummer daruntergesetzt. Sie las die Notiz noch mehrmals und kam zu dem Schluss, dass ein Neubau vielleicht nicht das Schlechteste sei. In ihrem Budget hatte sie einen Teil für Umbauarbeiten eingeplant, wohlwissend, dass beim Kauf alter Häuser zusätzliches Geld hineingesteckt werden musste. Bei einem Neubau könnte sie bezüglich der Innenausstattung sogar ihre Wünsche angeben. Die entscheidende Frage war, wie lange das Ganze dauern würde, denn griechische Bauarbeiten konnten sich unendlich in die Länge ziehen. Es war aber auf jeden Fall einen Versuch wert, sich die Umgebung näher anzuschauen. Ihr Flug war schon lange gebucht, und sie hatte ohnehin vor, ein paar Tage zur Entspannung in die Ägäis zu reisen. Erst einmal sacken lassen und nicht zu überschwänglich reagieren, ging es ihr durch den Kopf – ansonsten erhöht der Verbrecher sofort die Preise. Sie wollte zum griechischen Osterwochenende in Paros eintreffen, das hatte sie schon oft gemacht, weil sie die örtlichen Feierlichkeiten mochte. Und dass einige ihrer langjährigen Paros-Bekannten dort sein würden, passte gut in ihren Terminplan. Es war auch das Wochenende, wo in Náoussa die Restaurants und Bars im alten Hafen die Eröffnung der Saison starteten.

Das ist doch endlich einmal etwas Konkretes – so nahm schlussendlich die Ärztin das Angebot erfreut zur Kenntnis. Aber sie wollte den Makler noch einen Tag schmoren lassen. Morgen früh würde sie ihm einen Terminvorschlag für das Osterwochenende schicken, den würde er schon akzeptieren. Da war sie sich sicher.

KATHARINA WALDMANN
PARIKIA, PAROS

Katharina konzentrierte sich wieder auf ihre Arbeit und wählte die Telefonnummer des Kollegen in Syros.

»Kaliméra, Manos. Wie geht es dir?«, eröffnete sie jovial das Gespräch. Es war ihr wichtig, einen freundschaftlichen Ton anzuschlagen, denn es hing nicht unwesentlich von ihrem Gesprächspartner ab, ob ihr Interesse an Fílippos' Versetzung Gehör fand. »Wie ist die Lage bei euch auf Syros, kurz vor Ostern?«

»Noch leidlich ruhig«, kam die Antwort und Katharina hatte das Gefühl, dass es seinetwegen auch so bleiben konnte. »Du kennst das ja, die Hektik beginnt erst nach Ostern. Was kann ich für dich tun, paidí mu?« Katharina bemerkte mit Wohlwollen die typische Anrede – mein Kind –, mit der jeder jeden titulierte, selbst wenn jemand, so wie sie, die Fünfzig längst überschritten hatte. »Oh Manos, hier auf Paros braut sich gerade etwas zusammen. Ich brauche dringend deine Unterstützung.« Sie machte eine längere Pause, um das Gesagte wirken zu lassen, fuhr aber fort, bevor er sie unterbrechen konnte. »Hat sich diese Zeitung, die ›Paros Life‹, eigentlich schon bei euch gemeldet? Sie machen uns richtig Druck mit ihrem Geschreibsel. Das könnte für uns durchaus unangenehm werden«, baute sie die Spannung weiter auf, wohlwissend, dass Manos höchstwahrscheinlich von der Einbruchsserie noch nicht viel wusste. Erwartungsgemäß dauerte es einen Moment, bis dieser reagierte. Sie kannte ihren Kollegen noch nicht lange, hatte ihn aber als etwas lethargisch eingeschätzt - zu Recht, wie sie nun feststellte.

»Presse? Unangenehm? Was meinst du damit?«, stotterte er verunsichert. »Schlechte Presse braucht niemand, in der jetzigen Zeit und in einer Touristenhochburg erst recht nicht.«

Die Kommissarin schilderte ihm die Details der Einbruchsserie und dann, in bedrohlichen Bildern, die möglichen Konsequenzen für die Polizeibehörde, wenn sie diese nicht schnellstens aufzuklären vermochte. »Das wirft ein schlechtes Bild auf uns alle«, betonte sie und nannte im selben Atemzug die Namen der betroffenen einflussreichen Eigentümer. »Ich brauche dringend einen Ersatz für meinen kranken Kollegen, ansonsten kann ich diesen Fall nicht konsequent verfolgen. Ich hoffe, du siehst das genauso und kannst mir helfen.«

Durch das Telefon konnte Katharina spüren, dass sie den Beamten überrumpelt hatte. Vermutlich rutschte er jetzt nervös auf seinem Stuhl hin und her und malte sich alle denkbaren Negativschlagzeilen aus, in die er zwangsläufig mit verwickelt werden könnte, womöglich gar unter Erwähnung seines Namens. Sie ließ ihm keine Zeit für weitere Überlegungen. Jetzt oder nie – dachte sie – und unterbreitete den Vorschlag, Fílippos nach Paros zu versetzen. Im ersten Moment schien Manos ratlos zu sein, druckste herum, murmelte etwas von Kosten und Stellenabbau und schwierig und überhaupt, aber schließlich ging Katharinas Taktik auf. Sie einigten sich, den jungen Kollegen zunächst für sechs Monate nach Paros zu berufen, danach würde man weitersehen.

Als Katharina den Hörer auflegte, stieß sie einen lauten Freudenschrei aus, so dass Xenia vor lauter Schreck in ihr Büro stürmte. »Es ist nichts passiert, mach dir keine Sorgen. Aber ihr werdet in Kürze einen netten neuen Kollegen hier in Paríkia begrüßen dürfen«, erklärte sie stolz, und Xenia zog sich so beruhigt wie verwirrt an ihren Schreibtisch zurück.

Manos hatte ihr zugesagt, die Formalitäten mit dem Kommissariat in Athen zu regeln. Katharina hatte sich vorbehalten, Fílippos persönlich von seinem bevorstehenden Wechsel zu informieren.

Die Kommissarin fühlte sich gut; nicht nur, dass sie den Personalengpass überbrücken konnte Fílippos würde ihr außerdem helfen, neuen Wind in die behäbigen Strukturen ihrer Dienststelle zu bringen. Außerdem hatte sie jetzt sechs Monate Zeit, für ihren ehemaligen Assistenten eine feste Stelle in Paríkia einzufädeln.

Gut gelaunt wählte sie die Nummer ihres liebgewonnenen Kollegen in der Athener Mordkommission und kam direkt zur Sache: »Hast du Ostern schon was vor?«

»Nur das Übliche, Katharina«, erwiderte er, und seiner Stimme war anzuhören, dass er sich über ihren Anruf freute. »Eigentlich sollte ich wie immer meine Eltern in Thessaloniki besuchen, aber das wird mir zu knapp bei meinem vollgepackten Dienstplan. Ich musste ihnen absagen.«

»Na, das passt ja, dann kommst du halt zu mir. Und bring dir Sachen für einen längeren Aufenthalt mit. Wir kombinieren hier den Dienstplan für Ostern.«

»Sag bloß, du hast meine Versetzung durchgeboxt?« Seine Stimme überschlug sich, nachdem er das Gehörte verdaut hatte.

»Freu dich nicht zu früh, hier wartet eine Menge Arbeit auf dich«, dämmte sie seinen Enthusiasmus, obwohl sie sich selbst wie ein kleines Kind freute. »Hier ist längst nicht alles so gut organisiert wie in Athen. Einen kleinen Einblick hast du ja im letzten Sommer bekommen. Ich brauche deinen vollen Einsatz. Ich spreche noch heute mit deinem Chef, wann du frühestens kommen kannst. Das Bezirksamt in Syros wird die Formalitäten regeln. Sie wissen aber, dass ich dich bereits zum Osterwochenende, so schnell wie möglich, hier haben will. Außer der Arbeit brauche ich nämlich auch noch jemanden, der anpackt bei den Vorbereitungen zu meiner großen Party am Ostersonntag.« Katharina grinste wie ein Honigkuchenpferd. Sie wusste, mit Fílippos würde sie eine zuverlässige Unterstützung bekommen, und zwar in jeder Hinsicht.

Den Rest des Tages verbrachte sie mit der Erstellung einer Matrix der bisherigen Hauseinbrüche. Auf der großen Tafel – so etwas Modernes wie ein Whiteboard gab es in dieser Dienststelle nicht – legte sie Spalten für alle sieben betroffenen Häuser an. Sie trug die Standorte ein, den Namen der Besitzer, heftete Fotos dazu und trug die bekannten Daten in die Felder für Hausreinigung, Sicherheitsdienst, entwendete Gegenstände ein. Diese Tafel würde während der Ermittlungen mit allen Informationen gefüttert, die bereits vorlagen und die noch gesammelt würden. Fílippos erstes Projekt auf Paros, dachte sie, und betrachtete zufrieden ihr Werk.

Gegen sieben Uhr abends verließ sie die Dienststelle und machte sich auf nach Náoussa ins ›Aliportas‹, um die Getränkeliste für fünfzig Gäste mit Ángelos durchzusprechen. Ein Zwischenstopp, den sie gerne einlegte, denn hier nahm sie oft noch einen Feierabend-Frappé zu sich.

Im ›Aliportas‹ war bereits einiges los. Die wenigen Touristen, die schon auf der Insel angekommen waren, teilten sich das Café mit den Einheimischen, und man trank den ersten Ouzo zum Start in den Abend. Die Kommissarin spähte um die Ecke der Eingangstür, entdeckte einige alte Bekannte und schmunzelte. Bei den meisten konnte sie sich gut an die Spitznamen erinnern, die man sich gegenseitig gegeben hatte, als sie selbst noch als Touristin hier unterwegs war. Nur von ganz wenigen fiel ihr auf Anhieb auch der tatsächliche Name ein. Die beiden Engländer Matt und Patsy, beide ganz in Weiß, unterhielten sich wild gestikulierend mit dem älteren Ehepaar aus der Schweiz, Seelchen und Paul. Weder sprachen die beiden Engländer Deutsch noch die Schweizer Englisch, aber irgendwie schien die Konversation zu funktionieren. Daneben saßen die drei befreundeten Franzosen aus Lyon und ein Italiener aus Neapel. Diese vier kamen schon seit über zwanzig Jahren nach Náoussa und verbrachten mehrere Monate auf der Insel. Am Lagéri-Strand wurden sie die ‚Erdmännchen' genannt, weil sie stets eine Sandkuhle aushoben, um sich vor dem manchmal stark aufbrausenden Wind zu schützen, der sonst angenehm kühl vom griechischen Festland herüberwehte und hier Meltémi genannt wurde.

Sie winkte allen zu, näherte sich aber sofort dem Inhaber, ohne von den anderen Gästen weiter Notiz zu nehmen. »Kalispéra, Ángelos, hast du ein paar Minuten Zeit für mich?«, fragte sie vorsichtig an.

»Kein Problem, dich kriegen wir schon unter«, lachte Angélos zurück und winkte seinen Kellner heran, der sich draußen gerade eine Zigarette angesteckt hatte. Panagiótis war seit zwei Monaten der neue Mann für die Gäste, und die beiden schienen sich gut zu verstehen. »Kümmere dich bitte um die Theke, solange ich mit Katharina spreche«, wies er ihn an. Der junge Mann nickte zustimmend.

»Mann, bin ich froh, endlich einen charmanten Ersatz für Jannis gefunden zu haben«, seufzte Ángelos erleichtert. »Nach drei Versuchen hatte ich es schon aufgegeben. Der erste Kandidat kam zwei Tage, danach wurde er nicht mehr gesehen, der zweite war selbst der beste Kunde und der dritte bewegte sich wie eine Schnecke durch den Laden«, berichtete er.

Katharina lächelte und bemerkte trocken: »Der Kleine sieht ja verdammt gut aus. Da werden sich deine weiblichen Gäste freuen – und manche männliche vielleicht auch. Ich hoffe, du hast Panagiótis informiert, welch schwieriges Erbe er hier antritt?«

»Klar, das musste ich doch, ich habe ihm die ganze Geschichte erzählt. Aber Jannis' trauriges Schicksal hatte ja nichts mit dem ›Aliportas‹ zu tun. Dieser Bursche hier will Geld verdienen, und er kann gut mit den Gästen. Ich bin zuversichtlich, dass es was Längerfristiges wird. So, jetzt lass uns aber fix die Getränke für deine Party zusammenstellen.«

Das ging glücklicherweise schnell, und die Kommissarin, die sich freute auf ihr Zuhause und den wohlverdienten Feierabend, wollte gerade verschwinden, da bemerkte sie aus dem Augenwinkel, wie ihr jemand aus einer Ecke zuwinkte. Erst wollte sie die Person ignorieren, doch dann erkannte sie Dawid und ihr wurde warm ums Herz. Welch ein Lichtblick nach einem so aufreibenden Tag! Automatisch richtete sie ihr Haar - hoffentlich sah sie nicht vollkommen fertig aus? Egal, dachte sie, drehte um und steuerte Dawids Tisch an. Wie sie sich freute, den netten Schreiner hier unerwartet anzutreffen! Eigentlich hatte sie ja erst am kommenden Wochenende damit gerechnet, ihn wiederzusehen; nun saß er da und winkte ihr zu. Er würde doch hoffentlich nicht absagen, erschrak sie kurz. Aber nein, so wie er strahlte, war das eher unwahrscheinlich.

Die beiden begrüßten sich wie zwei verlegene Teenager, die nicht wussten, wie sie sich ihre Sympathien gleichzeitig zeigen und voreinander verbergen sollten. Katharina ergriff die Initiative: »Hey, Dawid, schön dich zu sehen. Wie geht es dir? Ich habe dich hier noch nie getroffen, was treibt dich ins Aliportas?«

»Jetzt geht es mir gut«, erwiderte er, um dann die Kommissarin zu überraschen: »Ich sitze hier schon den dritten Abend, nur um dich zu treffen.«

»Was? Wieso?«, stotterte Katharina, und die ansonsten so resolute Polizeibeamtin merkte, wie ihr die Röte ins Gesicht stieg. »Aber du hast doch meine Telefonnummer, du weißt doch, wo ich wohne ...«, sagte sie und schaute ihn mit großen Augen an.

»Klar, das hätte ich auch machen können, aber mir fiel kein richtiger Grund ein. So habe ich eben versucht, dich hier zu überraschen.«

Katharina strahlte über das ganze Gesicht. »Wie wär's, wenn wir zu mir fahren, und ich koche uns eine Kleinigkeit?« Der letzte Satz war so spontan über ihre Lippen gekommen, dass sie über sich selbst erschrak.

»Nicht schlecht, die Idee.« Dawid grinste, er war sofort bereit, die Chance zu nutzen. »Ich habe einen Mordshunger, und ich würde dich gerne in deinem neuen Kochtempel wirken sehen. Fahr du schon einmal vor, ich komme nach. Ich muss noch kurz bei mir vorbei, ich habe eine Überraschung für dich.« Dicht nebeneinander verließen sie das Lokal.

Katharinas schlug die Autotür zu. Ihre Müdigkeit war einer angenehmen Erregtheit gewichen, versprach der Abend doch noch einen ungeahnten Verlauf zu nehmen. So ausschließlich privat hatten sie sich noch nie getroffen. Sie malte sich schon aus, wie der Abend wohl enden könnte, und ein wohliger Schauer durchströmte ihren Körper. ›Ich koche uns eine Kleinigkeit‹, hatte sie gesagt, ohne überhaupt zu wissen, was ihre Vorräte noch hergaben. Sie erinnerte sich an rote Beete, Joghurt und gekochten Oktopus. Das müsste reichen, dachte sie und fuhr sich mit der Zunge über die Lippen. Sie würde rote Beete mit Joghurt und ein paar Nüssen servieren und den Oktopus mit gekochten Kartoffeln, Kapern und vielen Kräutern zu einem Salat anrichten. Das ging schnell, und der lauwarme Oktopus-Kartoffelsalat kam bei ihren Gästen immer gut an. Wein war auch reichlich vorhanden. Und danach? Ihre Phantasie ging mit ihr durch, sie sah sich schon in den Armen des kräftigen Handwerkers liegen. »Bloß nicht aufdringlich wirken, lass es cool angehen, Katharina«, befahl sie sich und bog in Richtung Ambelás ab.

Nur zehn Minuten nach ihr erschien Dawid mit seinem alten Pickup, auf dessen Ladefläche sie ein Möbelstück, fest verzurrt unter einer Plastikplane, erkennen konnte. Sie öffnete ihm die Haustür, und er rief ihr entgegen: »Ich habe hier etwas für dich, ich hoffe, es gefällt dir.«

Während er sprach, war er schon auf die Ladefläche geklettert, löste den Spanngurt und begann, die Plane abzudecken. Ein wunderschöner

Schaukelstuhl kam zum Vorschein, der farblich perfekt zu den Gartenmöbeln auf ihrer Terrasse passte.

»Ich habe dein altes Schätzchen gesehen, und da dachte ich, es ist Zeit für einen neuen«, sagte Dawid beiläufig und wuchtete das Möbelstück mit einem Satz von der Ladefläche. Die Kommissarin stand mit offenem Mund in der Eingangstür und beobachtete, wie Dawids Muskeln spielten, als er mit dem schweren Stuhl auf sie zukam und ihn vor ihr abstellte. Er schien registriert zu haben, wie sehr sie es genoss, nach getaner Arbeit in ihrem alten Schaukelstuhl noch ein paar Sonnenstrahlen zu ergattern. Jetzt stand er da, der nagelneue Stuhl neben dem verblichenen Stück, und Katharina wusste gar nicht, was sie sagen sollte. Der neue gefiel ihr, zweifelsohne, aber was sollte sie mit dem geliebten Erbstück machen? Hergeben würde sie ihn keinesfalls – es würde sich schon ein Plätzchen für ihn finden.

Sie streckte beide Arme nach Dawid aus und drückte ihn fest an sich. Ihre Blicke trafen sich, und die Wärme, die von seinen Augen ausging, nahm sie in den Bann. Sie wollte ihn gar nicht mehr loslassen. Plötzlich überkam sie ein unbändiges Verlangen. Dawid erwiderte ihre spontane Umarmung energisch, und der ansonsten so zurückhaltende Handwerker ließ seinen Gefühlen freien Lauf. Ein heißer Kuss steigerte ihre Lust, und eng umschlungen gingen sie ins Haus. Dort brachen alle Dämme. Die über die letzten Monate angestaute Begierde war durch nichts mehr aufzuhalten. Bereits im Flur des Hauses knöpfte er ungestüm Katharinas Bluse auf, und seine starken Hände streichelten zärtlich ihre erregten Knospen. Katharina ließ ihn gewähren und genoss es, begehrt zu werden. Mit flinker Hand riss sie dem Handwerker das Hemd vom Leib und schmiegte sich an seine behaarte Brust. Ihre Hände wanderten weiter zwischen seine Beine und massierten leidenschaftlich seinen harten Penis. Stolpernd, sich weiter entkleidend, zerrte sie ihn die Treppe zu ihrem Schlafzimmer hinauf, sie wollte ihn haben. Jetzt. Ganz.

Erst spät am Abend, als sie sich glücklich und erschöpft in den Armen lagen, dachte Katharina wieder ans Essen. Gemeinsam gingen sie in die Küche, und sie bereitete für beide die kleine Mahlzeit vor. Noch ganz benommen, aber überglücklich, endlich mit Dawid zusammen gekommen zu sein, richtete sie die roten Beete mit den Walnüssen und dem Joghurt auf einem großen Teller an und streute kleingehackte Petersilie darüber. Während sie sich gegenseitig mit dem erdigen Gemüse fütterten, kochten die Kartoffeln, die sie später lauwarm unter den klein geschnittenen Oktopus mischte. Beim Anmischen der Vinaigrette aus Olivenöl, Zitrone, Kapern und Kräutern umarmte sie ihr neuer Liebhaber eng von hinten, und die Küchenarbeit wurde durch intensive Küsse unterbrochen. Ganz vergessen hatte sie ihren Kater Karl, der längst mit großem Buckel in der Ecke hockte und Dawid bei jedem Körperkontakt mit Katharina böse anfauchte.

»Na, mein Kleiner, an diesen Herrenbesuch wirst du dich in Zukunft wohl gewöhnen müssen«, kraulte sie ihm die Ohren und sah verliebt zu Dawid auf. Schnell steckte sie dem Kater ein Stück des gekochten Oktopus zu, um den eifersüchtigen Vierbeiner zu besänftigen.

STÉFANOS KOURÁKIS
NÁOUSSA, PAROS

Trotz der wohligen Wärme in seinem Bett konnte er nicht einschlafen, zu sehr beschäftigte ihn die Frage der fehlenden Anbauflächen. Er musste sich eingestehen, dass er einfach nicht weiterkam. Es machte ihn wütend, dass jemand wie Brian Pantoulis so ignorant sein konnte, und es tat ihm in der Seele weh, ein solch schönes Stück Land ungenutzt verkommen zu lassen. Für den kommenden Sonntag hatte er den brummigen Bauern Galánis von der Nachbarinsel zum Osteressen eingeladen, das er wie jedes Jahr mit der traditionellen Souvla, dem Spieß, feiern wollte. Das Lamm, das über dem großen Holzkohlebecken am Spieß gegart würde, war schon gekauft, wie immer hatte er das Kokorétsi mitbestellt, die in Darm gewickelten Lamminnereien, die auf dem kleinen Spieß mitgedreht und wie eine Vorspeise vor dem eigentlichen Essen genascht wurden. Er wollte dem Gerücht nachgehen, jenes Grundstück auf der Nachbarinsel, auf das er sich Hoffnungen gemacht hatte, sei verkauft worden. Bei dieser Gelegenheit wollte er dem Bauern auch die Produktionsanlagen zeigen.

Stéfanos war stolz auf seinen Besitz. Das von außen unscheinbare Gebäude lag in einer Seitenstraße unweit des Agíi-Anárgyri-Strandes und überraschte innen mit einer liebevollen Ausstattung historischer Gerätschaften, wie sie früher in der Weinproduktion benutzt wurden. In den mit Natursteinen gepflasterten Boden waren große Glasplatten eingelassen, die einen Blick in den darunter liegenden Keller erlaubten. Der Besucher fühlte sich in eine andere Zeit versetzt angesichts der alten Traubenpresse, der historischen Trachten und des kleinen Labors. Umso mehr erstaunte es, danach in den mit einer modernen Multi-Media-Anlage ausgestatteten Präsentationsraum zu gelangen, wo Seminare und Vorführungen stattfanden über die Weinproduktion auf den Kykladen.

Immer mehr Touristen nahmen eine Besichtigung des beschaulichen Betriebes in ihr Programm auf; steigende Verkaufszahlen waren das positive Ergebnis dieser Arbeit. Es steckte viel Herzblut in dem kleinen Unternehmen, das bereits in der dritten Generation als Familienbetrieb existierte. 1910 gegründet, war es stetig gewachsen, aber nun schien es an seine Grenzen zu stoßen, wenn nicht bald etwas passierte.

Seit ein paar Tagen machten ihm zusätzlich zwei Dinge zu schaffen: jenes Gerücht, das begehrte Stück Land in Aigiáli sei mittlerweile an eine ausländische Immobilienfirma verkauft worden, sowie der Einbruch in sein Gästehaus. Zu ersterem kannte er zwar keine Fakten, aber wehe, wenn das Gerücht zuträfe! Das käme einer Katastrophe gleich. Der Hauseinbruch war kein Weltuntergang, auch wenn er ein paar wertvolle Bilder weniger besaß, doch der Ärger mit dem Diebstahl halste ihm zusätzliche Arbeit auf. Normalerweise hätte er Ilías Galánis dieses Haus zum Übernachten angeboten, so wie er alle seine Gäste dort unterzubringen pflegte. Doch nun hatte die Polizei das Haus versiegelt für eine weitere Spurensicherung. Glücklicherweise hatte der Bauer ihm grummelnd mitgeteilt, er würde bei seinen Verwandten schlafen und mit ihnen auch das Fest feiern, käme aber trotzdem auf eine zweite Mahlzeit bei ihm vorbei.

Stéfanos wälzte sich unruhig hin und her. Das Gerücht raubte ihm den Schlaf.

MARLENE WINTER
PAROS, FLUGHAFEN

Marlene Winter schäumte vor Wut. Nicht nur, dass die Propellermaschine mit fast zwei Stunden Verspätung von Athen aus gestartet war, jetzt fehlte auch noch ihr Koffer. »There is a strong south wind today, and your luggage will arrive tomorrow«, hatte der Mitarbeiter am Reklamationsschalter lakonisch mitgeteilt und ihr ein Formular vor die Nase geknallt. Außer ihr waren noch sechs weitere Passagiere betroffen; das Palaver in dem kleinen Abfertigungsgebäude war dementsprechend groß.

»Typisch Olympic! Was für eine marode Fluggesellschaft!«, ereiferte sich Marlene, aber ihr würde nichts anderes übrig bleiben, als das zweiseitige Formular auszufüllen, schließlich brauchte sie ja ihr Gepäck. Angeblich sollten alle Koffer mit der ersten Maschine am nächsten Morgen eintreffen und sogar ins Hotel gebracht werden. Wie löblich, dachte Marlene sarkastisch und versuchte, sich zu beruhigen. Es war ja nicht das erste Mal. Immer wieder passierte es, dass bei ungünstigem Wetter Gepäck und Passagiere zurückgelassen wurden. Mit dieser Misere musste sie leben, solange auf der Insel das Projekt einer Start- und Landebahnverlängerung nicht in Angriff genommen wurde. Immerhin, die Maschine war gelandet und nicht nach Athen zurückgeflogen, was häufig vorkam, wenn die Windstärke eine Landung auf dem kleinen Inselflughafen nicht zuließ.

Sie hatte sich in diesem Jahr für das ›Magnolia Inn‹ entschieden, einem kleinen Familienhotel, mit dessen Besitzer sie vor langer Zeit eine heiße Affäre gehabt hatte. Mittlerweile war genügend Gras über die Sache gewachsen, so dass sie es mit der schnuckligen Unterkunft noch einmal versuchen konnte, ohne ins Gerede zu kommen. Die Hotelanlage wirkte wie eine grüne Oase mit einem wunderschönen Blumengarten, hohen Palmen und einem Pool, an dem man schnell Kontakt knüpfen konnte.

Wäre da nur nicht das Problem des fehlenden Gepäcks. Was sollte sie bloß heute abend anziehen, grübelte sie auf dem Weg vom Flughafen nach Náoussa und fluchte auf die griechische Flugabfertigung. Außer ein paar Kosmetikutensilien und einer Zahnbürste hatte sie nichts im Handgepäck. In ihrem legeren Reisedress könnte sie auf keinen Fall ausgehen, allenfalls bis zu ›Tom's Liquor Shop‹, um sich eine Flasche ihres geliebten Cognacs zu kaufen. Aus Gewohnheit genehmigte sie sich abends einen kleinen Gute-Nacht-Trunk. Der gut sortierte kleine Laden lag in unmittelbarer Nähe zum Café ›Aliportas‹ und barg wahre Schätze. Früher hatte der Besitzer sein Geld mit einem Moped-Verleih verdient, sich aber vor ungefähr zehn Jahren auf edle Weine, Champagner, teure Spirituosen und Zigarren spezialisiert. Im Sommer, wenn die großen Jachten in Náoussa einliefen, wurden diese Luxusartikel kistenweise aus dem winzigen Geschäft geschleppt. Hier bekam Marlene ihre Flasche Hennessy, und Tom begrüßte sie jedes Jahr wie eine alte Freundin.

Nach dem Einchecken in das Hotel nahe dem Pipéri-Strand begab Marlene sich auf ihr Zimmer und ging noch einmal ihre Strategie durch. Auszupacken gab es ja nichts, und sie war heilfroh, früh genug vor dem geplanten Treffen mit Frank Felten angereist zu sein, um angemessen gekleidet zu dem Meeting erscheinen zu können – sofern ihr Gepäck tatsächlich am nächsten Tag eintreffen würde.

Sie hatte dem Immobilienmakler einen Tag nach dessen Nachricht über das neue Bauprojekt in Aigiáli einen Terminvorschlag geschickt, der sofort bestätigt worden war. Er hatte angebissen, ab jetzt gab sie den Takt vor. Bloß nicht die Zügel aus der Hand nehmen lassen! Für Sonntagabend hatten sie sich, trotz Ostern, in seinem Büro im großen Hafen verabredet, um die verschiedenen Konzepte durchzugehen und, nicht ganz unwesentlich, über den Preis zu sprechen. Er habe alle Unterlagen im Büro und einen Vertrag vorbereitet, sie solle sich überraschen lassen, hatte er gemailt, und danach wäre sie den ganzen Abend sein Gast. Wenn`s denn unbedingt sein musste! Hauptsache, sie konnte bei den Preisverhandlungen etwas für sich herausholen. Sie hatte pedantisch geplant, welches Kleid sie zu dem Treffen tragen wollte. Sexy musste es aussehen, damit dem kleinen Schmierlappen sogleich die Augen überliefen. Dann sollte auch das mit der Preisverhandlung klappen.

Endlich fiel die Spannung von ihr ab und sie begann, sich auf ihren Inselaufenthalt zu freuen. Aber zu diesem Zeitpunkt ahnte Marlene Winter noch nicht, welche enormen Herausforderungen sie in den nächsten Stunden zu meistern haben würde.

GEORGIOS APOSTOLÓPOULOS
NÁOUSSA, PAROS

Georgios hatte sich für ein paar Stunden an den Strand gelegt. Die Sonne verströmte seit zwei Tagen endlich genügend Kraft, um ans Schwimmen zu denken. Er war sogar schon im Meer gewesen, trotz der um diese Zeit noch grenzwertigen Wassertemperaturen. Jetzt genoss er die Strahlen auf seinem nackten Körper, die wohlige Wärme ließ seine Gedanken kreisen. Ständig musste er an die Einladung denken, die er vor geraumer Zeit erhalten hatte. Sollte er sie annehmen, sich versöhnlich zeigen und die Chance nutzen, sich in das Alltagsleben von Náoussa zurück zu integrieren? Sein Bauchgefühl riet ihm dazu, denn zu dieser Party würden alle wichtigen Personen der Stadt erscheinen. Oder doch lieber ignorieren? Einerseits war er kein wirklich enger Freund der Kommissarin, andererseits hatte sie ihn in der Klinik besucht.

Sophía saß ihm auch im Nacken. Sie würde der Kommissarin bei den Vorbereitungen des Buffets helfen und von Katharina bestimmt nach ihm gefragt werden. »Gib dir endlich einen Ruck und ruf die Kommissarin an, es ist doch eine schöne Geste, dass sie dich eingeladen hat«, hatte sie ihn schon mehrfach aufgefordert. Ob er Louis wohl mitnehmen konnte? Dieser hatte sich für das bevorstehende Wochenende angekündigt, und eigentlich wurde es Zeit, ihm mehr von seiner Heimatinsel und seinem Umfeld zu zeigen. Die Party bei Katharina wäre eine schöne Gelegenheit dazu. Der junge Krankenpfleger hatte sich schon beim ersten Besuch in Georgios' Anwesen verliebt und hätte am liebsten jede freie Minute dort verbracht, sofern es sein Dienstplan erlaubte – was selten der Fall war; das Personal im Krankenhaus wurde immer weiter zusammengestrichen, er hatte zu oft Dienst, auch an den Wochenenden.

Sophía hatte zunächst distanziert auf den fröhlichen Gast reagiert, sich aber zu keinerlei Äußerung hinreißen lassen. Erst nachdem Louis in seiner offenen Art auf sie zugegangen war, erkundigte sie sich immer häufiger nach dem jungen Mann. Georgios sah das mit Genugtuung; glücklicherweise war das Verhältnis zwischen ihm und der ehemaligen Haushälterin fast wieder so gut wie in seinen Kindertagen, nicht zuletzt weil Sophía froh war, endlich Unterstützung in dem großen Haus zu haben. Es gab viel zu tun, und Georgios hatte sich in den letzten Monaten insbesondere um den großen Garten und den Olivenhain gekümmert. Vieles war liegengeblieben, sodass er wohl ein paar Saisonarbeiter anheuern musste. Es tat gut, etwas Sinnvolles mit seinem Leben anzufangen. Nein, es war mehr: Es begann, richtig Spaß zu machen. Er begriff langsam, welches Geschenk sein Erbe war.

Ganz in Gedanken versunken hatte er gar nicht bemerkt, dass ihm aus der Ferne ein anderer Strandbesucher heftig zuwinkte. Der Fremde kam langsam näher, riss die Arme hoch und rief laut seinen Namen. Da klingelte es bei Georgios. Er sprang auf und lief dem wild gestikulierenden Mann entgegen.

»Kaliméra, Stephan, was für eine Überraschung«, strahlte er übers ganze Gesicht. »Schön, dich zu sehen. Was machst du so früh im Jahr schon in Náoussa?« Herzlich umarmte er seinen langjährigen Freund und begrüßte ihn mit einem Wangenkuss. »Du kommst doch sonst immer erst Ende Mai. Das Wasser ist noch viel zu kalt«, lachte er und drückte ihn an sich.

Stephan erwiderte die Begrüßung ebenso liebevoll, schüttelte sich und erwiderte, gespielt bibbernd: »Kalt ist untertrieben, das Wasser ist arschkalt, aber mit etwas Überwindung ist das halb so wild, dazu schwimme ich einfach zu gerne.«

Beide lachten und gingen gemeinsam den Strand entlang in Richtung der beiden alten Steinhäuser, die in der kleinen Bucht ein einsames Dasein fristeten und ihnen in grellem Weiß entgegen strahlten. Der Sand fühlte sich trotz des warmen Tages noch kühl an. Ab und zu mussten sie über das Treibholz steigen, das – wie alles andere angeschwemmte Strandgut auch - erst in den kommenden Wochen entfernt werden würde, wenn die Bucht für den Touristenstrom vorbereitet und gereinigt wurde.

»Ich habe eine Einladung bekommen, die ich mir nicht entgehen lassen wollte, da habe ich meinen Urlaub einfach vorverlegt«, plapperte Stephan fröhlich, bevor er stehen blieb und Georgios sorgenvoll musterte. »Aber wie geht es dir? Warum hast du dich so lange nicht gemeldet? Du hast keine einzige E-Mail von mir beantwortet.«

Georgios zog seine Stirn in Falten und wurde plötzlich verlegen. »Das ist eine längere Geschichte, aber nach den Ereignissen im letzten Sommer habe ich mich erst einmal verkrochen und kaum Kontakt zu meinem Freundeskreis gesucht.« Er schwieg einen Moment versonnen, atmete tief durch und fuhr fort: »Du hast ja vieles davon mitbekommen, in deinem letzten Urlaub hier auf Paros ...«, er stockte kurz, senkte seinen Kopf zu Boden. Auch einem guten Freund gegenüber schämte er sich, wenn er an seine Vergangenheit dachte und daran, was der andere darüber wusste. »Und Katharina wird dir noch einiges mehr erzählt haben? Aber lass uns das bei einem guten Essen in Ruhe besprechen. Wie wär's mit morgen Abend? Ich lade dich ein. Komm zu mir nach Hause. So kann ich dich auch mit Louis bekannt machen«, sprudelte es aus ihm heraus und er lächelte Stephan dabei wieder breit an.

»Louis? Wer ist Louis, sollte ich den kennen?«

»Eher nicht, lass dich überraschen ...«. Georgios setzte zu einem kleinen schrägen Sprung an, klappte dabei die Fersen zusammen und stieß einen Freudenschrei aus. Sein Strandbegleiter antwortete mit einem verblüfften Kopfschütteln und nahm das gastliche Angebot dankend an.

»Um welche Einladung geht es denn bei dir? Vielleicht habe ich die ja auch bekommen«, fragte Georgios neugierig nach. Ihm dämmerte etwas. Und er lag richtig.

»Das wird eine super Party. Und ich mag Katharina. Die hätte mir eine Absage nie verziehen, und Ärger mit einer Kommissarin sollte man tunlichst vermeiden«, war Stephans Kommentar. Georgios sah die Begeisterung in den Augen seines Freundes. Damit war für ihn die Entscheidung gefallen, der Einladung der Kommissarin zu folgen.

»Also bis morgen Abend,« verabschiedete sich Stephan, als sie Georgios' Liegeplatz erreicht hatten. Er wunderte sich insgeheim, was seinen ehedem drogenfreudigen Freund, der zudem ein wildes Sexleben geführt hatte, so verändert hatte. »Ich kann es kaum abwarten, was du mir alles zu berichten hast. Du wirkst auf mich irgendwie total anders. Und wer ist dieser Louis ...? Du hast doch nicht etwa endlich eine feste Beziehung?«

»Wie schon gesagt, lass dich überraschen, in jeder Hinsicht – und bring Hunger mit.«

KATHARINA WALDMANN
AMBELÁS, PAROS

Zufrieden drehte sich Katharina noch einmal auf die andere Seite und ließ den gestrigen Abend Revue passieren. Dass es so schnell gehen würde, hätte sie sich nicht träumen lassen, aber manchmal schrieb das Leben die schönsten Geschichten. Es war kurz vor sieben, und Dawid war schon aufgebrochen, um trotz des Karfreitags noch einen eiligen Auftrag auszuliefern: ein Gästebett, das er einem guten Freund versprochen hatte und das zu Ostern dringend gebraucht wurde. Am frühen Nachmittag wollte er zurück sein, um ihr beim Herrichten der Terrasse für die große Party zu helfen.

Alle, denen sie von ihrem Plan erzählt hatte, waren zunächst verwundert: am Ostersonntag eine Party? Höchst ungewöhnlich für griechische Verhältnisse, wo der Ostersonntag traditionell als Familienfeiertag begangen wurde. Doch für die Kommissarin war es ein Familienfest, welches erst am späteren Abend in eine Party übergehen sollte, und sie hatte kein Problem damit. Katharina hatte auch nicht darauf bestanden, schon mittags mit dem Feiern zu beginnen, wenn die griechischen Familien noch gemütlich bei der Soúvla saßen. Und doch wollte sie gerade an diesem Sonntag feiern, weil dann ihre vielen ausländischen Freunde dabeisein konnten, die für die Osterzeit Urlaub auf Paros geplant hatten, um die Feiertage auszunutzen; das westliche Osterfest lag dieses Jahr nur eine Woche früher als das orthodoxe, was ihnen etliche freie Tage bescherte. So hatte sie ihre Party auf den Ostersonntagabend gelegt. Manche Ortsansässige hatten zwar den Kopf geschüttelt, es der ›Germanida‹ aber nachgesehen, die ihre Kindheit in Deutschland verbracht hatte. Auch sie kamen gern zur Feier der Kommissarin.

Am Karfreitag wollte sie mit Nektaría und Sophía das Essen für Sonntag vorbereiten; darauf freute sie sich seit Wochen. Vorsichtig hatte sie bei den beiden Frauen angefragt, denn Karfreitag, das wusste Katharina, war normalerweise kein Tag, um Feste vorzubereiten. Viele, hauptsächlich ältere Leute, besuchten sogar mehrmals an diesem Tag die Messe, die über Stunden dauerte; auf jeden Fall die Abendmesse, wenn aus jeder Kirche die Trauerpsalmen erklangen, bis der Priester mit dem blumengeschmückten Epitaph nach draußen trat und die Prozession durch den Bezirk anführte. Alle, aber auch wirklich alle Griechen waren zu diesem Zeitpunkt auf den Beinen, schritten entweder in der Prozession oder standen mit Weihrauchgefäßen am Straßenrand und warteten auf den nahenden Zug, auf dass der Priester ein segnendes Kreuz über sie schlug. Symbolisch wurde hier mit Gesängen Jesus zu Grabe getragen, dessen Bildnis man in der Messe am Mittag vom Kreuz genommen, in den Epitaph gelegt und mit Blumen bestreut hatte.

Trotz alledem hatten sich die beiden Frauen bereit erklärt, ihr zu helfen. Allerdings wollten sie früh am Morgen beginnen, was Katharina ganz recht war, denn so konnte sie noch ihren eigenen Haushalt in Ordnung bringen, bevor sie sich zur Prozession in der Kirche einfinden würde. Katharina grinste. Am Karfreitag gab es sogar weniger Einbrüche, ganz so, als ob auch die Gangster sich in der Kirche aufhielten.

Es sollte die Feuertaufe für ihre neue Küche werden, und Katharina war gespannt auf das Urteil ihrer Küchencrew. Die Lebensmittel lagen bereit, es konnte losgehen.

Sie nahm ihr Handy vom Nachttisch, schaltete es ein, um für ihr Kollegenteam erreichbar zu sein, und entdeckte erst jetzt zwei verpasste Anrufe. Der erste war von Fílippos. Sie spielte die Aufzeichnung ab: »Komme Freitag mit der Nachmittags-Maschine aus Athen. Ich freue mich riesig. Danke! Danke! Danke!« Seine Stimme überschlug sich glucksend, und Katharina erahnte die Freudenstimmung des jungen Beamten. Sie musste unbedingt noch ein Zimmer im ›Aliportas‹ für ihn reservieren, fiel ihr siedend heiß ein, und das kleine Gästezimmer für ihre Eltern vorbereiten. Am liebsten hätte sie diese auch im ›Aliportas‹ einquartiert, denn so sehr sie sich auf die beiden freute, ihre Mutter konnte furchtbar anstrengend sein. Aber das konnte sie nicht bringen, also galt es, für ein paar Tage die Zähne zusammenzubeißen.

Mit einem Satz sprang sie aus dem Bett. »Jetzt gib mal richtig Gas«, befahl sie sich und drückte die Abhörtaste für den zweiten Anruf: »Kostas Papoúlis, Chefredakteur der Paros Life. Bitte rufen Sie mich dringend zurück. Ich brauche konkrete Angaben über den Stand der Ermittlungen zur Einbruchsserie. Na ja, Sie wissen schon. Erwarte noch heute Ihren Rückruf!«

Mit welch arroganter Stimme der Redakteur seine Nachricht auf der Box hinterlassen hatte – eine Unverschämtheit! Was bildete der Schnösel sich ein? Sie wurde wütend, war sich aber bewusst, wie unangenehm diese Spezies werden konnte. Nach Ostern würde sie ein ernstes Wort mit dem Journalisten sprechen.

Schnell kleidete sie sich an, kochte einen Kaffee und richtete das Zimmer für ihre Eltern her. Am liebsten hätte sie Fílippos dort untergebracht. Aber das hätte vermutlich Gerede gegeben. Und ob es Dawid gefallen hätte, war noch eine andere Frage.

Gut gelaunt begann sie, in der Küche alles vorzubereiten, damit das Köchinnentrio gleich zur Tat schreiten konnte. Vier Kisten mit Gemüse, Fleisch und weiteren Zutaten warteten auf dessen Einsatz, und sie fing an, die jeweiligen Zutaten richtig zusammenzustellen. Katharina war bestens organisiert, da brachen ihre deutschen Wurzeln durch. Sie hasste Chaos, und sie würde es auch heute zu vermeiden wissen.

Als sie die Berge von frischen Zucchini, Auberginen, Tomaten und Kräutern sah, meldete sich ihr Magen. Der Kaffee hatte ihren Appetit angeregt, es wurde Zeit für ein gutes Frühstück. Ihre beiden Mitstreiterinnen mussten jeden Moment eintreffen, also deckte sie den Tisch für alle drei ein. Sie rührte noch schnell eine Portion Myzíthra, den Ricottaähnlichen Weichkäse mit ein paar Kapern, Tomaten und Oliven an – ein herzhafter Brotaufstrich und guter Start in den Tag. Sollte jemand fasten – und davon ging sie aus – hatte sie Paximádia-Zwieback im Haus. Eine köstliche selbstgemachte Aprikosenmarmelade, Honig und Obst rundeten das Frühstück ab. Sie strich sich mit der Zunge über die Lippen, ihr Magen knurrte heftig. Zum Glück musste sie nicht mehr alle drei Monate zum Gesundheitscheck wie in ihrer alten Funktion als Leiterin der Athener Mordkommission – jedes überflüssige Pfund hatte zu Schelte geführt.

»Frau Kollegin, etwas mehr Sport und weniger deftiges Essen, bitte«, hatte der Amtsarzt sie mehr als einmal ermahnt und damit mächtig unter Druck gesetzt. Hier auf Paros sah man das gelassener, so wie man das ganze Leben gelassener sah. Man lebte hier noch das berühmte Filótimo, diese einzigartige griechische Art, das Leben zu genießen und es mit anderen zu teilen. Und das war gut so.

Sie hörte, wie vor ihrem Haus ein Geländewagen hielt, den sie zunächst nicht zuordnen konnte. Erst als die Fahrertür geöffnet wurde und der Fahrer flink zur Beifahrertür eilte, um Sophía aus dem großen Gefährt zu helfen, erkannte sie Georgios. Sophía hielt einen alten Kessel in der Hand und schlurfte langsam auf den Eingang zu. Sie hatte die Kartoffeln für die Skordaliá vorgekocht, so wie sie es besprochen hatten.

»Kaliméra«, begrüßte Katharina die beiden und bat sie stolz in ihre neue Küche.

Sophía, wenig vertraut mit modernem Interieur, lief unbeeindruckt auf die Gemüseberge zu und zog sich ihre alte Schürze an, während Georgios staunte: »Wow, das ist ja wie aus einem Designermagazin, das würde mir auch gefallen. Darüber müssen wir uns mal in Ruhe unterhalten.« Er wirkte nervös.

»Ja, hat mich auch ein paar Euros gekostet, aber schön, dass es dir gefällt. Am Sonntag haben wir bestimmt Zeit, uns zu unterhalten. Kann ich mit dir rechnen, Georgios?«

Seine Anspannung löste sich, er lächelte ihr zu und war froh, dass sie ihn so direkt ansprach. »Ja, sorry, dass ich spät dran bin, ich komme gerne. Wenn ich noch jemanden mitbringen darf?«

Die Kommissarin klatschte freudig in die Hände. »Aber klar doch, jederzeit – wen denn?«, hakte sie neugierig nach.

»Louis, ein guter Freund, er wird dir bestimmt gefallen, aber frag doch Sophía, sie kennt ihn bereits.« Georgios war schon auf dem Weg nach draußen, als Katharina ihm nachrief: »Stephan wird übrigens auch kommen. Ihr habt euch doch bestimmt einiges zu erzählen. Ich freue mich auf euch.«

Georgios winkte zum Abschied, und die beiden Frauen setzten sich an den Tisch, um einen Kaffee zu trinken. Es dauerte nicht lange, da trudelte

Nektaría ein, auch sie bepackt mit Schüsseln, in denen ihre am Vortag zubereiteten Dolmadákia verstaut waren. Die würden, wie immer, ein Highlight des Buffets werden.

Gestärkt machten die drei Frauen sich an die Arbeit. Im Handumdrehen verwandelte sich die Küche in einen Restaurantbetrieb, immer unter dem strengen Blick Katharinas. Sophía begann mit flinken Fingern, das Gemüse in Scheiben, Streifen oder Würfel zu schneiden, um daraus eine große Portion Briamí vorzubereiten. Das passte wunderbar zu den Paidákia, den kleinen Lammkoteletts, die auf den Grill kommen sollten. Nektaría zauberte eine Grillmarinade aus Zitrone, Olivenöl sowie unzähligen Kräutern. Für das Tzatzíki war Katharina zuständig. Etliche Becher Joghurt wurden zum Entwässern auf ein trockenes, über einer großen Schüssel hängendes Tuch gelöffelt. Es wurde viel gelacht, und das so ungleiche Trio arbeitete zügig Hand in Hand. Nektaría schnatterte ununterbrochen, sie schien froh zu sein, sich mal wieder in einer reinen Frauenrunde zu bewegen.

»Das machen wir demnächst öfter«, sagte sie. »Seit Ádonis zu Hause ist, muss ich manchmal raus. Der kann einem ganz schön auf die Nerven gehen. Mitunter beneide ich euch, ihr braucht euch um keinen Kerl zu kümmern. Das ist eine ziemliche Umstellung für mich. Er geht zwar ab und zu ins Kafeníon zum Tavlispielen wie alle alten Herren im Ort, aber für meinen Geschmack ist er immer noch zu viel zu Hause.«

Sophía hörte auf zu schneiden, schaute auf und erwiderte in ihrer schnoddrigen Art: »Schick Ádonis zu mir, wenn er dir lästig wird. Ich habe Arbeit genug. Den kriege ich schon beschäftigt.«

Lautes Gelächter erklang, und Katharina fragte sich, wie die beiden wohl auf Dawid reagieren würden.

Der große Lebensmittelvorrat schrumpfte Zug um Zug, bald duftete es nach allem, was die griechische Küche zu bieten hatte. Zwei Fahrer von Ángelos brachten die Getränke und zwei Außenkühlschränke vorbei. Jetzt musste nur noch die Terrasse hergerichtet werden, aber darum wollte sich Dawid ja kümmern, außerdem hatte das Zeit bis Sonntag.

Als Nektaría begann, eine Portion Lammfleisch in Marinade einzulegen, holte die Kommissarin drei Gläser aus dem Schrank und setzte gerade an, in jedes einen großzügigen Schluck Wein einzuschenken, da wurde sie von Sophía mit bösen Augen gemustert. »Für mich keinen Wein heute, am heiligen Karfreitag!« Bei diesen Worten bekreuzigte sie sich mehrfach. Katharina begriff und goss allen ein Glas Wasser ein. »Jámas! Danke für eure große Hilfe, und das an so einem Tag«, prostete sie den beiden zu. »Was hätte ich nur ohne euch gemacht?«

Sophía nickte und gab ohne aufzublicken zum Besten: »Wenn die Krise schlimmer wird, machen wir ein Lokal auf mit dem Namen ›Ta Tria Astéria‹«. Alle drei jubelten, sie hatten in der Tat das Zeug dazu, ein Drei-Sterne-Restaurant zu führen.

Gegen ein Uhr mittags kam Dawid zurück, in der Hand eine große Tüte mit ›Nistísima glyká‹ – Fastengebäck. Katharina wurde es ein wenig mulmig, wie sie den beiden Frauen die Anwesenheit Dawids erklären sollte. Doch für größere Ansagen blieb ihr gar keine Zeit, denn Dawid kam ungestüm auf sie zu und begrüßte sie mit einem dicken Kuss. Die Kommissarin spürte, wie sie errötete, stellte ihn vor und stotterte: »Er, also Dawid ... hat die Küche gebaut, und wir sind ... na ja, wie soll ich sagen? ... jetzt zusammen.«

Die beiden Frauen nahmen die Nachricht ganz unterschiedlich auf. Während Sophía gar nichts gehört zu haben schien und einfach weiterarbeitete, grinste Nektaría verschmitzt und meinte: »Willkommen in der Taverna ›Ta Tria Astéria‹! Viel Glück für euch. Die Küche ist euch gelungen und die Überraschung auch. Meine Küche hätte übrigens auch dringend eine Renovierung nötig.«

Dawid grinste, für einen ausgiebigen Plausch reichte es nicht, denn ein Blick auf die Uhr zeigte ihm, dass er sich sputen musste, um wie geplant Fílippos abzuholen. Er bat Katharina, den Namen ihres Kollegen auf ein großes Blatt Papier zu schreiben, das er bei der Ankunft am Flughafen in die Höhe halten konnte. Kaum war der stattliche Handwerker verschwunden, sprudelte es aus Nektaría heraus: »Meine Liebe, du sorgst immer wieder für Überraschungen. Dann gibt es ja am Sonntag noch mehr zu feiern. Warum hast du nichts davon erzählt?« Sie schüttelte energisch den Kopf. »Aber es wurde auch langsam Zeit, dass du mal wieder einen Mann ins Haus kriegst.«

Wie recht sie hat, dachte Katharina und erinnerte sich an die lange Zeit der Einsamkeit und an ihre Wut, mit der sie damals fertig werden musste. Es war schon lange nicht mehr schön gewesen mit Dimitris. Immer weniger hatte er sich zu Hause aufgehalten. Kein Wunder, er arbeitete im Vertrieb und war viel ins Ausland gereist. Bis er sich von seinen Reisen jemanden mitgebracht hatte. Etwas Blondes, Langbeiniges. Und sie hatte wirklich zwei Jahre lang geglaubt, dass es nur eine Sekretärin war. Für Auslandsbeziehungen. Wie dumm sie gewesen war. Als Kommissarin hätte ihr das wirklich nicht passieren dürfen.

Entschlossen schüttelte sie ihre Erinnerungen ab. Das war vorbei. Wie schön doch die jetzigen unbeschwerten Stunden waren, und wie sehr sie diese genoss.

Jetzt wurde es endlich Zeit für ein paar Snacks; der plötzliche Auftritt von Dawid hatte sie das Frühstück völlig vergessen lassen. Beherzt griff Nektaría nach einem Paximádi und bestrich es üppig mit Honig, Sophía hielt es eher mit deftiger Kost und schaufelte sich eine Portion der frisch gekochten Chorta auf einen Teller, jenes gekochte Grünzeug, das in Griechenland auf jeder Speisekarte zu finden ist. Dazu nahm auch sie ein Stück von dem Zwieback. Katharina selbst hätte liebend gerne von Nektarías Dolmadákia genascht, genierte sich jedoch vor den beiden gläubigen Frauen – der Verzehr von Olivenöl am Karfreitag galt als Tabu. So entschloss sie sich für Paximadia mit einer Portion Myzíthra, herzhaft und lecker. Naschen konnte sie später.

Am frühen Nachmittag erschien Georgios, um die zwei Köchinnen nach Hause zu fahren. Katharina verstaute die zubereiteten Leckereien in einen der angelieferten Kühlschränke, wo sie bis Sonntag gut aufgehoben waren. Sie war rundum zufrieden, alles hatte gut geklappt, die wichtigsten Vorbereitungen waren erledigt. Ein paar Gerichte sowie ein großes Blech mit ihrem Lieblingsnachtisch Galaktoboúreko, einem Milchgrießdessert in Blätterteig, würde sie erst am Sonntag frisch zubereiten, aber ihre Mutter würde sie tatkräftig unterstützen, vorausgesetzt, sie kamen sich nicht allzu sehr in die Quere. Die Kommissarin sah der Sache gelassen entgegen. Den morgigen Ostersamstag konnte sie entspannt ihren Eltern und Dawid widmen. Natürlich mussten die Eltern mit all den Veränderungen in Katharinas Leben klarkommen: neuer Job, neues Haus, neuer Mann. Es würde ein interessantes Osterfest werden.

Und das wurde es. Kaum waren ihre beiden Köchinnen aus dem Haus, trafen die Eltern in Ambelás ein; Katharina wurde überwältigt von Wiedersehensfreude. Die beiden Herrschaften waren mit dem Auto angereist und hatten die Morgenfähre von Piräus nach Paros genommen. Ohne lange zu fackeln begann ihre Mutter, das Terrain in Katharinas Küche abzustecken. Sie hatte es sich nicht nehmen lassen, zum Fest einen Beitrag zu leisten – der verbarg sich im Kofferraum. Unzählige Lebensmittel, verpackt in zahlreichen Töpfen, wurden unter dem kritischen Blick der Tochter in der gesamten Küche verteilt, und nach ein paar erfolglosen Protesten gab Katharina sich geschlagen.

»Ich habe vorsichtshalber alles mitgebracht«, verteidigte sich ihre Mutter, wohl im Glauben, in Ambelás könnte man nicht richtig einkaufen. »Wenn wir schon nicht bei uns zu Hause feiern, möchte ich wenigstens die klassischen Gerichte haben«, ergänzte sie trotzig, band sich die mitgebrachte Schürze um, suchte Schüsseln zusammen und begann mit der Zubereitung des Teiges für das Tsouréki; das traditionelle Osterbrot mit den aufgesetzten roten Eiern durfte ihrer Meinung nach am Sonntag nicht fehlen.

Derweil verfolgte der Vater die kleinen Kämpfe in der Küche mit einem verschmitzten Lächeln und blinzelte seiner Tochter aufmunternd zu. Bald hatte sich die Lage entspannt, und beim Verzehr des traditionellen Karfreitagsgerichts - gekochtes Gemüse und ein paar Linsen mit Essig - bereitete Katharina die Eltern auf ihren neuen Partner vor.

Der erschien rechtzeitig mit einer großen Portion Halvá im Gepäck. Katharinas Mutter versteckte ihre Aufregung, indem sie ständig zwischen Küche und Wohnzimmer herumeilte. Ihr Vater hingegen fand sofort einen Zugang zu Dawid und ließ sich eingehend von dessen Handwerksarbeiten erzählen.

Nach wenigen Stunden des Herantastens wirkte die Viererrunde fast wie eine richtige Familie, und alle freuten sich auf die diesjährigen Osterfeierlichkeiten.

MARLENE WINTER
NÁOUSSA, PAROS

Es war eine unruhige Nacht für die Stuttgarter Ärztin, obwohl sie sich einen großzügigen Schluck aus der frisch erstandenen Flasche Hennessy gegönnt hatte. Das fehlende Gepäck ließ sie nicht zur Ruhe kommen. Ihre Anspannung löste sich erst am nächsten Morgen, als ein Taxi mit dem verlorengegangenen Koffer vorfuhr.

Nun war endlich alles im Lot, sie konnte den Tag entspannt angehen. Der Himmel strahlte in einem kräftigen Blau, die Sonne schien schon morgens intensiv genug für einen ersten Strandtag. Ein wenig Farbe täte ihr gut, besonders zu dem roten Kleid, überlegte sie, dann bräuchte sie nicht so viel Make-up aufzutragen. So entschied sie sich für einen ruhigen Tag am Monastiri-Beach, der am äußersten Ende Náoussas in einer kleinen geschützten Bucht lag. Das Wasser war nicht tief – geliebt von Schnorchlern –, schimmerte in tiefstem Blau, war im Sommer warm wie ein Pool, nur um diese Jahreszeit noch etwas kühl.

Wenn sie Glück hatte, gab es bereits eine Liege zu mieten, und die berühmte Beach Bar war bestimmt an diesem Wochenende schon geöffnet. Der reguläre Betrieb begann zwar erst Mitte Juni, aber an großen Feiertagen wie dem Osterfest waren die bekannten Hot Spots gewöhnlich offen. Sie packte ihre Badetasche und bestellte ein Taxi. Wenn man nicht selbst motorisiert war, war die Bucht nur auf diesem Wege oder mit einem der kleinen Leihboote zu erreichen, die jedoch erst später im Jahr zur Verfügung standen.

Im Foyer wartete sie auf den Chauffeur, als der Besitzer des ›Magnolia Inn‹ durch die Terrassentür kam. Er trug einen großen Blumenkübel nach draußen und hätte ihn vor Schreck fast fallen lassen, als er den überraschenden Gast erkannte. Marlene amüsierte sich köstlich.

»Hallo Nico, warum denn so nervös? So kenne ich dich ja gar nicht.« Kokett musterte sie ihn von der Seite.

Sie trug ein knappes T-Shirt und eine enge, weiße Capri-Hose. Ihr Haar hatte sie streng nach hinten gekämmt, trug roten Lippenstift und eine große, dunkle Sonnenbrille, die sie langsam nach oben schob, um Nico tief in die Augen zu blicken - dabei die Hilflosigkeit des überrumpelten Hotelbesitzers genießend.

»Marlene, du hier ...?«, stotterte dieser und stellte unbeholfen den Kübel ab. »Du warst seit Jahren nicht mehr bei uns ... Schön, dich zu sehen. Und immer noch so attraktiv ... wow!«

Nach einem anfänglichen Zögern drückte er sie kurz an sich, um ein Küsschen rechts und links neben ihre Wange zu schmatzen. Dabei schweifte sein Blick zur Rezeption. »Meine Frau hat von unserer Liaison nie etwas erfahren«, flüsterte er Marlene schnell ins Ohr, »nur damit du Bescheid weißt.«

»Das hätte mich auch gewundert«, hauchte Marlene zurück, »so wie sie von all deinen anderen Affären auch nichts weiß, oder?« Sie lächelte ihm überlegen zu. »Aber mach dir keine Sorgen, das soll unser kleines Geheimnis bleiben. Und bilde dir nichts ein, ich bin wegen eines Bauprojekts auf Amorgós hier und natürlich, um ein wenig auszuspannen.«

Sie betrachtete ihn intensiv von der Seite. Nico sieht immer noch gut aus, dachte sie. Er hatte sich, was seine Seitensprünge betraf, wohl kaum geändert. Da wäre bestimmt noch was für sie drin, überlegte sie, bevor die Begegnung von der Ankunft des Taxifahrers unterbrochen wurde.

Nach Erreichen des Ortsausgangs von Náoussa bog der Wagen rechts ab zu den Stränden Kolimbíthres und Monastíri und fuhr wenige hundert Meter am Wasser entlang. Vorbei an ein paar kleinen, auf dem Wasser dümpelnden Booten, ging es in einer großen Linkskurve entlang des ›Astir Paros Hotel‹ in Richtung Campingplatz. Romantisch wogendes Schilf säumte die gut ausgebaute Straße, bevor sie hinter der Anlage ›Porto Paros‹ in eine holprige Piste mündete, die auf eine kleine Schiffswerft zulief. Von hier waren es nur noch ein paar Meter, und auf der Anhöhe war bereits die Kapelle des ›Agios Ioannis‹ zu erkennen, die im Sommer oft für Hochzeiten genutzt wurde.

Die kleine Bucht wurde eingerahmt von glatten Felsen, das Wasser leuchtete ihr in den unterschiedlichsten Türkistönen entgegen. Marlene Winter ging das Herz auf, sehnte sie sich doch nach Sonne und Meer, besonders nach diesem unwirtlichen Winter in Stuttgart. Das Wasser am Monastíri war sehr flach, man musste weit hinausgehen, um richtig schwimmen zu können, daher hatte es bereits im April angenehme Temperaturen. Der im Sommer laufende Wasserskiverleih hatte zum Glück um diese Zeit noch geschlossen, somit konnte sie tatsächlich einen ruhigen Strandtag verbringen. Sie besorgte sich eine Liege, wählte einen Platz in der Nähe der Bastsonnenschirme und räkelte sich genüsslich in der Sonne. Die Wärme und die Ruhe taten ihr gut nach der aufregenden Anreise, und beim Dahindösen ging sie gedanklich noch einmal das Treffen mit Frank Felten am Sonntagabend durch. Wenn alles glatt liefe, würde sie morgen Nägel mit Köpfen machen und einen Vertrag für ihr langersehntes Häuschen auf Amorgós unterschreiben. Ein Traum, dem sie nun endlich so nahe war.

Zumindest glaubte das Marlene zu diesem Zeitpunkt.

Der tödliche alkoholische Extrakt hatte eine leicht grünliche Färbung, war ansonsten aber eine klare Lösung, so dass er unauffällig anderen Flüssigkeiten, wie zum Beispiel Getränken, beigemischt werden konnte. Die betroffenen Personen würden es erst bemerken, wenn es bereits zu spät war. Die besondere Herausforderung lag in der Darreichung des Giftes, musste die Tinktur doch ohne Aufsehen in das Getränk des Opfers dosiert werden. Das war in der Tat eine nicht ganz einfache Aufgabe, zumal wenn es in einem belebten Umfeld passieren sollte, wo Verdächtige womöglich zu identifizieren waren.

Doch es gab einen Weg. Ein breites, wertvoll verziertes Lederarmband, fast schon eine Manschette, als Schmuckstück am rechten Unterarm getragen, konnte für diesen Zweck umgearbeitet werden. Das Band wies zahlreiche Symbole der griechischen Mythologie auf, die aufwändig in das schwarze Leder eingearbeitet waren. Besonders markant stach die schlangenumschlungene Schale der Hygeía ins Auge, die weltweit als anerkanntes Symbol für die Pharmazie steht. Die Tochter des Asklepios – Gott der Medizin und Heilung – wurde schon in der Antike mit einer Schale dargestellt, aus der eine Schlange trank. Ein solcherart symbolträchtiges Schmuckstück zu einer tödlichen Waffe umzufunktionieren – was für ein grandioser Einfall! Genau betrachtet war das geplante Vorhaben letztendlich ja ein Akt der Heilung: der Heilung der Welt von weiterer Zerstörung. Damit das Armband seine todbringende Aufgabe erfüllen konnte, musste es umgerüstet werden, und zwar an der Unterseite, vom Handgelenk zur Handfläche hin. An dieser Stelle musste eine Halterung für eine kleine Plastikspritze angebracht werden. Diese würde, in der Mitte der Handfläche liegend, mit einer Fingerschlaufe so befestigt, dass die Nadelspitze zwischen Mittelfinger und Ringfinger hervorschaute und der Kolben mit einer beugenden Handbewegung nach vorne gedrückt werden konnte. So ließ sich der Inhalt schnell und unauffällig entleeren, bei punktgenauer Dosierung. Die Spritze ließ sich geschwind mit einem Klick entfernen und beseitigen.

MARLENE WINTER
NÁOUSSA, PAROS

Als sie an diesem Samstag zurück ins Hotel kam, trank sie am Pool noch einen Kaffee, bevor sie sich für den Abend umkleiden wollte. Starker Mocca mischt die Seele auf, dachte sie beim ersten Schluck. Sie war ungeduldig. Bis jetzt hatte sie nichts Geschäftliches erreichen können. Selbst dieser Felten war wie vom Erdboden verschluckt. Ostersamstag in Griechenland. Tag der Auferstehung. Na ja, wenigstens war der Termin morgen abend fest verabredet.

Kurzfristig hatte sie beschlossen, an den Osterfeierlichkeiten teilzunehmen. Die buntgeschmückten weißen Kerzen, die überall in den Läden angeboten wurden, hatten sie dazu animiert. Ihre Kerze hatte sie in dem kleinen Laden nahe der Krankenstation gekauft, der allerlei kirchliche Produkte feilbot: Ikonen, Weihrauch, Weihrauchgefäße, Kerzenständer und alle möglichen Utensilien, die Marlene nicht einordnen konnte, aber wohl in orthodoxen Haushalten üblich waren. Ihre Auferstehungskerze war mit einem hellblauen Band umwickelt und mit Strasssteinen beklebt. Ein paar durchsichtige Plastikherzen, die an einem dunkelblauen Band in Kerzenmitte befestigt waren, baumelten nun an Marlenes Handgelenk.

Eine halbe Stunde vor Mitternacht beobachtete sie, wie alle sich zum Kirchplatz begaben, und so verließ sie das Hotel und folgte den Menschen. Wieder einmal beeindruckte sie der Anblick der geschmückten Kirche. Alle Ikonen waren mit Blüten und Girlanden geschmückt. Farbige Schleifen hingen an Stühlen und Kerzenständern. Während die Kirche an gewöhnlichen Tagen den typischen Geruch des Rosenweihrauchs verströmte, roch es heute ganz anders. Frischer. Nach Orangenblüte und Jasmin.

Ohne die Ikonen zu küssen oder ein Kreuz zu schlagen, stellte sie sich zu den Frauen auf die linke Seite. Von der Liturgie verstand sie nichts, genauso so wenig wie die meisten Griechen, wurde die Liturgie doch in der alten Kiné-Sprache gehalten, so wie man ein paar Jahrhunderte nach Christus gesprochen hatte. Im Gegensatz zu anderen christlichen Kirchen hat die Orthodoxe seit über tausend Jahren nichts an deren Ablauf geändert. Was für ein schönes, erhabenes Gefühl; die Klänge auf so fremdartige Weise faszinierend, völlig anders, als sie es von der katholischen Kirche gewohnt war. Die Vorsänger links und die Gruppe rechts, die bei orthodoxen Messen die Meinung der Leute auf der Straße versinnbildlichen, hatten schöne, herrlich klare Stimmen.

Das Licht ging aus, schnell bildete sich eine Gasse zwischen den Frauen auf der einen und den Männern auf der anderen Kirchenseite, und ein Mann kam mit einer Laterne herein, in der eine Kerze brannte: das Licht der Auferstehung. Der in hellem, blumenbestickten Festgewand gekleidete Priester nahm die Laterne in Empfang und ging in den heiligsten Teil der Kirche, den Ieró – jenes Segment, dessen Zutritt Frauen verwehrt war. Die ersten Männer versammelten sich vor der kleinen Eingangstür zum Altarraum, ihre Kerzen weit hochgereckt, um als erste das Licht der Auferstehung zu erhalten. Kurz darauf kam der Priester wieder heraus und verteilte mit einer weißen Kerze das Licht an alle, die ihm eine eigene Kerze entgegenhielten.

In Windeseile verbreitete sich das Kerzenlicht in der Kirche. Wer seine Kerze angezündet hatte, gab die Flamme an den Nachbarn weiter. Glockengeläut ertönte, laut und fröhlich, das Gegenteil jener drei traurigen Schläge, die in den letzten Tagen jede Stunde auf der Insel erklungen waren. Von draußen waren die ersten Böllerschüsse zu vernehmen.

Mit gravitätischen Schritten ging der Priester durch das Spalier der Gläubigen auf ein vorbereitetes Podest im Freien, das mit großen Palmenblättern geschmückt war. Hier las er ein Stück aus dem Evangelium und schloss mit dem traditionellen Ostergruß »Christós Anésti« – Christus ist auferstanden.

Jetzt kam Bewegung in die Menschen. Alle umarmten sich, küssten sich auf die Wangen. Von überall war der Ostergruß zu hören samt der dazugehörigen Antwort »Alithós Anésti« – Er ist wahrlich auferstanden.

Während weiterhin Böllerschüsse erklangen und die Menschen allmählich nach Hause aufbrachen zum traditionellen Fastenbrechen, war Marlene ins Hotel zurückgekehrt. Irgendwie hatte ihr die Zeremonie gut getan.

Während sie sich auszog, fiel ihr erneut der Willkommensgruß ins Auge, den Felten ihr ins Hotel hatte schicken lassen. »Verehrte Frau Dr. Winter, ich hoffe, Sie hatten eine angenehme Anreise. Es ist mir ein Vergnügen, Sie am Sonntagabend als meinen Gast begrüßen zu dürfen. Ich kann es kaum erwarten, Ihnen das Konzept unserer Traumhausanlage auf Amorgós zu präsentieren und Sie danach durch das Nachtleben von Náoussa zu führen. Es soll ein unvergesslicher Abend für Sie werden ...«

STÉFANOS KOURÁKIS
NÁOUSSA, PAROS

Auch Stéfanos und seine Familie hatten den Ostersamstag traditionell begangen. Schon früh war er trotz der schlaflosen Nacht am Sonntagmorgen aus den Federn gekrochen, um die Souvla vorzubereiten. Die große Metallwanne, gefüllt mit Holzkohle, war schnell aufgestellt. Das Lamm hatte er aus dem Kühlhaus geholt und auf den großen Spieß gesteckt. Jetzt drehte sich das Fleisch, betrieben von einem kleinen elektrischen Motor, gemächlich über dem Feuer. Fetttropfen zischten auf der Kohle. Im Haus waren Frau und Schwiegermutter beschäftigt, die Ofenkartoffeln und den Maroúli-Salat vorzubereiten.

Es hätte ein wunderbarer Tag werden können, hätte Ilías neben ihm weniger gegrummelt. Der kauzige Bauer aus Amorgós war eingetroffen, allerdings früher als verabredet; erst anschließend wollte er zu seiner Familie gehen.

Stéfanos begrüßte ihn mit einem Glas Souma, den er seit zwei Jahren herstellte. Dieser Tresterbrand war zugleich die Grundlage für die Herstellung von Ouzo, der seinen charakteristischen Anisgeschmack durch die Beigabe von Kräutern erhielt. Die beiden Spirituosen machten sich gut in seinem Weinsortiment.

Stéfanos beobachtete gespannt seinen Gast, der sich wortkarg wie immer im Empfangsraum umsah und das Glas Souma bedächtig in der wettergegerbten Hand hielt. Der Winzer brannte darauf, den Bauern anzusprechen und Antworten auf die Fragen zu erhalten, die ihm so sehr auf der Seele lagen. Die beiden sahen sich zwar mehrmals im Jahr, wenn Stéfanos zur Visite seiner gepachteten Felder nach Amorgós kam, aber meistens ging es um das Begleichen der Pacht. Zu ausführlichen Gesprächen war der Landwirt selten bereit. Die Pflege und Ernte der Weinstöcke wurden von den Mitarbeitern des Weingutes durchgeführt, und die hatten so gut wie keinen Kontakt zu dem Mann aus Aigiáli.

Er würde jetzt den Stier bei den Hörnern packen, überlegte sich der Weinhändler, vielleicht wäre der Bauer für einen Smalltalk zu gewinnen. »Jámas, Ilías. Schön, dass du es endlich geschafft hast, zu uns zu kommen«, prostete er ihm zu und kippte in einem Satz den Schnaps hinunter. »Was gibt es Neues in Aigiáli? Mir sind da ein paar Dinge zu Ohren gekommen, und ich möchte gerne wissen, woran ich bin.«

Ilías hielt inne, nickte stumm und stürzte sein Glas Souma ebenfalls in einem Schluck hinunter. Mit lautem Knall stellte er das Glas zurück auf den Tisch; ohne zu fragen, goss er sich nach. Dabei schaute er Stéfanos durchdringend an. »Du bist wohl immer noch an dem Grundstück interessiert! Das ist es doch, was du wissen willst?« Es schien, als hätte er nur darauf gewartet, auf dieses Thema angesprochen zu werden. »Wird wohl nichts mit deinen Plänen. Kannst du abhaken.«

Er wusste also tatsächlich mehr.

Stéfanos Spannung stieg. »Das heißt, es ist was dran an dem Gerücht mit der Immobilienfirma?«, fragte er unverblümt nach.

Ilías haute wütend mit der Faust auf den Tisch: »Und ob da was dran ist! Diese Typen haben den Zuschlag bekommen. Hast du wohl zu wenig geboten«, schloss er und blickte verächtlich zu Stéfanos hinüber. »Jannis war schon mit denen in Kontakt gewesen. Er hat mir davon erzählt, kurz bevor er verstorben ist. Das hat er nun davon. Was wird nur aus unserer schönen Insel? Seit die Regierung sogar den Verkauf von Stränden freigegeben hat, ist Tür und Tor geöffnet für Sodom und Gomorrha.« Der alte Bauer schüttete sich noch einen Schnaps ein, bevor er aufblickte und plötzlich lautstark forderte: »Und jetzt zeig mir mal, was du so auf die Beine gestellt hast!«

Die Führung durch Stéfanos Besitz ging schnell vonstatten. Eigentlich schien der Alte gar nicht echt interessiert, ließ ab und zu einen Kommentar fallen, stellte eine belanglose Frage und verabschiedete sich, nachdem er alles gesehen hatte, mit der Bemerkung, er werde von seinen Verwandten erwartet. Dann ging er davon in Richtung Hafen, unterm Arm eine Flasche Souma, die Stéfanos ihm geschenkt hatte.

Dieser, überrascht von dem plötzlichen Aufbruch, schaute ihm sprachlos hinterher. Der alte Galánis wusste verdammt gut Bescheid und wurde zunehmend undurchsichtiger. Seine eigenen Pläne waren soeben zunichte gemacht worden. Was jetzt? Ganz langsam kroch Wut in ihm hoch.

Was heißt hier ›zu wenig geboten‹! Wie konnte der so etwas behaupten? So weit war Stéfanos ja gar nicht erst gekommen.

MARLENE WINTER
NÁOUSSA, PAROS

Auch den Sonntag hatte Marlene genutzt, um noch etwas Sonne zu tanken, und war früh am Morgen zu ihrem Lieblingsstrand Monastíri gefahren. Bei ihrer Rückkehr am Nachmittag wurde sie von Nico abgefangen, fast als hätte der Mann auf sie gewartet.

»Na, hast du dein Bad im Meer genommen oder war es noch zu kalt?«, fragte er aufgekratzt. Sie hatte ihn gar nicht kommen hören – er musste er sich regelrecht angeschlichen haben. »Aber ihr Deutsche, ihr seid ja schmerzfrei und lasst euch so schnell nicht von euren Vorhaben abbringen. Da habt ihr uns einiges voraus. Ich gehe frühestens im Juni ins Wasser.«

Marlene nickte cool: »Weichei! Ganz so machohaft, wie ihr immer tut, seid ihr gar nicht. Wenn ihr hier so beschissenes Wetter hättet wie wir in Deutschland, würdet ihr auch jede Gelegenheit nutzen, im Meer zu schwimmen. Ich jedenfalls habe es genossen, gestern und heute, wie ich jedes Bad in der Ägäis genieße.«

»Dann bist du jetzt bestimmt durstig, oder? Darf ich dich auf einen Drink an die Poolbar einladen?«, fragte er und schritt Richtung Hotelgarten davon. »Du kannst mir dabei von deinem Bauprojekt erzählen. Sagtest du nicht was von Amorgós?«

Marlene hatte gegen ein kleines Getränk zur Einstimmung nichts einzuwenden. Es war noch genügend Zeit, bevor sie sich für Frank Felten in Schale werfen musste. Sie waren allein; die wenigen Gäste, die im April gebucht hatten, lagen noch an den Stränden oder waren wandern. Marlene schaute sich um und bewunderte den mit viel Liebe angelegten Garten, der eindeutig die Handschrift einer Frau trug. Dieses wohlkomponierte Farbenspiel war wohl einer der Gründe, warum viele Stammgäste seit Jahren immer wieder hierher kamen.

»Ja, das hast du richtig gehört. Ich werde mir ein Haus auf Amorgós zulegen. Hier in Náoussa ist es ja nicht mehr bezahlbar. Es sei denn, du hast einen Geheimtipp für mich«, lächelte sie ihn augenzwinkernd an. Doch damit konnte Nico nicht aufwarten, und so erzählte sie ihm ausführlich von dem geplanten Projekt in Aigiáli.

Der Hotelier war sichtlich überrascht, dass sie tatsächlich Amorgós gewählt hatte, nach so langer Verbundenheit mit Paros, und zog seine Stirn in nachdenkliche Falten: »Du sprachst von einem Grundstück in der Nähe von Aigiáli, was dir von der Immobilienfirma angeboten wurde?«, hakte er neugierig nach.

Marlene setzte ihr Glas Wein ab: »Kennst du etwa das Gelände? Wie ist es? Man soll einen fantastischen Blick auf die Bucht haben.« Ihre Stimme war ganz aufgeregt.

Nico machte eine abwehrende Handbewegung und schüttelte den Kopf. »Nein, nein, ich kenne es selbst nicht, aber es soll dort sehr schöne Grundstücke geben.« Marlene nickte enttäuscht, sie hatte mehr erwartet.

»Drück mir die Daumen, damit ich meine Preisvorstellung durchsetzen kann bei diesem kleinen Schmierlappen.«

Nico lachte auf und klatschte in die Hände: »Da mache ich mir überhaupt keine Sorgen, das wird Frau Doktor schon hinkriegen. Und jetzt lass uns auf deinen Urlaub anstoßen«, prostete er ihr zu, sein schmachtender Blick entging Marlene dabei nicht.

Während sie über alte Zeiten plauderten, wurden aus dem Willkommenstrunk schließlich drei Gläser Wein. Jetzt wurde es Zeit für ein kleines Schläfchen, danach würde sie sich für den Abend fertig machen. Mit einer Kusshand verabschiedete Marlene sich von der Bar und verschwand in ihr Hotelzimmer.

Gegen neun wollte sie Felten heute abend treffen, gegen elf war ein Tisch im Skopeliós reserviert, einem kleinen, aber feinen Restaurant im gemütlichen Fischerhafen, danach wollte er sie auf einen Cocktail in eine der schicken Bars einladen. Das klang alles sehr gut, musste sie zweifelsfrei zugestehen – könnte sie nur den kleinen dicken Mann austauschen. Aber leider war die Dreamroom GmbH die einzige Immobiliengesellschaft, die sich seit langem auf die Kykladen spezialisiert hatte und bei weitem das größte Angebot und die interessantesten Objekte verwaltete. Vor zehn Jahren hatte die Frankfurter Zentrale Paros als lokalen Standort gewählt, weil es von hier aus die besten Fährverbindungen zu weniger frequentierten Inseln gab.

Marlene war fast eingeschlafen, als es leise an ihrer Zimmertür klopfte. Verärgert schlug sie das Laken zur Seite und schwang sich aus dem Bett. Nur in Unterwäsche öffnete sie die Tür einen Spalt und blickte erstaunt in das erregte Gesicht des Hotelbesitzers. Dann ging alles ganz schnell. Mit sanftem Druck schob Nico die Tür weiter auf. Ihre Blicke trafen sich. Marlene trat einen Schritt zurück, ging langsam rückwärts, bis sie wie in Trance an ihr Bett stieß und sich atemlos darauf fallen ließ. Auf dieses Signal hatte Nico gewartet; er warf die Tür hinter sich zu und zog sich geschwind das Hemd aus. Jetzt übernahm sie das Regiment, zog ihren ehemaligen Liebhaber eng an sich heran, und in wenigen Sekunden waren sie vollkommen nackt. Gierig küssten sie sich, Erinnerungen an vergangene Jahre fachten ihre alte Leidenschaft an.

Später, nachdem er gegangen war und sie doch noch etwas Schlaf gefunden hatte, begann sie mit den Abendvorbereitungen. Trotz der kurzen Zeit am Strand hatte die Sonne ihrer blassen Haut etwas Farbe verliehen, stellte sie zufrieden fest und legte ihr Make-up auf. Vollendet wurde es mit dem immer griffbereiten ›Rouge Allure Velvet‹ Lippenstift von Chanel, der ihrem Gesicht mit den dunklen, straff nach hinten gekämmten Haaren diese besondere strenge Note gab. Zufrieden mit ihrem Aussehen streifte sie ihr neues rotes Kleid über, mit dem sie Frank Felten in eine Art Schockstarre versetzen wollte. Ein letzter Blick in den Spiegel, ein letzter Schluck Hennessy – Marlene gefiel sich. Verschwörerisch prostete sie ihrem Spiegelbild zu.

Zuletzt streifte sie die High-Heels über, die ihrer ohnehin stattlichen Größe noch zwölf Zentimeter hinzufügten. Es würde ein komisches Bild abgeben: die Femme Fatale im roten Dress mit dem kleinen, dicken Immobilienhändler an ihrer Seite. Aber genau so wollte sie es.

Sie fiel auf in ihrem roten Kleid, als sie engen Schrittes die abschüssige Straße in den Ort hinunter stöckelte. Dicht am Hafen bog sie in die Gasse ein und genoss die Blicke der entgegenkommenden Männer. Als sie sich dem Bürofenster näherte, fand sie den Vorhang halb geschlossen. Argwöhnisch lugte sie durch den Teil des großen, schmutzigen Fensters mit offengelassener Gardine. Das Büro war hell erleuchtet; Felten saß telefonierend auf dem Stuhl hinter einem abgewetzten Schreibtisch. Sein Jackett hatte er über einen zweiten Stuhl geworfen, er schien zu schwitzen, obwohl er sich überhaupt nicht bewegte. Sein schütteres Haar klebte an seiner Kopfhaut; ihr fiel auf, dass sein von Natur aus graues Haupthaar mit etwas Farbe aufgepimpt war – dieser typische braune Farbton, wie man ihn oft bei älteren Herren sah, die sich ein paar Jahre jünger machen wollten. Es sah furchtbar aus, stellte sie vernichtend fest, bevor sie die Bürotür aufstieß, mit großen Schritten vor seinen Schreibtisch trat und ihn breit anlächelte.

»Herr Felten, da bin ich. Ich hoffe, nicht zu früh«, begrüßte sie ihn und beugte sich bewusst etwas nach vorne. Der Immobilienmakler legte überrascht auf, seinen Gesprächspartner völlig vergessend. Marlene registrierte es mit Genugtuung.

»Frau Dr. Winter! Nein, nein, das passt schon«, stotterte er, und sein Blick haftete auf Marlenes großzügigem Ausschnitt. Auf seiner Stirn schienen die Schweißperlen sich zu vermehren. Lüstern grinsend fuhr er fort: »Je eher wir den geschäftlichen Part erledigt haben, desto schneller können wir uns dem vergnüglichen Teil des Abends widmen. Haben Sie meine Nachricht bekommen?«

»Ja, danke. Das Programm für heute Abend klingt vielversprechend. Doch zunächst bin ich, wie Sie sich sicher vorstellen können, höchst gespannt, was Sie mir Schönes anzubieten haben.« Ihr Blick schweifte auf die Pinnwand, wo etliche Baupläne hingen, die alle mit der Überschrift ›Aigiáli‹ versehen waren. Sie erkannte zwölf Grundstücke unterschiedlicher Größe, auf denen jeweils ein Grundriss für den künftigen Hausbau eingezeichnet war. Das gesamte Areal hatte eine beachtliche Größe; die Häuser waren so angeordnet, dass genügend Abstand zu den jeweiligen Nachbarn blieb. Zehn der betreffenden Parzellen waren mit dicken Filzstrich durchgestrichen. Ob die wohl schon verkauft waren, fragte Marlene sich missmutig. Oder war das nur ein Trick, um sie unter Zeitdruck zu setzen? Auf dem kleineren der beiden noch freien Grundstücke war fett

›Dr. Winter‹ vermerkt. Fest entschlossen, sich nicht aus der Ruhe bringen zu lassen, schaute sie Frank Felten in die Augen. »Ich sehe, Sie haben sogar schon ein Grundstück für mich herausgesucht. Interessant! Nach welchen Kriterien sind Sie denn dabei vorgegangen?«

Er lächelte süffisant und wischte sich mit einem weißen Taschentuch den Schweiß von der Stirn. »Das war gar nicht so schwierig. Wie Sie sehen, sind bereits zehn Häuser verkauft und ein weiteres vorreserviert. Das für Sie vorgesehene Areal hätte ich bereits drei Mal verkaufen können«, er machte eine gewichtige Pause und ergänzte, »weil es das kleinste und billigste Objekt ist.«

Marlene zuckte leicht zusammen, ihr war der überhebliche Unterton in Frank Feltens Stimme nicht entgangen. Dieser seufzte tief, schaute sie erwartungsvoll an und legte nach: »Ein internationales Publikum, alles sehr interessante Leute, und Sie passen da genau rein.«

Als ob der wüsste, wo ich reinpasse, dachte sie wütend und zückte ihre Lesebrille. Ihre Gedanken überschlugen sich. Sie hatte sich das Ganze etwas anders vorgestellt und begriff, dass ihre Position für einen Preisnachlass denkbar schlecht war. Noch während sie sich ihr weiteres Vorgehen überlegte, hörte sie ihn sagen: »Spätestens zur Grundsteinlegung werden Sie sich ja alle kennenlernen, denn die Dreamroom GmbH hat sich etwas Besonderes einfallen lassen: Im Kaufpreis ist ein Schnupperwochenende enthalten, zu dem wir alle glücklichen Besitzer für zwei Tage nach Aigiáli einfliegen lassen werden. Der Termin ist mit den anderen Käufern seit langem abgestimmt, nämlich in sechs Tagen. Wenn wir heute den Deal perfekt machen, sind Sie dabei. Wollen Sie sich so eine Gelegenheit entgehen lassen? Übrigens wird auch der Sohn des verstorbenen Grundstückbesitzers kommen und feierlich die Grundsteinlegung vornehmen.« Den letzten Satz hatte er so bedächtig artikuliert, als berichtete er von einer Heiligsprechung.

Sich der Wirkung seiner Worte bewusst, machte er eine längere Pause und ging zu einem Kühlschrank, der in der hinteren Ecke des Büros untergebracht war. Flink holte er zwei Gläser und eine Flasche ›Veuve Cliquot‹ heraus, öffnete gekonnt die Flasche und wartete auf Marlenes Reaktion. Diese war für einen Moment sprachlos, und das kam weiß Gott selten vor. Sie musste zugeben, dass sie diesen kleinen, dicken Mann schlichtweg unterschätzt hatte. Felten reichte ihr das eisgekühlte Glas und prostete ihr zu.

»Auf Ihr Traumhaus und den heutigen Abend«, sein gieriger Blick blieb wieder kurz an ihrem Ausschnitt hängen. Er zog eine Hochglanzmappe hervor mit allen Details der Innenausstattung und Gartengestaltung der neuen Baueinheiten auf Amorgós. Marlene trank einen Schluck und gestand sich zähneknirschend ihre Niederlage ein. Hier würde wohl nicht viel drin sein mit Nachlässen, wenn sie Besitzerin dieses Objektes werden wollte. Nach dem zweiten Glas Champagner und einem intensivem Augenaufschlag gelang es ihr immerhin, ein hochwertigeres Material für die Fußböden zum Standardpreis herauszuschlagen.

Gegen zehn Uhr war der Deal perfekt. Sie beglückwünschten sich gegenseitig, und nachdem der letzte Rest des Champagners getrunken und der Vertrag in die Zentrale nach Frankfurt gefaxt war, wurde es Zeit für das geplante Abendessen.

Zum Restaurant Skopeliós im alten Teil des romantischen Fischerhafens war es nur ein Steinwurf. Der Champagner zeigte Wirkung. Mit den hohen Absätzen musste sie höllisch aufpassen, sich nicht in den verrosteten Eisenringen zu verhaken, die rund um das Hafenbecken zum Vertäuen der Boote in den Boden eingelassen waren. Das erforderte äußerste Konzentration, wollte sie an diesem Abend nicht aus dem Hafenbecken gefischt werden, was hier gar nicht so selten vorkam, wenn sich die Urlauber in Scharen dicht an der Kaimauer entlang drängten.

Vorbei an vielen Cafés im großen Hafen und durch eine kleine Verbindungsgasse erreichten sie schließlich ihr Ziel. Das Lokal war bis auf den letzten Platz besetzt, aber ihr Tisch zum Glück reserviert. Frank Felten drängelte sich zielstrebig durch die Menschenmenge, Marlene stöckelte tapfer hinterher, darauf bedacht, den gewieften Makler nicht aus den Augen zu verlieren. Erleichtert nahmen sie Platz. Sie hatten einen freien Blick auf die vielen Fischerboote und die hippe Bar ›Agóri‹ neben dem Restaurant. Marlene genoss die Atmosphäre des antiken Hafens, den sie früher immer als ›ihr Wohnzimmer‹ bezeichnet hatte. Wie oft hatte sie dort bei Sonnenuntergang gesessen und die schweren, den Hafen säumenden Marmorblöcke bewundert, in denen das goldgelbe Licht stimmungsvoll schimmerte. Felten spielte den gewissenhaften Reiseführer und erzählte ihr, der Marmor von Paros sei ein ganz besonderes, bereits in der Antike geschätztes Baumaterial: »Er wurde für die berühmte Venus von Milos benutzt, weil er durch sein Kristallgefüge eine hohe Lichtdurchlässigkeit aufweist«, schloss er seine Ausführungen.

Die Speisekarte empfahl als Vorspeise Baby Calamari mit gegrillten Zucchini, dazu bestellte Marlene sich Fisch, Barbounia Savoro und einen großen Maroúli Salat. Felten liebte es eher bodenständig. Nachdem er als Vorspeise eine großzügige Portion Gemüse-Tarte mit Auberginen und Schafskäse vertilgt hatte, machte er sich über eine Milchlammkeule in Knoblauch her. Das Essen schmeckte vorzüglich. Der gut gekühlte Weißwein aus Maróssi erfrischte und entspannte Marlene, und die Enttäuschung, ihr Verhandlungsziel verfehlt zu haben, wich allmählich der inneren Freude, demnächst stolze Besitzerin eines kleinen Anwesens auf Amorgós zu sein.

Was für ein wunderbarer Abend, dachte Marlene und spürte, wie sie lockerer wurde. Ihr Begleiter schien dies wohlwollend zu bemerken; beflügelt durch den Wein wuchsen seine Hoffnungen bezüglich des weiteren Verlauf des Abends.

Er zahlte und führte Marlene zur benachbarten Bar auf einen Absacker. Dort herrschte dichtes Gedränge. Felten war vollauf damit beschäftigt, an den zahlreichen Stehtischen zwei freie Plätzchen zu ergattern.

In der Menschenmenge befand sich eine Person, die über das Abendprogramm des ungleichen Paares bestens informiert war. Mit stoischer Ruhe hatte sie sich durch das Publikumsdickicht nah an die beiden herangearbeitet und ließ das Duo keine Sekunde aus den Augen.

Marlene beobachtete den Makler, wie dieser geschickt einen der hohen Tische mit zwei Stühlen organisierte. Lässig ließ sie sich auf dem Barhocker nieder und zog sich die Lippen nach. Natürlich ahnte sie, was Felten mit ihr vorhatte. Eine entspannte Stimmung durchwogte die Bar, und die überwiegend griechischen Besucher schienen den Abend ausgelassen zu genießen. Frank Felten hatte derweil für sie beide Cocktails geordert, die ihnen der junge Barkeeper auf dem mit Gläsern überfüllten Tisch servierte.

Der Hafen war eine bekannte Partymeile, die Masse folgte den Klängen der lebhaften Musik. Marlene wippte mit und fühlte sich zwanzig Jahre zurück versetzt, wohlwissend, dass einige der wesentlich jüngeren Männer sie die ganze Zeit über beobachteten. In dem rhythmischen Gedränge und Geschiebe kamen und gingen die unterschiedlichsten Leute.

Bald achtete Marlene nur mehr auf Details in ihrem Nahbereich, wie jenes auffällige schwarze, mit zahlreichen Ornamenten üppig verzierte Lederarmband. Es gefiel ihr auf Anhieb, und sie wollte den Besitzer gerade fragen, wo es diese Art von Schmuck zu kaufen gab, als sie von dem plötzlich seltsamen Verhalten ihres Begleiters abgelenkt wurde. Zunächst führte sie es auf den vielen Alkohol zurück, dass er immer stärker schwitzte, obwohl es mittlerweile angenehm kühl war. Doch dann wurde er ganz blass, und ihm schien furchtbar übel zu sein.

»Herr Felten, hatten wir ein Gläschen zu viel?«, versuchte sie die Situation aufzulockern, doch der Makler schaute sie nur hilflos an. Fast panisch wirkte er. Was war denn bloß mit ihm los? Unruhig griff er sich ständig an seine Beine, so als wollte er etwas abschütteln. Marlene kam die Situation immer merkwürdiger vor.

»Herr Felten, vielleicht sollten Sie sich hinlegen, der Abend war perfekt, und für mich ist es spät genug«, versuchte sie es erneut, jetzt aber mit einem ernsteren Ton in der Stimme.

Der Immobilienmakler reagierte nicht auf ihre Ansprache, und während er erneut seine Beine betastete, rutschte er wie in Zeitlupe von seinem Barhocker, dabei unzählige Gläser mit sich reißend.

Das Klirren schreckte die umherstehende Menge auf, einige sprangen erschrocken zur Seite, soweit das in dem Gedränge überhaupt möglich war. Marlene dagegen hatte keine Chance auszuweichen, ein großes Glas Wein ergoss sich über ihr Kleid.

Sie wollte ihren Begleiter gerade anfahren, als sie erschrocken feststellte, dass Frank Felten unter dem Hocker lag und heftig nach Luft rang; sein Gesicht hatte eine beängstigende rotblaue Farbe angenommen.

Krampfhaft hielt er beide Hände an seinen Hals. Seine Augen flehten um Hilfe, er war nicht mehr in der Lage sich zu artikulieren.

»Herr Felten, was ist mit Ihnen los? Sagen Sie etwas!« Mit einem Satz war sie von ihrem Hocker gesprungen und schrie die wogende Menge an, Platz zu machen. Geistesgegenwärtig riss sie sich ihre High-Heels von den Füssen und zerrte den von Krämpfen geschüttelten Immobilienmakler unter dem Barhocker hervor. »Ich bin Ärztin! Helfen sie mir!«, rief sie einem der jungen Männer zu. »Der Mann hat ernsthafte Schwierigkeiten.« Die Meute gaffte, nur ein paar wenige halfen, den immer stärker keuchenden Mann ausgestreckt auf den Boden zu legen.

Marlene gab laute Anweisungen in die versammelte Runde: »Rufen Sie einen Krankenwagen! Vielleicht hat der Mann einen Herzanfall. Machen Sie! Schnell!«

Über das verzerrte Gesicht des Maklers gebeugt hielt sie ihm ein Glas Wasser hin, das ihr einer der umherstehenden Gäste hilflos reichte.

»Herr Felten, trinken Sie einen Schluck, versuchen Sie es, ganz langsam, wir haben einen Krankenwagen bestellt. Und versuchen sie durchzuatmen«, redete sie ruhig auf ihn ein. Doch ihr Begleiter schien völlig außer Kontrolle, er verdrehte die Augen, und in seinem Blick flackerte nackte Todesangst. Marlene bemerkte den ununterbrochen aus seinem Mund rinnenden Speichel, der sich als Lache neben seinem Kopf gesammelt hatte. Er hechelte nach Luft. Ein qualvoller Anblick.

Was passiert hier?, dachte Marlene, was hat den Mann so plötzlich außer Gefecht gesetzt? Das war auf jeden Fall kein Herzinfarkt, realisierte sie schnell, eher sah es nach einer akuten Vergiftung aus. Ihre Gedanken rasten, schnell ging sie alle Notfallmaßnahmen durch, die sie als Ärztin gelernt hatte. Doch fiel ihr nichts ein, was sie unter den gegebenen Umständen machen konnte. Man musste ihm schnellstens den Magen auspumpen, oder ihm eine Suspension medizinischer Kohle verabreichen - aber wie sollte sie das anstellen, der Mann war ja nicht mehr ansprechbar. Außerdem brauchte er dringend Sauerstoff. Das waren die angezeigten Gegenmaßnahmen, doch für beides fehlte ihr das notwendige Material. Sie hoffte inständig auf das baldige Eintreffen eines Krankenwagens.

In der Bar war es mittlerweile ruhiger geworden. Die Gäste standen in sicherem Abstand und beobachteten mit verstörtem Schweigen die Szene.

Wenn es tatsächlich eine Vergiftung war, wären vielleicht andere Gäste ebenfalls in Gefahr, überschlugen sich Marlenes Gedanken. Sie überlegte einen Moment, ob sie eine Warnung aussprechen sollte, doch Feltens Körper bebte jetzt so stark, dass sie alle Mühe hatte, ihn festzuhalten. Außerdem wollte sie unbedingt eine Panik vermeiden. Mit ihrem ganzen Körpergewicht hielt sie den zuckenden Mann fest. Sein Gesicht hatte sich zu einer furchtbaren Grimasse verzogen, es war inzwischen tiefblau angelaufen, und seine Augen quollen immer stärker hervor. Ihr Kleid war hochgerutscht. Sie kniete neben ihm, hielt seinen verschwitzten Kopf, damit er sich durch seine unkontrollierten Zuckungen nicht verletzte. Das war alles, was sie im Moment für ihn tun konnte. Er erstickte, hier in ihren Armen, realisierte sie, und Panik ergriff auch sie.

Sie konnte tatsächlich nichts mehr für ihn tun. Sie hielt ihn noch wenige Minuten, sprach auf ihn ein, und dann war Frank Felten, Immobilienmakler der Dreamroom GmbH aus Frankfurt am Main, tot.

KATHARINA WALDMANN
AMBELÁS, PAROS

Es war ein langer Abend gewesen. Nach dem Auferstehungsfest, das sie in der großen Panagía-Kirche gefeiert hatten, war Katharina mit Eltern, Dawid und den ausländischen Freunden in ihr Heim zurückgekehrt, um das traditionelle Fastenbrechen zu begehen. Ihre Mutter hatte eigens die Majirítsa vorbereitet: eine dicke Suppe, in ganz Griechenland das erste Fleischgericht nach der Fastenzeit und meist im Anschluss an die Messe mit Familie und Freunden eingenommen. Die Zubereitung ist je nach Region unterschiedlich, immer jedoch werden Innereien vom Lamm, Reis, Zwiebeln und Dill verwendet, alles gebunden mit Avgolémono, einer Ei-Zitronensauce. Wie jede Ostern hatte ihr deutscher Vater darüber etwas die Nase gerümpft. Er war kein Freund von Lamminnereien, fügte sich aber dieses eine Mal im Jahr den Traditionen seiner Gattin. Auch Dawid war anzusehen gewesen, dass er zwar Schafen als Nahrung nicht abgeneigt war, aber deren Leber eher für ungenießbar hielt. Er hatte sich trotzdem wacker geschlagen, ebenso wie andere ihrer nicht-griechischen Freunde.

»Was passiert eigentlich mit den übrigen Innereien vom Lamm, außer der Leber?«, hatte Patsy gefragt. »Die sind hier nicht drin, oder?«

»Nein, nein«, hatte Katharina geantwortet und gegrinst. »Daraus besteht das Kokorétsi, das es zusammen mit der Souvla gibt. Lunge, Niere, Leber, Magen und anderes mit Darm umwickelt. Möchte jemand das Rezept?«

Man hatte sich vornehm zurückgehalten.

Später hatte Katharina die roten Eier auf den Tisch gestellt.

»Warum sind in Griechenland eigentlich alle Eier rot?«, fragte Stephan. Er dachte an die vielen bunten deutschen Ostereier.

»Das hat mit dem Glauben zu tun«, antwortete Katharinas Vater. »Es gibt eine alte Sage: Maria Magdalena ging einst zum Kaiser nach Rom, verkündete, Jesus sei auferstanden und schenkte Tiberius ein weißes Ei. Der antwortete, er glaube an die Auferstehung ebenso wenig wie daran, dass das Ei in seiner Hand rot werden würde. Im selben Moment wurde es tatsächlich rot. Heutzutage bringen die Griechen ihre rotgefärbten Eier zur Morgenmesse mit und lassen sie vom Priester segnen. Ihr Ei bewahren sie in ihren Ikonostási, den Ikonenschränken, auf, bis es im nächsten Jahr zum Grillen des Osterlamms ins Feuer geworfen wird. Zudem gibt es den Brauch, wo jeder sein Ei in der Faust hält und damit gegenseitig anstößt. Wessen Ei zuletzt noch heil ist, hat gewonnen und wird im folgenden Jahr Glück haben.«

Schnell hatte jeder ein Ei in der Hand; unter Lachen und Späßen wurden die Eier aneinandergeschlagen. Fílippos war als Sieger hervorgegangen, und Katharina hatte ihm zugezwinkert.

Die Kommissarin lächelte, als sie an den gestrigen Abend dachte. Sein Glück hat ja schon angefangen mit der Versetzung nach Paros, dachte sie – wenn das Ei recht behält, wird er über das halbe Jahr hinaus bleiben können.

Es war schließlich zwei Uhr nachts geworden, bevor sich die letzten Fastenbrecher verabschiedet hatten.

Heute früh nun hatte sie sich ans Aufräumen gemacht, während Dawid zusammen mit ihrem Vater die Terrasse vorbereitete. Auf die Souvla, das Lamm am Spieß, verzichtete sie angesichts der für den Abend geplanten Party.

Zweifelnd stand sie jetzt vor ihrem großen Spiegel und konnte sich nicht entscheiden, was sie anziehen sollte: ihr grünes, schulterfreies Sommerkleid oder den weißen Hosenanzug. Beides waren ihre Lieblingsstücke, die sie nur zu besonderen Anlässen trug. Je länger sie überlegte, desto unsicherer wurde sie. Das Kleid spannte ein wenig, denn sie hatte wieder einmal einige Pfunde über ihrem Wunschgewicht, und der gestrige Samstagabend mit dem üppigen Ostermahl im Kreise ihrer Lieben tat ein übriges. Sie zweifelte, ob das Kleid den Tanzeinlagen des heutigen Abends gewachsen wäre. Das ständige Umziehen machte sie langsam nervös. Es war ihre Party, sie wollte einfach gut aussehen, nicht nur für die Gäste, sondern für Dawid, schließlich war es ihr erster gemeinsamer Auftritt. Es wurde Zeit, sie musste sich entscheiden, sonst stünde sie wohlmöglich noch in der Unterwäsche da, wenn die ersten Gäste eintrafen.

»Dawid, du musst mir helfen«, rief sie nach unten zur Terrasse, wo dieser mit Fílippos dabei war, den Grill zu befeuern. Zum Glück war Dawid ein Mann schneller Entscheidungen, für ihn war sofort klar: Der weiße Hosenanzug musste es sein. Jetzt noch schnell in die Maske, und die Gäste konnten kommen. Sie wurde immer aufgeregter und freute sich wie ein kleines Kind, den Freunden, Verwandten und Nachbarn ihr neues Zuhause und ihren neuen Partner vorzustellen. Das Schöne war, dass sie heute genügend Zeit haben würde, sich um ihre Gäste zu kümmern. Sophía werkelte schon seit Mittag in der Küche und hatte sich freiwillig bereit erklärt, den ganzen Abend und die Nacht das Buffet zu meistern. Für den Getränkenachschub hatte ihr Ángelos zwei Aushilfskellner aus dem ›Aliportas‹ besorgt.

Singend schritt sie die Treppe hinunter und genoss den Blick auf die mit Blumen dekorierte Terrasse. Überall waren Fackeln aufgestellt, die nach Einbruch der Dunkelheit angezündet werden sollten. Auf dem aufwändigen, das Zentrum der Terrasse schmückenden Bodenmosaik bot sich ausreichend Platz für eine große Tanzrunde. Die würde mit Sicherheit bis in die frühen Morgenstunden dauern. Das war bei ihren Partys so üblich.

Für ihre Eltern war im Wohnzimmer eine Ecke reserviert, falls es ihnen zu laut werden sollte. Dorthin hatte sich auch Kater Karl verkrochen, dem die ganze Aufregung jetzt schon zu viel war. Sie würde ihn im Auge behalten müssen, damit er keinen Unsinn anstellte.

»Hallo ihr zwei«, rief sie aufgekratzt den Männern auf der Terrasse zu und stellte im Vorbeigehen drei Gläser Ouzo auf ein Tablett. »Lasst uns anstoßen! Auf uns! Auf Ambelás! Auf Paros – und auf eine schöne Party. Jámas.« Mit einem Schluck stürzte sie den hochprozentigen Schnaps hinunter und drehte die im Hintergrund laufende Musik ein wenig auf.

Sie war in Superstimmung, hakte die beiden Männer unter und fing an, ein paar Schritte zu tanzen, als ihr Handy klingelte. »Wer ist das denn?«, rief sie, griff nach dem Telefon und drückte die Annahmetaste. »Naí, parakaló«, schrie sie fast in den Hörer, um die laute Musik auf der Terrasse zu übertönen. Sie hielt inne, winkte Dawid zu, die Anlage leiser zu drehen und rollte mit den Augen, als sie erkannte, wer am anderen Ende der Leitung war.

»Chrónia pollá, Frau Kommissarin, ich habe schon länger auf Ihren Rückruf gewartet, doch leider vergeblich«, hörte sie Kostas Papoúlis, den Reporter von der ›Paros Life‹ mit übertrieben freundlicher Stimme, und sie war nahe dran, wieder aufzulegen. »Da wollte ich doch mal vorsichtig nachhören, ob es in der Einbruchserie neue Erkenntnisse gibt ...!«

Katharina erstarrte und ihre gerade noch so freudige Miene verfinsterte sich. Der Typ war wirklich lästig, selbst an Ostern war man nicht vor ihm sicher. Sie atmete tief durch, bevor sie antwortete: »Christós Anésti, Herr Papoúlis, Sie lassen nicht locker! Aber schön, dass Sie sich melden. Sie wissen doch, wie das ist: keine Informationen über laufende Ermittlungen. Schließlich wollen wir keine schlafenden Hunde wecken.« Auch sie sprach bewusst freundlich, um den nervigen Journalisten nicht weiter zu verärgern, innerlich bebte sie vor Wut. Was bildete sich dieser Provinzreporter ein, sie am Ostersonntag zu stören?! »Aber, ob Sie es glauben oder nicht: Anfang der Woche hätte ich Ihnen sogar eine Pressekonferenz angeboten, was sagen Sie jetzt?« Sie hatte die Situation unter Kontrolle und wartete ab, wie der Reporter reagieren würde.

»Na, da bin ich aber gespannt. Und wie kann ich sicher sein, dass Sie das wirklich vorhaben?«, fragte Papoúlis frech zurück.

»Ja, das müssen Sie mir schon glauben!« Ihre Stimme hatte einen bedrohlichen Unterton angenommen. »Oder denken Sie, ich belüge die Presse?«

»Nein, nein ... das ist schon in Ordnung. Alles weitere können wir in den nächsten Tagen besprechen«, hörte sie Kostas Papoúlis kleinlaut antworten. Sein Überraschungsangriff war gescheitert. Er hatte nichts erfahren.

Katharina klatschte in die Hände. Der hatte ihr gerade noch gefehlt! Aber nun er würde erst einmal Ruhe geben. Sie schmunzelte und war zufrieden, wie cool sie den Gazettenheini abgefertigt hatte. Lauthals rief sie in die Küche: »Haben wir Wein? Jetzt wird gefeiert!« Erneut griff sie nach Dawid und Fílippos und begann wieder zu tanzen. Zu Fílippos hinüber gebeugt erklärte sie schnell: »Das Telefonat hat mit deinem ersten Fall hier zu tun, eine Einbruchserie in ein paar Reichenvillen. Der letzte Einbruch war erst vorgestern. Ich habe das Haus versiegeln lassen, damit du dich dort umschauen kannst. Und jetzt ist Schluss mit dienstlich«, sie machte einen großen Schritt zur Seite und riss die beiden Männer schwungvoll mit sich.

Ein Taxi fuhr vor, die ersten Gäste trafen ein und brachten eine große Packung Eiscreme mit. Nach und nach trudelten weitere Besucher ein. Die Terrasse füllte sich. Ihre Nachbarn, ihr Team aus Paríkia und noch mehr Freunde erweiterten in der nächsten Stunde die muntere Gesellschaft, und die beiden Kellner hatten alle Hände voll zu tun mit dem Getränkenachschub. Katharina war zufrieden, alles lief wie am Schnürchen, sie genoss ihr Fest in vollen Zügen und machte die Leute miteinander bekannt. Nachdem alle reichlich gegessen hatten, begannen die ersten zu tanzen, mittendrin die aufgekratzte Kommissarin. Jetzt gab es kein Halten mehr, immer mehr Partybesucher reihten sich in die kreisende Runde. Die Musik wurde noch lauter gedreht, und Katharina feuerte alle Gäste beim Tanzen an. Es herrschte eine ausgelassene Stimmung, man feierte das Osterfest, den Frühling und natürlich Katharina. Selbst nach Mitternacht war es noch angenehm warm. Dawid hatte vor geraumer Zeit die Fackeln angezündet, in der Ferne konnte man die Lichter von Naxos Stadt funkeln sehen. Sie hatte alles richtig gemacht, überlegte sie zufrieden, während sie in der pulsierenden Tanzgruppe eine neue Schrittkombination ausprobierte. Vollkommen in Ektase und laut mitsingend hatte sie gar nicht mitbekommen, dass ihre Mutter schon eine ganze Weile wild gestikulierend mit einem Handy im Türrahmen stand und ihr zuwinkte.

»Was ist so wichtig? Hat sich einer über die laute Musik beschwert?«, fragte sie außer Atem. Dann griff sie zum Telefon; im Unterbewusstsein registrierte sie den angespannten Gesichtsausdruck ihrer Mutter.

»Katharina Waldmann, was gibt's?«, meldete sie sich gespannt und hörte aufmerksam zu, ohne den Anrufer zu unterbrechen. Blitzschnell realisierte sie, dass es gar kein Anruf wegen Ruhestörung war. Sofort war sie ganz klar und nüchtern.

Ihre fröhliche Feierlaune war mit einem Schlag vorbei. Die Partykönigin des Abends verwandelte sich binnen Sekunden in die tatkräftige Kommissarin, die trotz etlicher Gläser Wein den Ernst des Anrufes sofort erfasst hatte. Für sie war die Party beendet, mit klarer Stimme gab sie präzise Anweisungen: »Bewahren Sie Ruhe und passen Sie auf, dass keine Panik ausbricht. Sperren Sie den Bereich ab, ich bin in zehn Minuten da.«

Schnell bat sie Dawid darum, Fílippos und Ádonis unauffällig ins Haus zu holen. Die anderen sollten weiterfeiern.

Zum Glück hatte Ádonis nichts getrunken und erklärte sich sofort bereit, seine Nachfolgerin samt Fílippos nach Náoussa zu bringen. Dawid sollte sich weiter um die Gäste kümmern, damit diese möglichst wenig von dem Einsatz des Trios mitbekamen. Vielleicht ging es ja schnell, und sie konnten später weiter feiern. Ádonis Wagen stand etwas abseits des Hauses, und so konnten sie ohne größeres Aufsehen verschwinden. Keine fünf Minuten später waren sie auf dem Weg zu einem neuen Tatort.

KATHARINA WALDMANN
NÁOUSSA, PAROS

»Es gibt einen Toten im ›Agóri‹«, unterrichtete Katharina ihre Kollegen. »Eine anwesende Ärztin hat darauf bestanden, die Polizei zu holen. Angeblich liegt eine Vergiftung vor.«

»Vergiftung? Was denn für eine Vergiftung?«, fragte Fílippos und schaute missmutig drein. »Die Gute wird doch wohl eine Alkoholvergiftung erkennen können, so wie in dem Lokal heute abend gebechert wird. Den Befund kann doch jeder Arzt klären. Ich hoffe nur, die holt uns nicht umsonst. Und das an meinem ersten Abend!« Er verdrehte die Augen.

Den Rest der kurzen Strecke legten sie schweigend zurück, bahnten sich mit dem Fahrzeug einen Weg durch die vielen Nachtschwärmer bis an die Kapelle am Hafenbecken und parkten vor einem großen Fischtrawler. Im ›Agóri‹ standen etliche Schaulustige um einen mit Stühlen abgesperrten Bereich und glotzten. Katharina ging mit schnellem Schritt voran und wies die neugierigen Zuschauer an, Platz zu machen. Sie hielt ihren Ausweis hoch und fragte nach dem Besitzer des Lokals, der sich fluchend in den Gastraum zurückgezogen hatte. Dass ihm so etwas ausgerechnet heute an einem der umsatzstärksten Tage des Jahres passieren musste, erzürnte ihn gewaltig. Dann sah die Kommissarin den Toten auf dem Boden liegen, über dem Gesicht eine Damenstrickjacke. Daneben saß, an einem Tisch zusammengesunken, eine mittelalte Dame und trank einen Cognac. Die Kommissarin musterte die Situation einen Moment. Die Frau kam ihr bekannt vor. Sie sah traurig und erschöpft aus, und es war zu erkennen, dass ihr der Vorfall zu schaffen machte.

»Guten Abend, mein Name ist Katharina Waldmann. Ich bin die zuständige Kommissarin. Haben Sie mich rufen lassen?«, begrüßte sie die apathisch wirkende Frau.

Marlene Winter richtete sich auf, stellte sich vor, schilderte, was vorgefallen war, und ließ auch die Vorgeschichte mit dem abgeschlossenen Immobilienvertrag nicht aus. Besonderen Wert legte sie auf ihre Diagnose, es hier mit einer Vergiftung zu tun zu haben, die nicht von einer Überdosis Alkohol rühren könne. »Die Symptome waren anders. Hier ist jemand vergiftet worden, und das muss untersucht werden.«

Katharina hatte sie genau beobachtet und legte eine Hand auf ihre Schulter. »Sie haben richtig gehandelt«, erklärte sie der Ärztin, »wir werden uns der Sache annehmen. Wir haben natürlich noch ein paar Fragen an Sie, denn Sie waren hautnah dabei. Was wissen Sie noch über den Toten? Alles kann uns weiterhelfen.«

Marlene beschrieb detailliert den Anlass ihres Treffens und was ihr sonst noch über Frank Felten bekannt war.

Fílippos hatte währenddessen begonnen, den Außenbereich der Bar unter lautstarkem Protest des Besitzers abzusperren. »Hier wird nichts mehr angerührt, alles bleibt wie es ist, bis die Spurensicherung da war«, gab er dem Inhaber der Bar klar zu verstehen. »Ich werde die Kollegen schnellstens anfordern, und wenn wir Glück haben, ist bis morgen Abend alles erledigt.«

Damit hatte Fílippos sich weit aus dem Fenster gelehnt, wusste er doch genau, dass es auf Paros weder Personal noch Spezialisten für solche Fälle gab. Obendrein war Ostern; es würde schwer genug sein, überhaupt jemanden zu erreichen. Er musste es morgen im Athener Büro versuchen, so früh wie möglich. Bestimmt gab es eine Notbesetzung, die alles in die Wege leiten könnte. Zunächst führte er den diensthabenden Arzt Dr. Spanópoulos, der in Náoussa mit der Polizei zusammenarbeitete, zu der Leiche, bevor nötigenfalls nach dem Rechtsmediziner aus Athen geschickt wurde.

Nachdem der Arzt sich Handschuhe übergezogen hatte, nahm er Marlene Winters Strickjacke von Feltens Gesicht, zückte seine Kamera und machte Fotos aus allen Richtungen. Mit einem Mundschutz vor dem Gesicht beugte er sich zu dem Toten hinab, um eventuelle Ausdünstungen wahrzunehmen, die vielleicht erste Hinweise auf die Art des verwendeten Gifts verrieten, untersuchte Hände, Brustkorb, Arme und Beine. Danach erhob er sich, entfernte Handschuhe und Mundschutz und sah sich suchend um.

Katharina hatte den Arzt noch gar nicht wahrgenommen und wollte gerade zu dem abgestellten Fahrzeug zurückkehren, als sie plötzlich Dr. Spanópoulos erblickte.

»Christós Anésti! Wir sehen uns auch nur, wenn einer ins Gras gebissen hat«, bemerkte Spanópoulos trocken und begrüßte die Kommissarin, die zu ihm herüber gekommen war. »Das sieht übrigens tatsächlich nach einer Vergiftung aus.«

»Alithós Anésti! ... Und das zu Ostern«, erwiderte Katharina bedrückt und warf dem Mediziner einen gespannten Blick zu: »Haben Sie schon eine Vermutung, was zu der Vergiftung geführt haben könnte?« Doch die Antwort, die sie von dem Inselarzt bekam, blieb vage. Es kämen wohl verschiedene Gifte in Frage.

»Es muss sich um ein relativ schnell wirkendes Gift handeln. Das Ganze hat vielleicht dreißig Minuten oder etwas länger gedauert von den ersten Symptomen bis zum Tod. Davor war alles ganz normal«, erwiderte Marlene mit müder Stimme, obwohl sie gar nicht gefragt worden war.

Sie würden die Ergebnisse der Gerichtsmedizin abwarten müssen, wurde der Kommissarin schnell klar, und sie bat Ádonis, sie zurück nach Ambelás zu fahren. Um die Aufbewahrung des Leichnams bis zum Eintreffen der Athener Spezialisten würde sich der Doktor kümmern. Vorher sprach sie noch mit dem Besitzer der Bar, der sich mittlerweile zähneknirschend damit abgefunden hatte, dass sein Betrieb für die folgenden Tage bis zum Abschluss der Spurensicherung geschlossen bleiben würde. Ihm sei, so seine Auskunft, bei dem turbulenten Kneipenbetrieb nichts weiter aufgefallen; dass etwas nicht stimmte, habe er erst gemerkt, als schon alles vorbei gewesen war.

Katharina ließ die Bar räumen und versiegelte sie von außen, während sie Fílippos bat, das Restaurant, in dem Marlene und Felten gespeist hatten, vorsorglich ebenfalls absperren zu lassen. Auch dort solle sich die Spurensicherung umsehen.

MARLENE WINTER
NÁOUSSA, PAROS

Marlene saß zusammengesunken auf dem Treppenaufgang zu ihrem Hotel, froh darüber, endlich alleine zu sein. Langsam bekam sie Abstand von den entsetzlichen Ereignissen im alten Hafen und überlegte, wie sie möglichst ohne große Diskussionen die Lobby passieren konnte. Dort hielt sich zwar nur der Nachtportier auf, aber so, wie sie aussah, lieferte sie genügend Stoff für endlose Fragen. Das wollte sie sich ersparen. Ihr neues Kleid war zerrissen, und der von Frank Felten bei seinem Zusammenbruch verschüttete Rotwein hatte deutliche Spuren darauf hinterlassen.

Wie schnell sich der - alles in allem - heitere Abend in einen Alptraum verwandelt hatte! Plötzlich war der Tod an ihren Tisch getreten und hatte sich den Felten geholt. Als sie sich des Ernstes der Lage bewusst geworden war, war es schon zu spät gewesen. Dass ihr der kleine Mann so unter den Armen weggestorben war, fraß besonders an ihrem Selbstbewusstsein; mit solchen Niederlagen hatte sie noch nie gut umgehen können. Am liebsten hätte sie ihren Koffer gepackt und wäre nach Hause gefahren, um das Drama zu verarbeiten. Leider ging das nicht. Die Kommissarin hatte Marlene unmissverständlich angewiesen, sich zur Verfügung zu halten. Sie war die letzte Person, mit der Frank Felten zusammen gewesen war. Bestimmt würde sie sich schon morgen den Fragen dieser dicken Waldmann stellen müssen.

Jetzt wollte sie nur noch auf ihr Zimmer, unter die Dusche und ins Bett. Marlene schlich langsam die Außentreppe hoch bis kurz vor die Lobby, wo der Nachtportier dösend in seinem Stuhl saß. Sie machte einen Satz, schon war sie an dem aufschreckenden Mann vorbei, winkte ihm noch kurz zu und verschwand in Richtung ihres Zimmers.

Den so sehnlich herbeigewünschten Schlaf konnte sie allerdings nicht finden. Ihre Gedanken kreisten unentwegt, weniger um den Toten und sein schreckliches Ende, als vielmehr darum, wie es jetzt wohl mit ihrer Immobilie weitergehen würde. Zum Glück war der Kaufvertrag rechtzeitig unterschrieben und in die Zentrale nach Frankfurt gefaxt worden.

KATHARINA WALDMANN
NÁOUSSA, PAROS

Ádonis wirkte bedrückt, als sie die Rückfahrt nach Ambelás antraten. Schon wieder ein Toter, der unter merkwürdigen Umständen aus dem Leben geschieden war. Noch war nichts bewiesen, aber wenn dieser Mann tatsächlich vergiftet worden war, hatten sie es mit einem weiteren Mord zu tun, dem zweiten innerhalb eines Jahres. Das machte ihm zu schaffen. Was war bloß los auf der Welt? In seiner fast vierzigjährigen Laufbahn bei der Polizei auf Paros hatte es insgesamt nur zwei Morde gegeben, und jetzt bereits zwei Morde innerhalb so kurzer Zeit. Er war heilfroh, eine erfahrene Nachfolgerin wie Katharina zu haben.

»Was denkst du?«, riss Katharina ihn aus den Gedanken. »Glaubst du, die beiden Ärzte haben recht?«

»Schwer zu sagen. Aber nachdem Dr. Spanópoulos die These von dieser Winter klar bestätigt hat, müssen wir wohl davon ausgehen. Aber lass uns die Ergebnisse der Rechtsmedizin abwarten«, erwiderte er sichtlich deprimiert.

Ein paar Minuten später bogen sie am Ende der Hauptstraße links auf die Küstenstraße ab und konnten die noch hell erleuchtete Terrasse Katharinas in der Ferne ausmachen. »Scheint immer noch was los zu sein bei dir. Den Gästen gefällt es, sonst hätten sie nicht so lange durchgehalten. Ein Jammer, dass gerade heute so etwas passieren musste«, bemerkte Ádonis. »Mir ist nicht mehr nach Feiern zumute, ich lade Nektaría jetzt ein und werde nach Hause fahren. Ruf mich an, wenn du noch Hilfe brauchst und sag mir Bescheid, wenn du etwas Neues weißt.«

Inzwischen war es kurz vor halb vier, und Katharina hätte nichts lieber getan, als sich in ihr Bett zurückzuziehen, aber das war den wenigen verbliebenen Gästen nicht zuzumuten. Matt und Patsy erblickten sie zuerst und fielen ihr um den Hals. Beide hatten reichlich Schlagseite und wollten unbedingt wissen, was denn Schlimmes vorgefallen sei. Damit hatte Katharina gerechnet, doch war sie vorsichtig mit verfrühten Äußerungen, schon um keinen Anlass für die Gerüchteküche zu bieten. Deshalb hatte sie sich unterwegs eine Geschichte zurecht gelegt. Sie berichtete von dem seltsamen Ableben eines Hafenbesuchers, unter Umständen sei zu viel Alkohol im Spiel gewesen. Zum Glück gab die Runde sich damit zufrieden. Nach einer weiteren Stunde machten sich die letzten Gäste zum Aufbruch bereit. Für die beiden Engländer hatte Katharina nach langem Zureden ein Taxi bestellt, obwohl beide ernsthaft in Erwägung gezogen hatten, trotz des vielen Weins auf ihren Drahteseln den Heimweg anzutreten. Nachdem das Paar gut in dem Wagen verstaut war, ließ die Kommissarin sich in Dawids Arme fallen und wollte nur noch schlafen.

Nur ein paar Stunden noch bis zum nächsten Morgen – aber besser, als gar nicht zur Ruhe zu kommen. Ihre Gedanken wanderten immer wieder zurück zum alten Hafen. Wie konnte man einen Mann inmitten so vieler Menschen unbemerkt vergiften? Was war das für ein Gift? Wie war es in seinen Körper gelangt? Marlene Winter hatte angegeben, dass die Symptome nach dreißig Minuten aufgetreten waren, und erst, nachdem sie in der Bar gesessen hatten. Gut, dass sie auch das Restaurant hatte absperren lassen, vielleicht war mit dem Essen etwas nicht in Ordnung gewesen. Irgendwoher musste die tödliche Substanz – falls tatsächlich eine Vergiftung vorlag – ja gekommen sein. Entweder aus dem Skopeliós oder aus der Bar. Oder aber von Marlene Winter ...? Daran hatte sie noch gar nicht gedacht. Wohl hatte die Ärztin verzweifelt ausgesehen und behauptet, trotz all ihrer Bemühungen gegen den Tod verloren zu haben, aber auch sie hätte dem Makler etwas untergemischt haben können. Sie würde sich die Dame noch einmal vornehmen.

Katharina ging davon aus, dass die Ermittlungen vor Ort viel Zeit in Anspruch nehmen würden. Proben aus Restaurant und Bar mussten genommen werden, das bedeutete viele Überstunden für das Labor in Athen. Während ihre Gedanken immer noch bei dem Fall weilten, hielt Dawid sie im Arm, streichelte sie zärtlich und stellte Gott sei Dank keine Fragen. Das war das Besondere, was sie so an ihm schätzte: sein Gespür, in heiklen Situationen zu schweigen und einfach nur da zu sein.

Sie schlief ein und wurde erst durch den Anruf von Fílippos wieder geweckt. »Das Team aus Athen hat sich gemeldet, sie sind unterwegs.« Katharina löste sich aus den Armen Dawids und wankte schlaftrunken ins Bad. Sie war, ohne sich auszuziehen, eingeschlafen.

Ein Glück, dass sie Fílippos bereits auf der Insel hatte, ihm musste sie nicht viel erklären. Noch heute würde sie ihn zu ihrem Stellvertreter ernennen, denn er musste sie während ihrer Abwesenheit vertreten, wenn sie zum nächsten Treffen aller Polizeibehörden der Kykladen antrat, diese Woche auf Syros. Auch wenn ihr dieses Treffen momentan überhaupt nicht in den Kram passte, wollte sie die Gelegenheit nutzen, ihre Kollegen mit der aktuellen Einbruchserie zu konfrontieren und nach eventuellen Parallelen fragen. Vielleicht waren ja ähnliche Fälle von Kunstdiebstahl auf einer der anderen Inseln bekannt; teure Ferienhäuser gab es überall zur Genüge. Nach ihren eigenen Recherchen mussten hier professionelle Serientäter am Werk sein.

Fílippos würde während ihrer Abwesenheit die Dienststelle auf Paros leiten - ein guter Einstieg für den jungen, engagierten Kollegen.

Es war Ostermontag, die Kollegen aus Athen waren unterwegs nach Paros. Sie würde noch ein wenig schlafen, bis Fílippos sie vom Eintreffen der Spezialisten am Tatort unterrichten würde.

FÍLIPPOS PANOS
NÁOUSSA, PAROS

Der junge Kriminalassistent hatte früh am Morgen die Athener Bereitschaftsnummer angerufen und dieselbe Kollegin am Telefon gehabt, die im letzten Jahr das Team für den Sondereinsatz auf Paros zusammengestellt hatte.

»Hey, Fílippos, gerade erst weg von Athen und schon meldest du dich – und das um diese Zeit!« Im Hintergrund war laute Musik zu hören. »Hast du etwas vergessen oder schon Heimweh nach ein paar Stunden in der Ferne?«, lachte sie.

»Schön wär's. Leider muss ich dich dienstlich belästigen. Ich brauche die Spurensicherung und zwar schnell. Wir haben einen Toten und vermuten, dass er vergiftet wurde. Wann könnt ihr hier sein?«

Auf der anderen Seite der Leitung tat sich einen Moment lang nichts.

»Angelikí, bist du noch da? Ich fragte, wann ihr hier sein könnt«, hakte er nach. Endlich hörte er einen langen Seufzer.

»Es wäre ja zu schön gewesen, einmal ein Fest ohne Arbeit zu verbringen", maulte die Kollegin nicht unfreundlich. „Lass mir eine Stunde Zeit, ich stelle ein Team von der Spurensicherung zusammen und schicke sie dir rüber. Eine nicht ganz einfache Aufgabe, wie du dir sicher denken kannst. Wir haben nur eine Notbesetzung, es ist Ostern, mein Lieber! Ich rufe dich zurück.«

Kurz darauf bestätigte sie das Eintreffen der Kollegen mit dem nächsten Flieger auf Paros. Fílippos informierte seine Chefin und fuhr zum Flughafen, um den Trupp abzuholen.

KATHARINA WALDMANN
NÁOUSSA, PAROS

Als Katharina den Tatort am frühen Ostermontag betrat und die halbvollen Gläser und das verschmutzte Geschirr auf den Tischen erblickte, wurde ihr klar: Das würde eine verdammt schwierige Angelegenheit für die Athener werden. Das ganze Chaos kam erst jetzt, bei Tageslicht, richtig zum Vorschein.

Die Kollegen von der Spurensicherung waren schon eingetroffen und hatten ihre Koffer ausgeladen. Gerade schlüpften sie in die weißen Overalls, und Karis, der erfahrene Forensiker, der schon im letzten Sommer auf Paros gearbeitet hatte, taxierte aus ein paar Metern Entfernung den Tatort und fotografierte aus allen Perspektiven. In sein Diktiergerät sprach er kurze, prägnante Angaben, die später zur Erstellung des Berichts genutzt werden sollten.

Die Tatortuntersuchung nahm ihren üblichen Verlauf, alles wurde eingehend untersucht und Proben zur Überprüfung im kriminaltechnischen Labor verpackt. Bislang war ihnen nichts Besonderes aufgefallen, der Täter oder die Täterin schienen gut vorbereitet gewesen zu sein. Plötzlich entdeckte Karis doch noch etwas und bückte sich nach einem weißen Plastikteil unter einem der Stehtische. Mit spitzen Fingern zog er eine kleine Plastikspritze zwischen zwei zerknüllten Papiertüchern hervor und packte sie in eine Plastiktüte.

Katharina, die dem Ganzen bisher eher schläfrig beigewohnt hatte, war schlagartig hellwach. »Was macht man hier im Hafen mit einer Einwegspritze?«, fragte sie und beäugte das Beweisstück genauer. Es handelte sich um eine Fünf-Milliliter-Spritze, deren Kolben nicht vollends durchgedrückt war. Der Rest einer Flüssigkeit war in dem milchigen Zylinder zu sehen.

»Was könnte da drin sein?«, fragte sie Karis.

»Woher soll ich das wissen?«, gab der Fachmann zurück. »Das wird das Labor herausfinden. Vielleicht war unter den vielen Leuten ein Fixer.«

»Und wie lange wird das dauern?«

»Zwei Tage.«

Katharina blickte auf: »Warum dauert das so lange? Zwei Tage, bis wir erste Ergebnisse bekommen, das ist ungewöhnlich. Ist das Labor so schwach besetzt?«

»Ja«, erwiderte der Spurensicherer gereizt. Immer wollten alle sofort alles. »Bis auf eine Notbesetzung sind alle Mitarbeiter im Osterurlaub. Aber das eigentliche Problem ist, dass wir keinerlei Anhaltspunkte haben, um welche Art von Gift es sich handelt. Da müssen etliche Screenings durchgeführt werden, um alle in Frage kommenden Giftklassen einzugrenzen. Wir haben veraltete Geräte. Keine modernen Chromatographen. Hätten wir gern. Haben wir aber nicht. Also wird es wohl dauern.« Er schlurfte Richtung Skopeliós davon, in der Hand einen Korb mit Probenbechern, um auch in dem Restaurant seine Arbeit zu tun.

Katharina schaute ihm grimmig nach, Geduld war nicht gerade ihre Stärke, sie hätte schon gerne vor ihrer Abreise nach Syros gewusst, ob es sich nun um einen Mord handelte oder ob Entwarnung gegeben werden konnte. Auf jeden Fall hatte sie hier zunächst nichts mehr zu tun und würde das Feld nun endgültig den Technikern überlassen.

KATHARINA WALDMANN
PARÍKIA, PAROS

Es war Dienstagmorgen. Die Kommissarin wartete geduldig, bis die Leiche von Frank Felten abgeholt und zu dem kleinen Flughafen nahe der Ortschaft Pounda transportiert wurde. Dr. Spanópoulos hatte sich darum gekümmert. Um 09:55 Uhr ging der nächste Flieger nach Athen. Katharina musste bei der Fluggesellschaft die notwendigen Papiere für die Überführung unterzeichnen. Ein Leichentransport hatte immer Vorrang, auch bei gewöhnlichen Todesfällen, und in diesem Falle musste die Leiche dringend für weitere Untersuchungen ins Institut der Gerichtsmedizin. Wie es danach weiterging, würde noch eruiert werden müssen. Schließlich war Felten ein Deutscher.

Ein österreichisches Ehepaar, das gesehen hatte, wie der Zinksarg mit einem Gepäckwagen auf das Rollfeld geschoben wurde, stornierte seinen Flug kurzfristig und mit viel Wirbel am Schalter, da sie auf keinen Fall mit einem Toten zusammen fliegen wollten. Eine übergewichtige Amerikanerin, die daneben stand, drohte sogleich mit ihrem Anwalt: Sie habe einen normalen Flug gebucht und keinen Leichentransport, stieg aber schließlich doch ein, um ihren Anschluss über Frankfurt nach New York nicht zu verpassen.

Als nächstes stand das Verhör von Marlene Winter auf dem Programm, und Katharina machte sich auf den Weg in deren Hotel. Sie war müde, außerdem verspürte sie einen leichten Kater. Einbruchserie, Feier, Verdacht auf Mord, und das alles an Ostern. Es war ihr alles zu viel.

Hoffentlich war die deutsche Ärztin schon vernehmungsfähig; die Kommissarin benötigte einen detaillierten Ablauf des Sonntagabends für die am Nachmittag geplante Besprechung.

Im ›Magnolia Inn‹ weilten um diese Zeit nur noch wenige Gäste beim Frühstück. In der hintersten Ecke des mit Blumen dekorierten Frühstücksraumes sah Katharina die Stuttgarter Ärztin sitzen; mit ihr am Tisch ein Mann in mittleren Jahren. Die Kommissarin beobachtete die beiden einen Moment und wunderte sich, wie vertraut sie miteinander umgingen. Hatte Marlene Winter hier so gute Bekannte? Oder war sie mit ihrem Freund angereist? Falls ja, warum war der nicht beim Essen mit Felten dabeigewesen?

»Guten Morgen, Frau Dr. Winter«, begrüßte sie die Deutsche. »Ich bin froh, dass Sie bereits auf den Beinen sind und hoffe, dass Sie etwas zur Ruhe kommen konnten nach all der Aufregung.«

Marlene hatte Katharina nicht kommen sehen und wirkte im ersten Augenblick überrumpelt, so als hätte sie etwas zu verbergen.

»Wie schon erwähnt, ich muss Sie noch einmal befragen, damit wir keine Details vergessen.« Katharina nahm am Tisch der beiden Platz, ohne eine Aufforderung abzuwarten.

Mit einem kalten Blick signalisierte Marlene ihrem Tischnachbarn, sie allein zu lassen, bevor sie sich doch genötigt sah, ihren Begleiter der Kommissarin vorzustellen.

»Das ist Nico Nikitídis, der Besitzer des Hotels. Er wollte wissen, wie die Kaufverhandlungen verlaufen sind. Ich habe ihm von dem Desaster erzählt.« Nico wusste nicht recht, was er machen sollte. Er fühlte sich merklich unwohl, so barsch abserviert zu werden, und reichte Katharina unsicher die Hand mit den Worten: »Christós Anésti, ganz schrecklich das Ganze, aber ich lasse Sie jetzt besser allein.« Mittlerweile war er aufgestanden und machte Anstalten, den Tisch zu verlassen, als er sich noch einmal zu den beiden Frauen umdrehte. »Ich weiß nicht, ob das wichtig ist, aber ich habe dir doch eben von dem Weinhändler erzählt. Stéfanos Kourákis heißt der Mann«, wandte er sich an Marlene. »Der sich so furchtbar aufgeregt hat, erinnerst du dich? Den ich gestern in der Stadt getroffen habe? Der war außer sich vor Wut und das nur, weil er den Zuschlag für ein Grundstück nicht bekommen hat. Vielleicht handelt es sich ja um das Grundstück, das du gekauft hast, und er kannte den Toten ...?« Katharina stutzte und schaute Marlene durchdringend an. Der Name kam ihr irgendwie bekannt vor. »Jetzt schildern Sie mir alles nochmals ganz genau, auch die Sache mit dem Weinhändler«, forderte sie die Ärztin auf.

Während Nico in Richtung Hotellobby verschwand, schaltete sie ihr Aufnahmegerät ein und ließ Marlene Winter erzählen. Die Ärztin sah wütend aus und müde und gab dies auch mit jedem Satz zu verstehen.

»Um zunächst Ihre Frage zu beantworten: Ich bin nicht wirklich zur Ruhe gekommen. Ich habe viel Geld investiert und einen Vertrag für ein Haus auf Amorgós unterschrieben. Die deutsche Zentrale hat sich zu dem Vorfall noch nicht gemeldet. Hat man die noch nicht informiert? Wie langsam arbeitet die Polizei hier? Ich wüsste gerne, wie es jetzt weiter geht. Außerdem muss ich zurück nach Deutschland. Also, gibt es schon was Neues?«

Die Kommissarin schüttelte ungläubig den Kopf. Diese Dame hatte sich ja schnell erholt. Jedenfalls konnte sie schon wieder schnippisch und unverschämt sein. Der Tod Feltens schien ihr nicht so nahe gegangen zu sein, wie es gestern den Eindruck gemacht hatte. Oder war ihr Verhalten in der Bar nur gespielt gewesen? Ruhig entgegnete Katharina: »Es ist Ostern. Da dauert es auch in Griechenland ein wenig, genau wie in Deutschland. Wir haben unsere Kollegen in Frankfurt informiert. Wie lange der Amtsweg dort dauert – darauf haben wir leider keinen Einfluss. Aber wie bereits gesagt, möchte ich mit Ihnen nochmals über den Sonntagabend sprechen und alles, was sonst in diesem Zusammenhang wichtig ist. Bitte schildern Sie mir minutiös alle Einzelheiten von der Ankunft im Büro des Maklers bis zu seinem Ableben. Und falls Sie sich jetzt im Nachhinein doch noch an etwas erinnern, was Ihnen merkwürdig vorgekommen ist, sagen Sie es mir bitte.«

Während der Vernehmung machte sich Katharina Notizen. Es hatte wohl mehrere Interessenten für das Gelände in Aigiáli gegeben, und einer schien der Besitzer des hiesigen Weingutes gewesen zu sein. Während sie dessen Namen notierte, fiel ihr plötzlich ein, dass sie erst letzte Woche mit diesem Weinhändler zu tun gehabt hatte. Genau! Sie erinnerte sich, der letzte Einbruch aus der Serie hatte im Ferienhaus von Stéfanos Kourákis stattgefunden. Das Haus war noch versiegelt, und Fílippos sollte sich dort genauer umsehen. Gab es etwa einen Zusammenhang zwischen Einbruch und Mord, oder war das reiner Zufall?

Es folgte eine gute Stunde intensiver Vernehmung. Kurz vor zwölf war alles geklärt, und die Kommissarin bedankte sich trotz des patzigen Auftretens der immer noch erschöpften Urlauberin. Sie verabschiedete sich und war schon auf dem Weg zu ihrem Wagen, als ihr die Spritze einfiel, die Karis unter einem der Stehtische gefunden hatte. Schnell lief sie zurück zu der Zeugin.

»Wissen Sie, ob Frank Felten vielleicht Diabetiker war?«

Marlene Winter zuckte mit den Schultern.

»Woher soll ich so etwas wissen?« Die Dame klang jetzt noch gereizter. »Und wenn, dann hätte ich es ja wohl erwähnt!« Marlene schaute grimmig auf. »Wieso fragen Sie?«

Die Kommissarin verabschiedete sich mit einer vagen Geste, ohne Marlene zu antworten, und ging zu ihrem Dienstwagen. Besser dumm fragen, dachte sie, als einen guten Hinweis zu verpassen. Sie brauchte jetzt dringend etwas Kaltes zu trinken und entschloss sich zu einem Abstecher ins ›Aliportas‹, bevor sie nach Paríkia aufbrechen wollte.

Die interne Besprechung im Polizeirevier war für vier Uhr nachmittags angesetzt, da blieben ihr noch knapp zwei Stunden, um ihre Energiereserven aufzutanken. Außerdem knurrte ihr Magen, und das war nicht gut. Eine hungrige Katharina konnte unausstehlich werden. Schnell eine Spanakópita und ein Glas eiskaltes Wasser, dafür war immer Zeit.

Das Café war gut besucht. Die vielen Osterbesucher, die noch auf der Insel waren, saßen gemütlich bei einem Frappé und redeten wild durcheinander. Mittendrin zwei blasse Urlauber, die angeschlagen dreinblickten und lustlos an ihrem Kaffee nippten. Patsy erblickte die Kommissarin zuerst und winkte ihr zu.

»Du hier? Bist du schon fertig mit Aufräumen nach deiner Riesensause?«, begrüßte sie die Freundin und umarmte sie. »Es war übrigens ein gelungenes Fest, das werden wir so schnell nicht vergessen.«

Die Kommissarin verzog ihr Gesicht: »Ja, da gäbe es schon noch einiges zu tun, aber den ungeklärten Todesfall im Hafen kann ich leider nicht warten lassen.«

Matt und Patsy schauten sich verwundert an, erst jetzt fiel ihnen wieder ein, dass ihre Gastgeberin während der Party zu einem Einsatz gerufen worden war. »War wohl doch ein Glas Wein zu viel «, versuchte Matt das Thema zu wechseln. »Und wie wir nach Hause gekommen sind, kann ich auch nur erahnen, auf jeden Fall nicht mit dem Fahrrad.«

»Gut erkannt, aber macht euch keine Sorgen, die Räder sind sicher untergebracht und können jederzeit abgeholt werden. Hauptsache, ihr hattet Spaß auf der Party.«

Währenddessen hatte sie Ángelos zugewinkt, der eifrig hinter der Theke hin und her rauschte.

»Ich will nur schnell etwas essen, damit ich den Rest des Tages überstehe. Ich muss gleich weiter.«

»Du bist doch bestimmt dienstlich hier?«, fragte er, während er ihre Bestellung aufnahm.

»Ganz genau, und du bist doch bestimmt schon mit den wildesten Spekulationen konfrontiert worden, oder?« entgegnete die Kommissarin.

Das ›Aliportas‹ war die beste Nachrichtenzentrale auf der ganzen Insel; wie bei einem Internetknoten im Netz liefen hier alle Fäden zusammen. »Hast du den Toten gekannt?«

»Nur vom Sehen«, rief Ángelos, der in der Theke nach der Spanakópita angelte. »Er war regelmäßig hier, wenn er auf Paros war und hat meistens stundenlang telefoniert, so dass sich sogar einige Gäste beschwert haben. Scheint ganz gute Geschäfte gemacht zu haben. Letzte Woche noch hat er einen Tisch bei mir bestellt und zwölf Zimmer für eine Nacht.«

Katharina war aufmerksam geworden.

»Zwölf Zimmer für eine Nacht? Hat er dir erzählt, wofür er die brauchte?«, fragte sie den Gastwirt, während sie ihren Snack in Empfang nahm und die Pita auf einer Serviette mit einer Hand zum Mund jonglierte. Sie biss mit Heißhunger in die warme Spinattasche, die im ›Aliportas‹ besonders gut schmeckte. Das lag an den zahlreichen Pinienkernen, die neben dem Schafskäse noch unter den Spinat gemischt wurden.

»Er hat mir von einem großen Deal auf Amorgós erzählt, wo ein Baubeginn gefeiert werden sollte. Wenn ich das richtig verstanden habe, hat er alle neuen Besitzer dazu nach Paros eingeladen. Klang alles ziemlich abgehoben, internationales Publikum und so. Der Typ wirkte manchmal arrogant«, er warf seinen Kopf in den Nacken und tippte sich mit dem Finger an die Stirn. »Na, diesen Auftrag kann ich jetzt wohl abschreiben«. Der Wirt zuckte mit den Schultern und betätigte den Frappé-Mixer.

»Ist irgendetwas an Felten auffällig gewesen?«. Katharina wischte sich den Mund ab.

»Da frag besser mal Georgios Apostolópoulos«. Er stellte vor ihr ein Glas kalten Frappé ab. »Geht aufs Haus«, murmelte er lächelnd.

»Wie meinst du das?«

»Ich glaube ...«, Ángelos überlegte eine Weile, »... der Makler ist ihm im letzten Jahr ganz schön auf die Nerven gegangen.«

»Georgios auf die Nerven gegangen?« Wieder schaute Katharina erstaunt auf. »War der Deutsche auch schwul?«

»Das weiß ich nicht, aber der hat seit Jahren versucht, das Lagéri-Grundstück zu kaufen, doch da hatte er sich mit der alten Apostolopoúlou verrechnet. Mit der war kein Geschäft zu machen. Da hat er es eben mit Georgios versucht. Wie heute der Stand der Dinge ist, weiß ich allerdings nicht.«

Wieder eine neue Nachricht, ein eventuelles Mosaiksteinchen, um das Bild dieses Falles zusammenzusetzen. Wozu eine kleine Mahlzeit doch gut sein konnte, dachte Katharina.

Sie bezahlte, verabschiedete sich von den beiden Engländern und machte sich auf den Weg nach Paríkia.

BRACHLAND AUF DEN KYKLADEN

Dicht an der alten Mauer war kräftig gedüngt worden, um in Kürze erneut eine ausreichende Menge des todbringenden Gewächses ernten zu können. Die erste Anwendung war zufriedenstellend verlaufen, jetzt galt es, dem eingeschlagenen Weg entschlossen zu folgen. Fast täglich wurde das unscheinbar wirkende Gelände inspiziert und das sprießende Unheil aus der Nähe begutachtet. Die schlanken Stängel des schnell wachsenden Grüns galten als Heiligtum - lag in dieser Pflanze doch viel Symbolik. Existierte ein geeigneteres Gewächs, um in einer immer mehr zerfallenden Welt ein Zeichen zu setzen? Gut, dass viele Jungpflanzen nachgewachsen waren, wenn auch wenig überraschend, handelte es sich doch um ein gemeines, anspruchsloses Unkraut - allerdings ein ganz besonderes, das dem Betrachter respektvolle Distanz auferlegte. Bereits das bloße Berühren der zarten Triebe verursachte starke Hautreizungen.

In den kommenden Tagen stand die Verarbeitung der frisch geernteten, noch nicht ganz reifen Früchte an, danach die Zubereitung einer neuen Tranche der alkoholischen Tinktur. Wäre nur nicht dieser unangenehme Geruch, der sich beim Zermahlen der Früchte verbreitete, so als würde bereits beim Herstellen der teuflischen Mischung eine Warnung verströmt.

KATHARINA WALDMANN
PARÍKIA, PAROS

Fílippos hatte die Teambesprechung am Nachmittag vorbereitet, ohne dass Katharina ihn ausdrücklich darum hatte bitten müssen. Als die Kommissarin zur festgesetzten Stunde eintraf, wurde sie bereits erwartet.

»Gut, dass ihr alle da seid«, eröffnete sie das Meeting und stellte als erstes den neuen Mitarbeiter Fílippos offiziell vor. »Wir sind alle nicht begeistert von dem, was an Ostern passiert ist, doch Verbrechen machen leider keine Pause an Feiertagen.« Sie griff sich an ihre große Brille und setzte eine ernste Miene auf. »Wir haben einen Toten, wie ihr mitbekommen habt. Möglicherweise handelt es sich um ein Verbrechen. Zwei Ärzte haben unabhängig voneinander Symptome einer Vergiftung festgestellt. Das muss noch nichts heißen, trotzdem sollten wir uns auf eventuelle Ermittlungen in dieser Richtung einstellen.«

Ihr Blick schweifte zu der Tafel, wo Fílippos die Fakten skizziert hatte. Sie erzählte von ihrem Gespräch mit Marlene Winter und deren zusätzliche Information, griff nach einem Stück Kreide, ergänzte Marlenes Input auf der Tafel und erklärte: »Wir müssen unbedingt diesen Weinhändler befragen und klären, ob der Grundstücksverkauf ein Motiv für einen Mord sein könnte.«

Alle hatten aufgehorcht, als der Name Stéfanos Kourákis gefallen war. »Genau!« Katharinas Stimme hob sich. »Das ist der mit dem letzten Einbruch! Das Haus ist seitdem versiegelt, und du«, sie deutete auf Fílippos, »schaust dich möglichst heute noch dort um. Ich brauche einen Bericht über alle Besonderheiten, die bei der Begehung des Ferienhauses auffallen, damit ich diese Erkenntnisse nach Syros mitnehmen kann zum Abgleich mit den Kollegen. Ihr wisst, dass wir dringend etwas vorweisen müssen, ansonsten steigt uns die Presse aufs Dach. Die Akte mit den Protokollen zu der Einbruchsserie liegt unten bereit.«

Takis, der schon länger an der Sache dran war, bot an, Fílippos zum Stand der bisherigen Ermittlungen aufzuklären.

»Ja, setzt euch zusammen und geht die Akte gemeinsam durch«, stimmte Katharina zu und nahm erneut die Kreide zur Hand. »Im ›Aliportas‹ habe ich erfahren, dass der Makler mit einer größeren Gruppe demnächst nach Amorgós fahren wollte. Takis, das wäre etwas für dich. Setze dich mit der Zentrale in Frankfurt in Verbindung und finde heraus, was da genau geplant war. Versuche außerdem, etwas mehr über die privaten Verhältnisse des Toten in Erfahrung zu bringen. Hatte er Familie? Wo wohnte er, wenn er nicht in Griechenland war? Halt das ganze Programm. Mit den Ergebnissen der Gerichtsmedizin können wir, wenn es gut läuft, morgen abend rechnen. Ich hoffe nur, dass ich rechtzeitig etwas vor meinem Meeting in Syros weiß.« Und dann sagte sie, fast beiläufig, aber mit einem Unterton, der keine Widerrede zuließ: »Während meiner Abwesenheit wird Fílippos die Dienststelle leiten und mich über alle neuen Entwicklungen regelmäßig informieren.«

Das leichte Zucken in Takis Mimik entging der Kommissarin nicht. Er war der Dienstälteste und wirkte irritiert, einen jungen neuen Kollegen vor die Nase gesetzt zu bekommen. Katharina überging seine Reaktion, indem sie ihn erneut ansprach und noch eine Notiz auf die Wandtafel setzte: Georgios und Makler. »Apostolópoulos scheint mit dem Toten zu tun gehabt zu haben, Takis. Noch etwas für dich. Du weißt ja, wo du ihn findest.«

Katharina beendete das Meeting: »Sobald ich aus Athen mehr weiß, sollten wir uns erneut treffen.« Konstantinos verließ den Raum umgehend; Takis‘ mahlende Kiefermuskulatur signalisierte, dass er an der Direktive, den Neuen als seinen Vorgesetzten zu akzeptieren, ganz schön zu knabbern hatte. Widerwillig griff der ältere Beamte nach dem Ordner, in dem alle Unterlagen zu der Einbruchserie abgeheftet waren, und brachte Fílippos auf den aktuellen Stand der Ermittlungen.

»Da hast du aber einen vor vollendete Tatsachen gestellt«, befand Fílippos, als Takis das Büro verlassen hatte.

»Das macht nichts. Ich habe dich schließlich nicht umsonst nach Paros geholt. Alle müssen langsam lernen, dass jetzt ein anderer Wind weht, und da wirst du deinen Beitrag leisten«, gab Katharina energisch zurück und hakte das Thema damit ab. »Und jetzt fahre ich erst einmal nach Hause. Ich darf gar nicht daran denken, was mich dort noch alles an Aufräumarbeiten erwartet.«

»Ich könnte dir helfen, ich bin dir ja einiges schuldig.«, schlug ihr junger Assistent vor.

»Du helfen? Du hast einen Job zu erledigen. Also ab mit dir. Ich erwarte, von euch allen etwas zu hören, was uns weiterbringt. Du kannst ja später zum Resteessen bei mir vorbeikommen. Übrigens, der Schlüssel zur Wohnung vom letzten Einbruch liegt auf Takis‘ Schreibtisch. Der mit dem roten Band.«

Mit wenigen Worten wies sie ihm den neuen Dienstwagen zu.

GEORGIOS APOSTOLÓPOULOS
LAGÉRI, PAROS

Georgios stand nackt in der großen Küche seines Anwesens und bereitete eine Mahlzeit für sich und seinen neuen Partner zu. In den vergangenen Wochen hatte er das häufiger gemacht. Zwar hatte Sophía in ihrer aufopfernden Art mehrfach angeboten, das Kochen zu übernehmen, aber er hatte ihr unmissverständlich zu verstehen gegeben, er wolle es selbst in die Hand nehmen. Eine nicht ganz einfache Angelegenheit, wie er schnell feststellen musste, sah die Haushälterin die Küche doch als ihr alleiniges Revier an, das sie nur unter Protest mit irgendjemandem zu teilen bereit war. Zu lange war sie der Platzhirsch in Sachen Kochkunst gewesen und hatte bestimmt, was auf die Teller kam. Jeder Fremde, der sich in ihrer Küche breit machen wollte, galt als Eindringling. Aber Georgios liebte es nun einmal, selbst zu kochen und wollte Sophía nicht ständig in seiner Nähe haben.

Die wenigen Wochenenden, an denen der knackige Krankenpfleger Zeit hatte, ihn auf Paros zu besuchen, hatten sie reichlich genutzt und den ganzen Sonntag im Bett verbracht. Wie zwei ausgehungerte Seelen waren sie stundenlang übereinander hergefallen, ohne Zeit und Raum, einfach nur sie beide. Es war ihm immer noch ein wenig unangenehm, so offen mit Louis vor seiner ehemaligen Kinderfrau umzugehen, obwohl diese ihre Sympathie für den jungen Mann längst bekundet hatte. Sie würde sich daran gewöhnen müssen, wenn er das, womit Louis ihn bedrängte, umsetzen würde. In diesen Planspielen sollte Sophía auf jeden Fall eine Rolle bekommen. Die alte Frau hatte fast ihr ganzes Leben in seinem Elternhaus verbracht und genoss lebenslanges Wohnrecht, dafür hatte seine verstorbene Mutter gesorgt. Schon deshalb mussten sie die eifrige Person in ihrem Konzept unterbringen und der treuen Perle trotz ihres betagten Alters eine ihr gebührende Aufgabe zukommen lassen.

Während er den dank Sophía gut gefüllten Kühlschrank inspizierte, lächelte er zufrieden vor sich hin bei der Erinnerung an die letzten Stunden. Louis hatte ihn ganz schön gefordert. Georgios war verliebt in diesen jungen Burschen. Allein beim Gedanken an dessen glatte, warme Haut spürte er eine leichte Erregung. Er genoss jede Sekunde, die sie gemeinsam verbrachten. Besonders liebte er seine wilden Küsse, und wenn Louis' Zunge liebevoll mit seinen harten Brustwarzen spielte, war er ihm völlig ausgeliefert. Der Junge wusste um seine Wirkung, und wenn sein Mund weiter zum Bauchnabel wanderte, war Georgios dem jungen Pfleger willenlos ergeben.

Im Moment aber war er hungrig. Er würde schnell für sie beide etwas zaubern. Während er ein Schneidbrett auf die Anrichte legte, machte er sich Gedanken zur Umgestaltung der Küche, die dringend einer Renovierung bedurfte.

Ihm kamen Bilder von Katharinas Traumküche in den Kopf. So in der Art könnte er sich ein Neudesign vorstellen – bisher waren es nur Hirngespinste, die er gemeinsam mit Louis zu Papier gebracht hatte. Angetrieben wurde das Ganze von Louis, der lieber heute als morgen mit Umbauarbeiten begonnen hätte. Georgios selbst war zögerlicher herangegangen, zu sehr schwebten die dunklen Schatten seines Elternhauses noch über ihm. Doch konnte er sich der positiven Entwicklung, die sein Leben in den letzten Monaten eingeschlagen hatte, nicht entziehen. Innerlich hatte er längst entschieden, das ihm anvertraute Erbe zu behalten und hier künftig seinen Lebensunterhalt zu verdienen. Er würde dem nervigen Immobilienmakler eine Absage erteilen. Diese Entscheidung hatte er bisher hinausgeschoben, aber jetzt es war an der Zeit, einen Schlussstrich zu ziehen. Dass Frank Felten seit einigen Stunden im Kühlhaus der Athener Gerichtsmedizin lag, war Georgios noch nicht bekannt.

Eine mittelgroße Zucchini im Kühlschrank machte ihm Appetit, und er entschied sich spontan für ›Kolokithákia me kimá‹, gefüllte Zucchini mit Reis und Hackfleisch. Eine gute Entscheidung, wie er fand.

FÍLIPPOS PANOS
PARÍKIA, PAROS

Fílippos hatte sich die Strecke bis zum Ferienhaus von Stéfanos Kourákis eingeprägt. Er schätzte sie auf knappe zwanzig Kilometer; das war in einer Viertelstunde zu schaffen. Das Gästehaus lag auf halbem Weg zwischen Náoussa und Léfkes auf einer Anhöhe und stand allein auf weiter Flur. Kurz vor der Ortschaft Kóstos führte rechts ein Wirtschaftsweg hinauf. Das große, in typisch weiß-blauem Kykladen-Stil errichtete Gebäude war von der Straße aus zu sehen. Es hatte den klassischen kubischen Grundriss wie die meisten Inselhäuser und war nach Südosten ausgerichtet. Die gesamte Liegenschaft war von einer Bruchsteinmauer umgeben, an der entlang aus unzähligen Oleanderbüschen die ersten rosa Frühlingsknospen sprossen. Alles wirkte sehr gepflegt; Fílippos tippte auf den segensreichen Einsatz eines Gärtners. Nicht nur die Bewässerung des Grundstückes bedurfte ständiger Betreuung, auch der kiesgedeckte Bereich an der Eingangstür war sorgsam von allem Blattwerk gesäubert. Das könnte bedeuten, dass mehrere Angestellte des betuchten Weingutbesitzers regelmäßig Hand anlegten und somit Zugang zu dem Haus hatten.

Der Gesamteindruck des Gebäudes war auf den ersten Blick solide, es waren keinerlei Zeichen von Prunk erkennbar. Lediglich die antike, blau gestrichene Haustür ließ vermuten, dass sich dahinter vielleicht etwas Besonderes verbergen könnte. Von Katharina wusste er, dass die Haustür versiegelt und wie die Alarmanlage abzustellen war. Darüber, wie es im Haus aussah, hatte er nur einige Fotos in den Akten gesehen. Er holte sein Taschenmesser hervor und zerschnitt vorsichtig das an der Haustür aufgeklebte Siegel.

Beim Öffnen der Tür strömte ihm der intensive Geruch von Lilien entgegen; in dem fliederfarben eingerichteten Wohnraum verteilte ein riesiger Strauß verwelkender Blumen seinen Duft. Fílippos Blick schweifte über den großzügig geschnittenen Innenbereich, der nach Art einer Maisonette in zwei halbe Stockwerke aufgeteilt war. In der oberen Etage gab es eine exklusive offene Küche, die den Ehrgeiz jedes Kochbegeisterten zu kulinarischen Höchstleistungen animiert hätte. Der tiefer gelegene Bereich war zum parkähnlich angelegten Garten hin fast vollständig verglast und gab den Blick auf einen großen Pool frei. Teure Gartenmöbel in einem dunkleren Violett standen in harmonischem Kontrast zum kräftigen Grün des Gartens. Der Eigentümer hatte zweifelsohne einen guten Geschmack.

Im ersten Augenblick deutete nichts auf einen Einbruch hin, wären da nicht die von den Polizeibeamten angehefteten Markierungen gewesen überall dort, wo etwas gestohlen worden war. Die Wand links von der Glasfront wirkte unnatürlich nackt, und auch ohne die störenden, so gar nicht zum Ambiente passenden Hinweise der Kollegen hätte er sofort das Fehlen dekorativer Bilder bemerkt. Alles war so teuer und perfekt aufeinander abgestimmt, dass Fílippos sicher war, hier habe sich ein Innenarchitekt ausgetobt. Intuitiv schätzte er jene zwanzigtausend Euro, die den Wert der gestohlenen Bilder bezifferten, für nicht übertrieben. Er setzte seine Begehung fort und fand, vom unteren Wohnraum abgehend, drei großzügige Schlafzimmer sowie zwei lichtdurchflutete Bäder, die einem Fünf-Sterne-Hotel in nichts nachstanden.

Er stieg die kleine Wendeltreppe links neben der Küche hinauf und betrat das mit vielen Pflanzkübeln geschmückte Flachdach des Gebäudes. Hier oben fiel ihm nichts auf. Die Diebe schienen diesen Teil des Hauses unberührt gelassen zu haben.

Sorgfältig verschloss er die Dachterrassentür wieder hinter sich. Jetzt blieb noch die Treppe neben dem Eingangsbereich, die in einen Keller zu führen schien, der von einer fliederfarben gestrichenen Stahltür versperrt war. Der demolierte Beschlag offenbarte, dass sich Einbrecher mit Gewalt Zutritt verschafft hatten. Beim Öffnen der Tür schlug ihm eine angenehme Kühle entgegen. Er schaltete das Licht ein und stand in einem Weinlager, in dem unzählige eingelagerte Flaschen von einer leise schnurrenden Klimaanlage auf konstanter Temperatur gehalten wurden.

Während sein Blick über die diversen Jahrgänge edler Tropfen in den reichlich bestückten Regalen schweifte, entdeckte er eine weitere Tür, die in einen Nebenraum zu führen schien. Fílippos drückte die Türklinke hinunter und fand sich in einem modernen Büro wieder. Hier hatte das Notebook gestanden, das auf der Liste des Diebesgutes vermerkt war, erkennbar an einer Markierung seiner Kollegen. Ansonsten wirkte alles aufgeräumt. Ein großer Schreibtisch nahm fast den ganzen Raum ein, daneben ein Regal mit zahlreichen Mappen, alle fein säuberlich mit Aufklebern gekennzeichnet. Ein letztes Mal glitt sein Blick durch Raum. Er war schon im Begriff ihn zu verlassen, als ihm ein offen liegender Ordner auf dem Schreibtisch ins Auge fiel.

Es war nicht der Ordner selbst, der seine Aufmerksamkeit erregte, sondern ein daraufliegender, von Hand beschriebener Zettel, auf dem in großen Buchstaben ›Dreamroom GmbH‹ stand, dahinter, fett, drei große schwarze Kreuze. Fílippos Herz machte einen Satz. Er drehte das Fundstück um und las auf dem Ordner: ›Jannis und Brian Pantoúlis‹.

Er jubelte innerlich - womöglich lieferte dieser Ordner erste Hinweise auf das plötzliche Ableben des Immobilienmaklers? Aufgeregt packte er die Trophäe und machte sich auf den Weg nach Ambelás.

MARLENE WINTER
NÁOUSSA, PAROS

Marlene atmete tief durch, nachdem die Kommissarin endlich Ruhe gegeben und sie alleine zurück gelassen hatte. Die letzten Stunden hatten an ihren Nerven gezerrt, und das wollte etwas heißen, denn eine Frau wie sie war so schnell nicht aus dem Gleichgewicht zu bringen.

Erneut schöpfte sie Luft und beschloss, mit dem Grübeln aufzuhören. Sie spürte ihre Lebensgeister langsam zurückkehren, als wäre eine Kanne Wasser über ein fast verdorrtes Pflänzchen gegossen worden, das dadurch zu neuem Leben erwachte. Nach vorne schauen und aktiv werden war stets ihre Lebensdevise gewesen, und so würde sie es auch jetzt halten. Energisch biss sie in ein Stück frisches Brot mit Honig und entschied, später ins ›Aliportas‹ zu gehen. Sich dort umzuhören war nicht die schlechteste Idee; außerdem käme sie dadurch auf andere Gedanken. Schließlich liefen in dem beliebten Treffpunkt alle Informationen und Gerüchte der Insel zusammen.

Im ›Aliportas‹ saßen nur wenige Paroaner und eine Handvoll Touristen. Seelchen, wie Maren Stampfli auf Grund ihrer an Maria Schell erinnernden Augen liebevoll genannt wurde, saß mit Ehemann Paul auf ihrem Lieblingsplatz neben dem Eingang zum Café und überwachte alles, was in der quirligen Lokalität vor sich ging. So entging ihr die Ankunft von Marlene Winter nicht, die noch zögerlich auf der Straße stand und das Café-Treiben von weitem beobachtete. Sofort sprang Seelchen auf – für eine über Siebzigjährige mit erstaunlicher Verve – und winkte Marlene heftig zu. Der wallende lange Schlabberrock, ihr Markenzeichen, schwang dabei von einer Seite zur anderen.

Marlene war froh, das bekannte Gesicht zu erblicken, zumal ein paar Jahre vergangen waren, seit sie sich das letzte Mal getroffen hatten. Sie marschierte auf die beiden Schweizer zu. Es folgte eine herzliche Umarmung, bei der Marlene Seelchens altvertrauter Geruch in die Nase stieg. Typisch Seelchen. So hatte sie immer gerochen. Nach Mottenkugeln, die das stärkste Parfüm nicht überlagern konnte.

»Mein Gott, dass ich dich hier noch einmal treffe!«, begrüßte die Schweizerin Marlene. »Du warst eine Ewigkeit nicht mehr hier, fährst wohl nur noch nach Amorgós, seitdem du solide geworden bist.« Dabei lächelte sie und zwinkerte mit dem linken Auge.

»Ja, jedes Ding hat seine Zeit, und du bist nicht ganz unschuldig an meinem Abgang nach Amorgós, wie du dich erinnern kannst«, entgegnete Marlene der agilen Rentnerin. »Du warst es, die mich geködert und zu einem Kurzbesuch nach Aigiáli überredet hat. Jetzt habe ich mir dort ein Haus zugelegt. Der Vertrag ist Sonntagabend unterschrieben worden, bevor mir dieser Felten vor die Füße gefallen ist.«

Seelchen blickte auf und machte kein Hehl aus ihrem Hunger auf Neuigkeiten; sie gierte förmlich danach, mehr zu erfahren.

»Was? Wie? Unterschrieben?«, überschlug sich ihre Stimme. »Wo unterschrieben? Bei dem Immobilienhai? Aber der ist doch tot. Was hast denn du damit zu tun? Weißt du irgendetwas? Umgebracht wurde der, habe ich gehört. Mein Gott, wie aufregend! Du musst mir alles sofort erzählen.«

Marlene setzte sich zu den beiden an den Tisch, und Paul, der bisher schweigsam zugehört hatte, meldete sich zu Wort.

»Hast du schon mit Ángelos gesprochen? Der müsste den Mann doch näher kennen, so oft wie der hier gesessen und telefoniert hat. War ein richtiger Geschäftsmann. Passte irgendwie nicht so recht hierher.«

Marlene erzählte dem Ehepaar ausführlich von dem gestrigen Abend und äußerte ihre Vermutung, der Mann sei vergiftet worden, weshalb die Polizei ermittle.

»Wer sollte denn so was tun?« Seelchen rutschte unruhig auf dem Stuhl hin und her. »Gibt es schon Hinweise?«, fragte sie aufgeregt nach. Ihr Gatte verdrehte die Augen.

Marlene verneinte und hielt auch die Aussage des Hotelbesitzers zurück, denn sie wollte keine ungeprüften Verdächtigungen preisgeben. Die muntere Seniorin wollte sämtliche Details wissen, und Marlene erzählte ihr ausführlich von ihrem Kaufprojekt. Dabei erwähnte sie ganz nebenbei auch die geplante feierliche Grundsteinlegung, die in wenigen Tagen stattfinden sollte, was Seelchen sofort in helle Aufregung versetzte. Hektisch begann sie in ihrem alten Jutebeutel zu kramen und holte einen abgegriffenen Taschenkalender hervor mit Worten, die keinerlei Widerspruch duldeten: »Das passt! Da sind wir dabei. Das Spektakel schauen wir uns an.«

KATHARINA WALDMANN
AMBELÁS, PAROS

Fílippos strömten intensive Gerüche von allerlei Köstlichkeitenen entgegen, als er sich Katharinas Haus näherte. Sein ohnehin gewaltiger Hunger wuchs noch mehr. Bis auf ein spärliches Frühstück hatte er nichts Anständiges zu sich genommen.

Wie ein Beutestück trug er in der Hand den im Ferienhaus gefundenen Ordner; damit wollte er bei seiner Chefin punkten. In der Küche lief Musik; die Kommissarin sprang in einem bequemen grünen Hausanzug durch ihr neues Kochparadies.

Auf dem großen Herd dampfte es aus verschiedenen Töpfen. Katharina war so in ihrem Element, dass sie die Ankunft ihres jungen Mitarbeiters gar nicht bemerkt hatte und ihr vor Schreck fast ein Glas aus der Hand fiel, als der seinen wuscheligen Kopf zur Küchentür hereinstreckte.

Dass hier am Sonntagabend eine Riesenparty stattgefunden hatte, verrieten nur noch die in vielen kleinen Dosen abgefüllten Speisereste und die beiden Außenkühlschränke auf der Terrasse, ansonsten waren alle Spuren des Gelages beseitigt.

»Das glaube ich nicht! Wer hat denn hier so schnell alles aufgeräumt?«, staunte Fílippos.

»Ja, der Mann ist nicht nur im Bett eine Granate, den kann man auch für alle anderen Sachen gebrauchen«, entfuhr es Katharina spontan. Im selben Moment erschrak sie über ihr lockeres Mundwerk.

»Na ja, es war nicht allein Dawids Einsatz, sondern auch der meiner Eltern, die beiden sind noch ganz erschöpft«, deutete sie ins Wohnzimmer. Dort hatten die älteren Herrschaften es sich bequem gemacht und verfolgten die abendlichen Fernsehnachrichten, die im griechischen Programm in aller Ausführlichkeit besprochen wurden. Es war ihr letzter gemeinsamer Abend, bevor die Eltern am nächsten Morgen zurück nach Athen fahren würden.

»Ein Glück, dass ich so gut unterstützt wurde, sonst hätten wir beide jetzt die ganze Aufräumerei am Hals.« Sie wechselte die Stimmlage und nahm einen geschäftigeren Ton an. »Komm, setz dich. Jetzt essen wir erst, danach kannst du mir deine Eindrücke von der Hausbegehung schildern. Ein ganz schön edler Schuppen, oder?« Sie deutete auf den Ordner unter seinem Arm und fragte gespannt: »Du scheinst etwas gefunden zu haben?« Währenddessen holte sie vier große Teller aus einem der lindgrünen Hängeschränke und schaufelte aus den Töpfen reichlich Essen auf das Geschirr.

»Das reicht noch für die nächste Woche«, stellte ihre Mutter nüchtern fest, obwohl sie am liebsten auch heute frisch gekocht hätte.

Nachdem der Hunger gestillt war, nahmen sie sich den Ordner vor. Katharina konnte sich ein entzücktes Lächeln nicht verkneifen, als Fílippos ihr den handgeschriebenen Zettel mit der Aufschrift ›Dreamroom GmbH +++‹ reichte.

»Wie interessant. Was wohl die drei schwarzen Kreuze bedeuten? Das ist eine schöne Grundlage, um den Herrn gründlich in die Zange zu nehmen. Das wirst übrigens du übernehmen, da ich mich auf Syros vorbereiten muss.«

Sie gingen die Details der Vernehmung durch, aber Fílippos musste nicht viel erklärt werden, sie waren ein eingespieltes Team. Doch dann stutzte die Kommissarin plötzlich und schaute ihren jungen Kollegen fragend an. »Sagen dir diese beiden Namen etwas? Jannis und Brian Pantoúlis? Wer könnte das sein?«

Sie begann den Ordner systematisch von vorne nach hinten durchzublättern und machte sich gelegentlich ein paar Notizen. »Die erste Aufzeichnung ist schon über zwei Jahre her.« Sie las den Eintrag laut vor: »›Jannis Pantoúlis Pachtvertrag angeboten! Antwort negativ! Februar 2010.‹ Und hier im März 2010: ›Angebot erhöht! Aber wieder keine Reaktion von Jannis erhalten.‹« Sie überlegte einen Moment, bevor sie weitersprach: »Das sind alles E-Mail-Ausdrucke, und wenn ich das richtig sehe, teilweise an eine amerikanische E-Mail-Adresse.«

Ein paar Seiten entdeckte Katharina mit erleichtertem Seufzen zwei Adressen, sorgfältig abgeheftet und säuberlich notiert, eine davon in New York, die andere auf Amorgós.

»Jetzt wissen wir wenigstens, wo wir die Herren antreffen können - wir müssen nur noch auslosen, wer sich die Adresse in New York vorknöpft.«

Den Ordner hatten sie mittlerweile zu gut zwei Drittel durchforstet. Neben den E-Mail-Ausdrucken fanden sie noch allerlei Details zu den Pachtverträgen, ein geologisches Gutachten, das den Boden in Aigiáli als besonders wertvoll für den Weinanbau auszeichnete, sowie mehrere Anfragen, in denen ein Treffen vorgeschlagen wurde, um die Angelegenheit persönlich zu besprechen.

»Scheint mir ein recht einseitiger Schriftverkehr gewesen zu sein, bisher immer nur von diesem Stéfanos Kourákis – oder hast du jemals eine Antwort gesehen?«, fragte Katharina, immer noch ganz auf den Aktenordner konzentriert.

Fílippos gähnte laut, fast wäre er eingeschlafen, das opulente Essen verstärkte die bereits komatöse Müdigkeit, und er brauchte alle Kraft, um Katharina noch folgen zu können. Doch plötzlich weckte ihn ein lauter Ausruf seiner Chefin. Erschrocken rappelte er sich hoch und blickte verdattert drein, als Katharina ihm eine Todesanzeige vor die Nase hielt. Es war eine jener klassischen Todesanzeigen, wie sie in Griechenland überall öffentlich an Kirchen und Ankündigungstafeln plakatiert werden.

»Und dann war es nur noch einer«, rief sie laut und reichte ihrem jungen Kollegen das Stück Papier. Es zeigte ein Foto des Verstorbenen, ein etwa sechzigjähriger Mann mit dem Namen Jannis Pantoúlis, datiert auf den 10. April 2010, mit einer Adresse auf Amorgós.

»Na, kein Wunder, der kann ja nicht geantwortet haben«, bemerkte Fílippos nur trocken. Auf der Rückseite der Anzeige fand er den handschriftlichen Vermerk ›Erbe Brian Pantoúlis‹.

»Auch das werden wir mit dem Herrn Weinhändler besprechen müssen. Wieso sammelt der Todesanzeigen von möglichen Geschäftspartnern?« fragte Katharina. »Mich würde auch interessieren, wie der Mann aus dem Leben geschieden ist. Gute Arbeit, Fílippos! Ohne diese Dokumente würden wir fast im Dunkeln fischen - damit haben wir die Basis für eine Befragung.«

Noch während die beiden Kriminalbeamten in den Ordner vertieft waren, hatte Katharinas Mutter begonnen, den Tisch abzuräumen; ein leises Schnarchen verriet, dass der Vater vor dem Fernseher eingeschlafen war. Auch die Kommissarin konnte ihre Müdigkeit nicht länger unterdrücken.

»Geh nach Hause, Fílippos, morgen ist auch noch ein Tag. Es wird spannend werden, gegen Mittag kommen wahrscheinlich die ersten Ergebnisse aus Athen, dann wissen wir mehr.«

KATHARINA WALDMANN
PARÍKIA, PAROS

Gegen Mittag des nächsten Tages hatte sich das gesamte Team in der Polizeibehörde eingefunden. Alle wollten dabei sein. Xenia und Spyros hatten sogar ihren Osterurlaub vorzeitig beendet - hauptsächlich, um die Ergebnisse aus Athen zu erfahren, aber auch aus Neugierde auf eine Neuanschaffung in ihrer Behörde: Im Besprechungsraum gab es einen Telefonstern mit zwei Mikrophonen, um externe Anrufe in der Gruppe entgegenzunehmen und, ohne zusätzliche Geräte, als Gruppe zu kommunizieren. Katharina hatte für einige Veränderungen gesorgt, um frischen Wind in die Polizeibehörde zu bringen; die neue Telefonanlage war eine davon.

Kurz vor der vereinbarten Zeit saßen alle gespannt um den Stern und warteten auf den erlösenden Klingelton. Solch spannende Einsätze kannten sie kaum auf Paros, eine gewisse Unruhe war deutlich zu spüren. Etwa eine Viertelstunde später klingelte es.

Katharina nahm das Gespräch schwungvoll entgegen: »Kaliméra Angelikí, chrónia pollá. Auf dich ist Verlass! Wir sitzen hier wie auf heißen Kohlen! Was hast du uns Spannendes zu berichten aus deiner Giftküche?«

»Chrónia pollá! Christós Anésti!«, vernahmen sie aus der Hauptstadt jene raue Stimme, die an eine kettenrauchende Whiskytrinkerin erinnerte. »Ja, ich hätte auch lieber die letzten Urlaubstage genossen, aber da kam ja leider Paros dazwischen.« Sie holte tief Luft. »Ich will euch nicht länger auf die Folter spannen. War nicht so einfach mit der Analyse, wir mussten uns sogar Unterstützung von der Uni holen.«

»Was kann die Uni, was ihr nicht könnt?«, fragte die Kommissarin ungeduldig.

»Unsere Aufgabe war es, anhand der beschriebenen Todesumstände nach einem passenden Gift zu suchen. Dafür haben wir in der Gerichtsmedizin nur beschränkte Möglichkeiten. Wir haben zunächst ein Screening durchgeführt, um die in Frage kommenden Stoffgruppen einzugrenzen. Das machen wir immer so, wenn eine Vergiftung als Todesursache naheliegt.«

Konstantinos hob eine Hand, als wäre er in der Schule und rief in das Mikro: »Ein was habt ihr gemacht? Sagtest du Screening?«

»Genau. Das ist so eine Art Voruntersuchung, um bestimmte Giftklassen im ersten Schritt einzugrenzen. Wenn man das erledigt hat, sucht man später gezielt nach Einzelsubstanzen.«

Er nickte zufrieden; die übrigen Kollegen waren froh, dass er diese Frage gestellt hatte, schließlich waren sie alle keine Chemiker und wollten die von der Fachfrau vorgetragenen Begriffe richtig verstehen.

Angelikí sprach weiter: »Das Screening hat erste Anzeichen einer Wirkstoffklasse ergeben, die wir anhand der von euch beschriebenen Symptome bei dem Opfer vermutet hatten. Doch für die Bestimmung der tatsächlichen Substanz mussten wir in die Universität.« Nach einer wirkungsvollen Kunstpause, ließ die Königin der Analytik ihre Bombe wenigstens teilweise platzen: »Das Ergebnis hat uns doch ziemlich überrascht.«

Fílippos, nervös auf seinem Stuhl hin und her rutschend, hielt es als erster nicht mehr aus: »Nun sag schon, was euch so überrascht hat! Wie lange willst du uns noch schmoren lassen?«

»Geduld, Geduld«, foppte Angelikí nun erst recht. »Wir wollten es genau wissen, darum habe ich eine Blutprobe an das chemische Institut der Universität gegeben, weil die dort über ein GCMS verfügen. Ein sehr aufwendiges Analysenverfahren. Von dort hat man uns den eindeutigen Nachweis geliefert.«

»Verdammt, schon wieder so ein Fremdwort – GCM-was?«, fragte Takis ärgerlich nach, sein Gesicht ein einziges Fragezeichen.

»Ein GCMS. Darunter versteht man die Kombination zweier unterschiedlicher Analysenmethoden, einen Gaschromatographen und ein

Massenspektrometer. Damit kann man sehr genau Einzelsubstanzen in einem Gemisch analysieren.«

Das gesamte Team verdrehte die Augen, so viele Fachbegriffe auf einmal hatten sie noch nie gehört – man war ja schließlich auf Paros und nicht in Athen, wo es ständig irgendwelche Kapitalverbrechen gab.

Die Kommissarin drückte kurz die Stummtaste, damit Angelikí ihre Ansage an das Team nicht hören konnte. »Und jetzt keine Fragen mehr, sonst läuft unsere Analytik-Queen zur Hochform auf und wir verstehen am Ende alle nur noch Bahnhof. Wir wollen nur wissen, ob der Mann vergiftet wurde, und wenn ja, womit.«

Sie löste die Stummtaste wieder und übernahm jetzt selbst das Gespräch: »Jetzt sage uns endlich, wie der Verstorbene zu Tode gekommen ist. Dass es aufwändig war, das herauszufinden, haben wir verstanden.«

Angelikí räusperte sich, die harsche Stimmlage Katharinas war ihr nicht entgangen, aber sie fing sich schnell und antwortete in formellem Ton: »Frank Felten wurde mit einem Alkaloid vergiftet. Um genau zu sein, mit 2-Propylpiperidin. Ein sehr starkes Gift, welches eine sukzessive Lähmung des Rückenmarks bewirkt, mit abschließendem Atemstillstand. Es ist auch unter dem Namen Coniin bekannt. Die letale Dosis liegt bei circa fünf bis sechs Milligramm pro Kilogramm Körpergewicht. Das gleiche Gift haben wir in einer der zahlreich genommenen Getränkeproben gefunden sowie in der gesicherten Einwegspritze.«

Ein Raunen ging durch den Raum. Jetzt war es heraus. Marlene Winter hatte recht gehabt. Es gab tatsächlich einen neuen Mord auf Paros.

»Du sprichst von einem Alkaloid, einem Piperi-irgendwas?«, fragte Katharina nach. »Was hat euch daran so überrascht?«

»Gute Frage, Frau Kommissarin, darauf habe ich gewartet«, triumphierte Angelikí. »Das Gift ist bestens bekannt aus der griechischen Antike, und jeder von euch hat davon schon gehört. Es ist das Gift des Gefleckten Schierlings, das Gift, mit dem Sokrates zu Tode kam und das im Altertum als gängiges Hinrichtungsmittel benutzt wurde. Bei uns in der Gerichtsmedizin sind wir zum ersten Mal mit dieser Substanz konfrontiert worden, und es hat uns wirklich erstaunt.«

Für einen Moment herrschte Stille in der Runde, nur Xenia stotterte leise vor sich hin: »Hinrichtungsmittel, oh mein Gott! Der Mann wurde hingerichtet. Das ist ja schrecklich.«

»So sieht es aus«, hörten sie Angelikí mit einer Grabesstimme antworten. »Diese Art von Gift hat einen symbolischen Charakter, darauf würde ich wetten.« Sie ließ ihre Vermutung kurz wirken, bevor sie ihren Bericht beendete: »Übrigens haben wir das Gift in der Spritze, in einer extrem hohen Konzentration aufgelöst, wiedergefunden in einem Glas mit einem alkoholischen Getränk. Damit hätte man eine ganze Kompanie umbringen können. Das Ganze erscheint mir sehr mystisch, oder um es auf den Punkt zu bringen: Da scheint ein Wahnsinniger am Werk zu sein. Das sieht nach keinem normalen Giftmord aus, da steckt mehr dahinter. Ich hoffe, ihr kriegt den oder die bald, bevor noch mehr passiert.«

Katharina verdrehte die Augen. Das reichte jetzt. Schuster, bleib bei deinem Leisten - die Ermittlungen sollte Angelikí doch besser ihr überlassen. Sie kannte die Gerichtsmedizinerin nur zu gut und wusste, dass deren Fantasie manchmal mit ihr durchging und sie alle möglichen konspirativen Ideen entwickelte. So ließ sie sich nur noch schnell von der Chemikerin erklären, wo man denn heutzutage Coniin in dieser Form kaufen oder es selbst herstellen könne, bedankte sich für die schnelle Hilfe mit dem Hinweis, dass Angelikí demnächst ein Essen bei ihr gut habe und legte auf. Sie wollte vermeiden, dass die Athenerin mit weiteren Hypothesen das in derart brisanten Fällen ungeübte Team verunsicherte.

»Jetzt haben wir Gewissheit. Wenn wir davon ausgehen, dass sich hier jemand richtig Arbeit gemacht hat mit der Vorbereitung dieses Tötungsdelikts, sieht das nach keinem leicht zu lösenden Fall aus. Doch wir sollten Ruhe bewahren«, sprach sie gezielt Xenia an, die kurz davor war, einen Heulanfall zu bekommen. »Wir sollten uns wie besprochen zunächst um das Umfeld des Toten kümmern. Außerdem haben wir gestern erste Hinweise erhalten, denen Fílippos noch heute nachgehen wird.«

Sie besprachen die Jobs für den nächsten Tag, den die Kommissarin auf Syros verbringen würde, und beschlossen, die nächste Teamsitzung nach Katharinas Rückkehr abzuhalten. Zwar hatte die Kommissarin Angelikis letzte Aussage heruntergespielt, um ihre Kollegen nicht unnötig zu beunruhigen; doch ging ihr die Mutmaßung der Athener Kollegin nicht mehr aus dem Kopf. Es gab unzählige Stoffe, an die leicht zu gelangen war, wenn jemand einen Giftmord plante – warum hatten sich der oder die Täter einer Hinrichtungsmethode aus der Antike bedient?

Hier müssen wir ansetzen, dachte Katharina und nahm sich vor, die Geschichte des Altertums genauer zu studieren.

STÉFANOS KOURÁKIS
NÁOUSSA, PAROS

Im Ausstellungsraum des Weingutes Morássi herrschte ein wildes Durcheinander. Eine amerikanische Besuchertruppe, die sich kurzfristig zu einer Verkostung angekündigt hatte, passte Stéfanos Kourákis an diesem Tag überhaupt nicht in den Terminkalender. Kurz hatte er erwogen abzusagen, denn in der Woche nach Ostern war so gut wie kein Personal verfügbar. Doch eine Gruppe finanzkräftiger Touristen, obendrein Amerikaner, die endlich wieder nach Paros kamen, wollte er sich nicht entgehen lassen. So hatte er beschlossen, die Führung und anschließende Weinprobe selbst zu übernehmen, was sich jedoch als eine größere Herausforderung entpuppte. Diesen Geschäftsbereich übernahmen normalerweise erfahrene Mitarbeiter, und er war weder mit der modernen Präsentationstechnik vertraut, noch kannte er den genauen Ablauf einer solchen Vorführung.

Es war zu lange her, dass er sich selbst um diesen Teil der Kundenbetreuung gekümmert hatte. Dank seines Improvisationstalents hangelte er sich dennoch geschickt durch die zweistündige Besichtigungstour. Unsicherheiten überspielte er mit seiner schlaksigen Art und sorgte sogar für den einen oder anderen Lacher. Er war gerade dabei, einen seiner Verkaufsschlager, einen trockenen Weißwein aus ökologischem Anbau, anzupreisen, da erreichte ihn ein Anruf. Als hätte er nicht schon genug Hektik an diesem Nachmittag, kam ihm jetzt auch noch die Polizei dazwischen.

»Das passt mir im Moment überhaupt nicht, können wir das nicht an einem anderen Tag besprechen?«, erwiderte er harsch, als Fílippos ihn um einen kurzfristigen Termin bat.

»Nein, das denke ich nicht. Es gibt hier ein paar Dinge, die ich dringend mit Ihnen besprechen muss! Und das noch heute!«

Stéfanos Kourákis stutzte: Was war denn so dringend, und dann in diesem Ton? Erst sperrte die Polizei ihm sein Gästehaus, jetzt sollte er alles stehen und liegen lassen, nur weil sie mit ihm sprechen wollte?

»Ich sagte Ihnen doch, dass es nicht geht. Sie hören ja, was hier los ist. Ich habe Ihren Kollegen außerdem schon alles zu dem Einbruch gesagt, das kann doch wohl bis morgen warten.«

»Kyrie Kouráki«, hörte er den Polizisten leicht ungeduldig, »es geht schon längst nicht mehr nur um den Einbruch. Wir ermitteln inzwischen in einem Mordfall, und da sind wir auf Informationen gestoßen, die Ihre Person betreffen. Das kann nicht warten.«

Stéfanos ließ vor Schreck ein Glas fallen, es zerschellte in tausend Scherben am Boden. »Was …?«, stammelte er.

»Ja, Sie haben richtig gehört, ein Mordfall. Also, ich bin in zwei Stunden bei Ihnen!«

Irritiert und mit den Gedanken ganz woanders setzte der Weinhändler die Führung fort, doch wirkte er nach dem Telefonat unkonzentriert; ständig hingen ihm die Worte des Polizeibeamten in den Ohren. Stéfanos wollte nur noch eines: die muntere Gruppe schleunigst loswerden. Trotzdem bemühte er sich um Professionalität und schenkte reichlich nach, um die bereits angetrunkenen Amerikaner bei Laune und ihnen im passenden Moment ein Bestellformular unter die Nase zu halten. Nachdem etliche Kisten Wein den Besitzer gewechselt hatten, brach er das ausufernde Besäufnis ab und komplimentierte die protestierende Besuchergruppe hinaus.

Genervt empfing er Fílippos am späten Nachmittag inmitten einer Unmenge von Gläsern, die der amerikanische Pulk zurückgelassen hatte.

»Sie haben mich ganz schön neugierig gemacht mit Ihrem Anruf«, begrüßte er den Beamten, seine Verunsicherung überspielend, und ging mit ihm in sein Büro. »Was soll ich mit einem Mordfall zu tun haben? Worum geht es überhaupt?«

Der Beamte fixierte ihn kurz: »Haben Sie von den Ereignissen Sonntagnacht im alten Hafen gar nichts mitbekommen? Das hat sich doch in ganz Náoussa herumgesprochen.«

Der Önologe blickte auf. »Sonntagnacht?«, fragte er nach. »Klar habe ich davon gehört, aber was habe ich damit zu tun? Ich hatte am Sonntag zahlreiche Gäste, da hatte ich alle Hände voll zu tun. Wir hatten ein sehr schönes Fest. Aber jetzt sagen Sie mir endlich, was Sie von mir wollen?« Seine Stimme klang ungehalten.

Fílippos Geduld war zu Ende. Er hielt dem Weinbauern den handschriftlich verfassten Zettel aus dem Ordner mit den Worten ›Dreamroom GmbH +++‹ vors Gesicht. »Frank Felten, ein Mitarbeiter der Immobilienfirma Dreamroom GmbH, wurde Sonntagnacht vergiftet«, schrie er den verdutzten Winzer an.

Kourákis zuckte mit den Schultern. »Ich kenne keinen Frank Felten!«, erwiderte er schroff, die Erwähnung des Firmennamens war ihm unangenehm.

»Wir haben Hinweise, dass Sie Interesse an einem Grundstück auf Amorgós hatten und Felten den Zuschlag erhalten hat.«

»Ja und? Ich habe davon erfahren, dass diese Firma das Rennen gemacht hat – für genau das Stück Land, das ich gerne gekauft hätte«, erklärte er abwehrend. »Das hat mich sehr geärgert. Aber diesen Namen habe ich nie gehört. Ich kenne beziehungsweise kannte diesen Felten nicht einmal!«

»Wo waren Sie denn Sonntagnacht zwischen zehn Uhr und Mitternacht?«, ließ Fílippos nicht locker.

»Sie verdächtigen mich?«, fragte der Weingutbesitzer erzürnt und warf seinen Kopf in den Nacken. »Ach, kommen Sie! Es war Ostersonntag. Da sind bis auf die Jugend die meisten zu Hause. Meine Frau und ich haben mit Familie und Freunden ganz normal Ostern gefeiert. Nachdem alle weg waren, ist meine Frau ins Bett und ich in meinen Weinkeller gegangen. Das war so gegen elf Uhr, ich konnte noch nicht schlafen.«

»Also keine Zeugen«, konstatierte der Polizist und machte einen entsprechenden Vermerk in sein Notizbuch. „Zumindest nicht ab dreiundzwanzig Uhr," korrigierte Fílippos seine Aussage. Aber damit nicht genug; jetzt wurde der Weinhändler gefragt, ob er den früheren Besitzer jenes Grundstücks gekannt hatte.

»Sie meinen Jannis Pantoúlis? Ja, den kannte ich. Über seinen Nachbarn, der an mich ein großes Gelände verpachtet hat. Aber der war immer nur im Sommer auf Amorgós.«

Das war neu. Fílippos notierte es zur späteren Klärung, wollte aber den Mann nicht unterbrechen und bestätigte lediglich: »Das wissen wir, und wir wissen auch, dass der Mann mittlerweile verstorben ist.«

»Stimmt, er ist vor circa zwei Jahren auf Amorgós verschieden, da war ich gerade zufällig auf der Insel«, erinnerte sich der Weingutbesitzer.

»Wie ist der Mann denn umgekommen?«

Stéfanos bemerkte das plötzliche Aufhorchen des Beamten nicht.

»Es war wohl ein Herzinfarkt, soweit ich mich erinnere«, antwortete er und schaute plötzlich empört auf. »So, jetzt reicht es mir aber! Schon wieder bringen Sie mich mit einem Toten in Verbindung. Was soll das? Haben Sie etwas gegen mich in der Hand? Wohl eher nicht, also lassen Sie mich in Ruhe, kümmern Sie sich lieber um die Aufklärung des Einbruches in meinem Ferienhaus.«

Er wies auf die Tür, und der Beamte ging tatsächlich, jedoch nicht ohne den Weinhändler aufzufordern, sich für weitere Nachfragen zur Verfügung zu halten.

Stéfanos Kourákis atmete durch. Er zitterte am ganzen Körper. Der kurze Auftritt des Beamten hatte ihn richtig Energie gekostet. Wie war die Polizei bloß auf ihn gekommen? Dieser Fílippos Panos war ein harter Brocken, er musste auf der Hut sein – das war ihm schnell klar geworden. Er hatte ihn zwar fürs erste abgewimmelt, aber dass man ihn tatsächlich verdächtigte, machte ihm zu schaffen. Zum Glück hatte er ein Alibi. Spontan kam ihm der abrupte Aufbruch von Ilías Galánis in den Sinn. Ob der etwas mit der Sache zu tun hatte?

KATHARINA WALDMANN
NÁOUSSA, PAROS

Die Nachricht vom Tod des langjährigen Mitarbeiters war eingeschlagen wie eine Bombe, stellte Katharina Waldmann bei ihrem Anruf in der Frankfurter Firmenzentrale der Dreamroom GmbH fest. Jedoch hatte sie von Trauer wenig spüren können, als sie endlich Thomas Krämer, Feltens Vorgesetzten, an der Strippe hatte. Viel mehr beschäftigte ihn die Sorge um das Image der Firma. Katharina hatte entschieden, das Telefonat mit der Frankfurter Zentrale selbst zu führen, da sie fließend Deutsch sprach und es für Takis mit seinem schlechten Englisch zu anstrengend gewesen wäre.

Ihr war der Mann am deutschen Ende der Leitung von Herzen unsympathisch, und sie bemühte sich geschäftsmäßig, Feltens familiären und beruflichen Hintergrund abzuklopfen. Beides ergab keine neuen Erkenntnisse. Krämer konnte oder wollte ihr nicht weiterhelfen, sondern jammerte lieber darüber, dass er jetzt die gesamten Kykladen-Projekte würde übernehmen müssen. Immerhin lobte er Feltens großes Engagement bei diesen Bauvorhaben. Erst als Krämer den Hang zu Frauengeschichten seines Untergebenen erwähnte, horchte die Kommissarin auf.

»Was meinen Sie mit Weiberheld?«, hakte sie nach.

»Nun ja, Frank war kein Kostverächter, wenn Sie verstehen, was ich meine«, lästerte er fröhlich drauflos. »Der Felten konnte seine Finger nicht bei sich behalten. Damit hat er gelegentlich den Ärger von Kollegen auf sich gezogen. Unsere weiblichen Mitarbeiter waren immer froh, wenn er auf Dienstreise war.«

Katharina machte sich eifrig Notizen und fragte sich, ob es ähnliche Übergriffe auf Paros gegeben haben könnte. Abschließend wollte sie noch wissen, ob es im Zusammenhang mit dem geplanten Ferienobjekt in Aigiáli irgendwelche Unregelmäßigkeiten gab.

»Ich habe mich selten um die Organisation des Projekts gekümmert, daher weiß ich nur, dass in wenigen Tagen die feierliche Grundsteinlegung stattfindet. Ich habe keine Ahnung, wie ich das machen soll. Felten hat wohl einen richtigen Event geplant; die Einladungen an die Eigentümer seien bereits verschickt, hat er mitgeteilt. Das können wir unmöglich absagen.« Krämer beklagte sich über die zusätzliche Arbeit, die er jetzt an der Backe habe, obwohl er sich auf der Insel gar nicht auskenne. »Ich will nicht wissen, wie es im Büro dort unten aussieht.«

»Sie meinen das Büro in Náoussa?«, fragte die Kommissarin, um sicher zu gehen, dass es keine weiteren Büros auf Paros gab.

»Ja, ich glaube, so heißt das Kaff. Man hat mir für morgen einen Flug gebucht, damit ich den Laden dort am Laufen halte.«

Die Ergebnisse der KTU müssten inzwischen gekommen sein, ebenso die von Feltens Wohnung. Takis hatte sich dort umgesehen, aber ihm war nichts Besonderes aufgefallen. Katharinas Gedanken schweiften ab. Sie hinterließ ihre Telefonnummer bei dem Deutschen und bat ihn, sich mit ihr in Verbindung zu setzen, wenn ihm noch etwas einfiele.

BRACHLAND AUF DEN KYKLADEN

Aus dem alten Schuppen hinter der maroden Mauer drang ein eigentümlicher Duft: Es roch intensiv nach Weihrauch. Ein merkwürdiger Ort für diesen Geruch, den man sonst nur aus Kirchen kennt und der dem Schuppen eine rituelle Atmosphäre verlieh.

Der große weißgekalkte Raum wirkte mystisch, fast unheimlich. Trotz der aufgehenden Sonne drang nur wenig Licht durch die kleinen, nahezu blinden vergitterten Fensterscheiben. Verstärkt wurde die mystische Anmutung durch das in Schwaden aufsteigende Räucherwerk. Viele der aufgehängten Ikonen erinnerten an eine religiöse Wirkungsstätte. Mitten im Raum, auf einem schweren Tisch, brannten zwei große Kerzen, dazwischen ein wuchtiger steinerner Mörser. Vor dem massiven Zerkleinerungsgerät stand eine Schale voller frisch geernteter Früchte ähnlich einer Opfergabe. Eine weiße Stola und ein Paar ebensolcher Handschuhe daneben schufen einen beinahe zeremoniellen Rahmen.

Aus der hinteren Ecke des Raumes drangen leise Klänge byzantinischer Kirchenmusik, wie sie im vierten Jahrhundert durch Johannes Chrysostomos festgelegt und bis heute in beinahe unveränderter Form in der orthodoxen Liturgie gesungen wurde.

Der starke Weihrauchduft überlagerte einen den Früchten entströmenden Gestank, der an Mäuseharn erinnerte. Behutsam füllte eine Hand die kleinen Gebilde in den schweren Granitmörser und begann, diese mit dem klobigen Stößel zu zerreiben, bis eine einheitliche breiige Masse entstanden war. Zügig wurde der bereitstehende Alkohol hinzugegossen, der den freigesetzten Wirkstoff aufnehmen sollte, um die Lösung dann – wie den Geist in der Flasche – in einem Glasgefäß einzufangen und dieses sorgfältig zu verschließen.

Es war nicht das erste Mal, aber jedes Mal war es eine äußerst anstrengende Angelegenheit. Es bedurfte großer Disziplin, die aufkommende Erregung unter Kontrolle zu halten.

KATHARINA WALDMANN
PARÍKIA, PAROS

Katharina packte ihre Reisetasche. Beim Blick auf die Uhr erschrak sie: Um fünf nach sieben am Abend ging ihr Schiff nach Syros, es würde verdammt knapp werden. Schnell raffte sie das Nötigste für eine Übernachtung zusammen, die leider nötig war, denn am frühen Morgen fuhr kein Schiff auf die Verwaltungsinsel der Kykladen. Zum Glück dauerte die Überfahrt nur neunzig Minuten, und in dem kleinen Hotel nahe der Stadtverwaltung in Ermoúpolis hatten sich bestimmt noch mehr Kollegen einquartiert, mit denen man den Abend ausklingen lassen konnte.

Für die kurze Schiffsreise hatte sie sich ein paar Artikel zum Sokrates-Prozess und der Hinrichtung aus dem Internet heruntergeladen. Vielleicht war ja wirklich etwas dran an Angelikís mysteriösen Andeutungen; andernfalls wäre eine Auffrischung ihrer Geschichtskenntnisse gewiss keine vergeudete Zeit.

Sie wollte gerade ihre Haustür abschließen, als Fílippos vorfuhr. »Du kommst mir wie gerufen«, empfing sie ihn. »Bitte bring mich schnell nach Paríkia, am besten mit Martinshorn, ich bin furchtbar spät dran. Unterwegs kannst du mir von deinem Besuch bei Stéfanos Kourákis berichten.«

Fílippos verharrte einen Moment, grinste und legte den Rückwärtsgang ein. Mit quietschenden Reifen schoss er aus der Einfahrt zurück auf die Straße und gab Gas. »Zu Befehl, Frau Kommissarin. Unter Einsatz meines Lebens werde ich dich nach Paríkia bringen. Aber ich will nichts hören über meinen Fahrstil.«

Katharina wurde abrupt in den Sitz gedrückt und schnallte sich schnell an. Fílippos wollte ihre Bitte ein wenig zu wörtlich nehmen, schien ihr. Zu spät – er drehte auf und holte aus dem angejahrten Polizeifahrzeug alles heraus, was möglich war. Im Handumdrehen hatten sie die Umgehungstraße in Náoussa erreicht; die Kommissarin rutschte tiefer in den Sitz, als Fílippos nochmals die Geschwindigkeit erhöhte. Er hatte einige Kurse in der Polizeischule zum Thema Verfolgungsfahrten belegt und sah endlich die Chance, das Gelernte anzuwenden. Er jauchzte auf und fand Gefallen an der Raserei. Währenddessen berichtete er von seinem Gespräch mit Stéfanos Kourákis. Katharina hörte sich die Neuigkeiten routiniert an, während sie sich mit beiden Händen am Haltegriff festklammerte. Als Fílippos auf den Todesfall Jannis Pantoúlis zu sprechen kam, horchte sie auf.

»Wie es aussieht, war Kourákis sogar zugegen, als der alte Pantoúlis starb«, erzählte Fílippos. »Unser Weinhändler war genau an diesem Tag auf Amorgós. Das ist doch kein Zufall, oder?«

»Das glaube ich auch nicht«, nickte Katharina nachdenklich. »So ungelegen mir dieses Syros-Meeting jetzt auch kommt – ich treffe dort wahrscheinlich den Chef der Polizeibehörde von Amorgós. Der wird mir bestimmt mit ein paar Informationen zu dem Fall weiterhelfen können.«

Fílippos brachte den Wagen vor der Windmühle nahe dem Fähranleger in Paríkia zum Stehen. Es war kurz vor sieben, die Fähre würde in ein paar Minuten ablegen. »Wir telefonieren«, verabschiedete sich die Kommissarin von ihrem Kollegen und lief schnell zum Kai, wo bereits die Leinen von den Pollern gelöst wurden. Mit Ticket und Polizeiausweis rauschte sie durch die Kontrolle und sprang in letzter Sekunde auf die heruntergelassene stählerne Heckklappe, die sich kurz darauf mit viel Getöse nach oben bewegte. Jetzt noch ein ruhiges Plätzchen an Deck finden und den späten Abendhimmel genießen, überlegte sie und fand rasch eine stille Ecke auf dem offenen Oberdeck. Sie holte sich einen Frappé und verfolgte das Ablegemanöver der Fähre. Schwerfällig löste sich das Schiff vom Hafenbecken, drehte zum offenen Meer und gewann langsam an Fahrt. Stets aufs neue empfand sie diesen Augenblick wie einen Abschied, der sie traurig werden ließ.

Aber diesmal war es ja nur für eine Nacht, nicht wie früher bis zum nächsten wohlverdienten Urlaub. Die Sonne stand schon tief und tauchte langsam die Umgebung in dieses typische goldene Licht, wodurch das Blau des Wassers noch intensiver wirkte. Genau die richtige Abendstimmung, um die antiken Aufzeichnungen zum Ableben des Sokrates zu studieren, dachte sie, und startete ihren Laptop, wo die Texte gespeichert waren.

Im antiken Griechenland, las sie, während das Schiff die glatte Wasseroberfläche durchschnitt, wurde der Schierling, gemischt mit Opium, vom Staat als Selbsttötungsmittel verabreicht. Der Begriff Schierlingsbecher ging zurück auf die Hinrichtung Sokrates' mittels dieser Pflanze. Nichts Neues, all das wusste sie noch aus dem Geschichtsunterricht. Doch die entscheidende Frage war, warum war Sokrates hingerichtet worden? Wenn wirklich mit der Auswahl des Giftes eine Botschaft verbunden war, musste diese in der Begründung des Urteils stecken.

Katharina überflog suchend weitere Textpassagen. Missachtung der Götter, Gottlosigkeit, Verderben der Jugend wurden als Gründe häufig genannt. Ganz besonders missfiel wohl Sokrates' Respektlosigkeit gegenüber allen Autoritäten und sein permanentes Hinterfragen der Athener Gesellschaft, der er ein unkritisches Übernehmen festgefahrener Traditionen vorwarf. Katharina blickte auf und überlegte.

Das war schon eher eine Richtung, in die das Weiterdenken lohnte. Sie ließ das Gelesene sacken, trank einen Schluck Frappé, ihr Blick schweifte in die Ferne, entlang der weißen Spur, die die großen Schiffsschrauben im azurblauen Meer hinterließen und die sich knapp vor dem Horizont langsam auflöste.

Missachtung der Götter, Respektlosigkeit gegenüber Autoritäten – diese beiden Passagen hielten sie gefangen. Sokrates schien zur damaligen Zeit vieles in Frage gestellt zu haben. Damit war die antike griechische Gesellschaft nicht klargekommen, und so wurde kurzerhand beschlossen, ihn zu beseitigen. Katharina spann den Faden weiter. Ein unbequemer Zeitgenosse, der etwas verändern wollte und damit den Zorn seiner Mitbürger auf sich gezogen hatte – sie seufzte tief und nippte wieder an ihrem Frappé. War das eventuell ein Ansatz? War hier womöglich jemand am Werk, den es aufbrachte, aus festen Traditionen gerissen zu werden? Eine gewagte Hypothese, zu der es bislang keinerlei Anhaltspunkt gab. Oder war einfach nur ein Irrer unterwegs? Sie nahm sich vor, nach der Rückkehr mit ihrem Team darüber zu sprechen.

Bis nach Syros war es noch eine knappe halbe Stunde, in Kürze würde es dunkel sein. Sie legte ihre Beine auf einen der Plastikstühle und wandte das Gesicht zur untergehenden Sonne, als plötzlich ihr Handy klingelte.

»Kostas Papoúlis«, meldete sich der Anrufer. Katharina fühlte sich eiskalt erwischt inmitten der romantischen Abendstimmung. Oh Gott, den hatte sie total vergessen!

»Hallo Herr Papoúlis«, schlug sie einen bestimmenden Ton an. »Keine Sorge, ich habe Sie und die versprochene Pressekonferenz noch immer auf meinem Plan. Doch auf unserer kleinen Insel haben sich die Ereignisse überschlagen. Als fähiger Journalist sind Sie bestimmt schon über alle Einzelheiten bestens informiert?«

»Ich habe von einem Toten gehört«, tönte es aufdringlich vom anderen Ende, »nähere Details habe ich keine. Deshalb rufe ich an. Können Sie mir ...«

»Herr Papoúlis«, fuhr Katharina ihm über den Mund, »es hat einen Mord gegeben, und Sie können sich vorstellen, dass sich bei uns die Prioritäten etwas verschoben haben. Ich schlage Ihnen einen Deal vor. Sie lassen uns eine Weile in Ruhe, was die Einbruchserie betrifft, und die ›Paros Life‹ bekommt von mir dafür Informationen aus erster Hand zu dem Vorfall in Náoussa. Was halten Sie davon?«

Sie hätte erwartet, dass der Kerl versuchen würde, mehr aus ihr herauszuquetschen, aber er ließ sich sofort darauf ein. Großzügig versprach sie ihm ein Telefonat alle zwei Tage, womit sie ihn endgültig abgewimmelt hatte.

Bald darauf legte die alte Fähre schwerfällig in Ermoúpolis an, und Katharina begab sich zum Heck, wo unzählige heimreisende Osterbesucher drängelten, um endlich an Land gehen zu können.

GEORGIOS APOSTOLÓPOULOS
LAGÉRI, PAROS

Gemeinsam mit Louis wollte Georgios überlegen, wie Sophía für ihre Pläne zu begeistern war. Er hoffte auf die Unterstützung der alten Perle für ihr Projekt: Sie sollte das Kommando in der Küche übernehmen, das war ihre Domäne, hier würde sie ihnen den meisten Nutzen bringen. Sie wollten Übernachtungen mit Frühstück anbieten – auf diese Weise sollte die Haushälterin zum Einsatz kommen, solange es ihre Kräfte zuließen. Bislang gab es keinen Grund zur Sorge; sie machte einen robusten Eindruck.

Es gab heute jede Menge zu tun, nachdem nun endlich das Projekt beschlossene Sache war und Louis morgen zurück nach Athen zurückkehrte, um seinem Job in der Klinik nachzugehen. Die Stelle würde er zunächst behalten, denn bis zur Eröffnung des neuen Gästehauses – das sahen sie realistisch – würde noch einige Zeit verstreichen. Abgesehen von dem Gespräch mit Sophía musste eine Liste aller anstehenden Arbeiten erstellt werden; die Auswahl eines geeigneten Architekten stand an oberster Stelle. Ganz wichtig waren zuverlässige Handwerker, was in der gegenwärtigen Krisensituation kein Problem sein dürfte. Viele Bauprojekte waren mangels Finanzierung gestoppt worden; dies hatte zahlreiche Betriebe an den Rand des Ruins getrieben und Arbeitskräfte freigesetzt.

Punkt für Punkt notierten sie alle Aufgaben und legten eine Mappe an mit dem Titel ›Villa Lagéri‹. Das hatte sich Louis spontan ausgedacht, um dem Projekt einen passenden Namen zu geben. Seine Euphorie über das gemeinsame Vorhaben war kaum zu bremsen, seine positive Art wirkte ansteckend auf den sonst eher zögerlichen Georgios, der erst langsam begriff, welche Dimensionen das geplante Vorhaben annahm. In diesen Momenten genoss er umso mehr den lebenslustigen Partner an seiner

Seite, der nach einer langen dunklen Phase Licht in sein Leben gebracht hatte.

Es sollten sechs große Zimmer gehobener Ausstattung werden, vier im Erdgeschoss mit jeweils einer kleinen Terrasse und zwei im ersten Stock mit einem großzügigen Balkon. Louis hatte unzählige Magazine gesammelt, um sich für die Gestaltung des Interieurs anregen zu lassen. Wohlfühlen sollten sich die Gäste und möglichst wiederkommen. Treue Stammgäste wollten sie sich aufbauen, denn dies verspräche eine gesunde Geschäftsbasis.

Sie planten bis in den Abend und waren gerade dabei, einen groben Zeitplan für die Umbauarbeiten zu erstellen, als ein Anruf von Katharina hereinplatzte: »Georgios, du hast doch den Immobilienmakler von der Dreamroom GmbH gut gekannt?«

»Na ja, gut gekannt wäre übertrieben ...«, Georgios, noch ganz in die ›Villa Lagéri‹ vertieft, antwortete gedankenverloren: »Wir haben uns ein paar Mal getroffen und oft telefoniert. Fast hätte ich wegen diesem Kerl den größten Fehler meines Lebens begangen. Aber warum willst du das überhaupt wissen?«

»Wie meinst du das?« Die Kommissarin hakte nach: »Welchen größten Fehler?«

»Frank Felten war hinter dem Lagéri-Grundstück her wie der Teufel hinter der armen Seele, er hätte meiner Mutter und mir ein Vermögen für das Grundstück bezahlt. Hätte ich nicht Louis kennengelernt, wäre ich sicher auf den Deal eingegangen und wahrscheinlich längst von Paros verschwunden.« Er blinzelte seinem jungen Freund zu, legte einen Arm um dessen Schulter und zog ihn eng an sich heran. »Was ist denn passiert?«

»Frank Felten ist auf eine ausgesprochen merkwürdige Weise ermordet worden.« Einen Moment lang herrschte Stille in der Leitung, bevor er sie sagen hörte: »Und jetzt klopfen wir alle ab, die mit dem Mann Kontakt hatten. Dazu zählst auch du. Könntest du dir vorstellen, wer so etwas getan hat?«

»Da kommen wahrscheinlich mehrere Leute in Frage, falls er anderen Personen genauso auf den Pelz gerückt ist wie mir.« Georgios' Gesichtsausdruck wurde verächtlich. »Der Kerl war gnadenlos, wenn es um seine Geschäftsziele ging. So etwas Penetrantes habe ich selten erlebt.«

»Glaubst du, er hatte Feinde? Kommen dir irgendwelche Namen in den Sinn?«

Er überlegte eine ganze Weile, Katharina wurde schon ungeduldig, als ihm plötzlich etwas einfiel: »Ich weiß nicht, ob das wichtig ist, und Namen habe ich keine, aber er hat mir einmal ganz stolz von einem Fall auf Amorgós erzählt, wo man ihn vom Hof gejagt habe, weil er zu aufdringlich geworden sei. Und trotzdem habe er das Projekt bekommen. Sein Lieblingsspruch war immer: ›Ein Frank Felten ist so schnell nicht klein zu kriegen‹. Das klingt mir heute noch in den Ohren.«

»Wo war das auf Amorgós? Wie komme ich an diesen Hof?«

Georgios schüttelte den Kopf, hier musste er passen, denn Details hatten ihn damals nicht interessiert. »Tut mir leid.«

»Na, dann danke ich dir erst mal«, gab die Kommissarin zurück. Jannis Pantoúlis ging ihr durch den Kopf. Also war da doch irgend etwas.

»Konnte ich dir denn weiterhelfen?«, wollte Georgios wissen.

»Das weiß man nie. Steinchen für Steinchen, du weißt doch«, lachte die Kommissarin, verabschiedete sich und legte auf. Sie hatte zwar nicht viel erfahren, aber zumindest einen weiteren Hinweis bekommen, dem sie nachgehen wollte.

MARLENE WINTER
NÁOUSSA, PAROS

Marlene hatte sich ihren Frust von der Seele geredet. Auch wenn es nur ein Anrufbeantworter gewesen war, der sich ihre besorgten Fragen, wie es denn nun weiterginge, hatte anhören müssen - für Marlene fühlte es sich erleichternd an. Zunächst jedenfalls. Denn je länger sie auf einen Rückruf wartete, desto unzufriedener wurde sie. Dabei wusste sie genau, dass so schnell mit keiner Reaktion zu rechnen war, zumal sie ja keinen konkreten Ansprechpartner hatte. Zu ihrer Ungeduld kam noch eine unruhige, halb schlaflos verbrachte Nacht, in der ständig Bilder aus dem alten Hafen vor ihren Augen aufgetaucht waren. Abgespannt und lustlos saß sie am Frühstückstisch und grübelte, wie sie einen Verantwortlichen in Frankfurt erreichen könnte. Sie brauchte Klarheit, heute noch. Vorher würde sie keinen Fuß vor die Tür setzen, dachte sie und goss sich eine Tasse Kaffee ein.

Entschlossen packte sie sich den Rest des Frühstücks auf ein Tablett und ging zurück auf ihr Zimmer. Es war zehn, also neun Uhr in Frankfurt; so langsam musste dort jemand erreichbar sein. Obwohl es deutlich zu früh für einen hochprozentigen Drink war, nahm sie einen kräftigen Schluck Hennessy, um danach kampflustig ein weiteres Mal die deutsche Nummer zu wählen. Ihr Blutdruck war auf beachtliche Höhen geklettert - wehe dem, der ihr jetzt dumm kam. So hatte die arme Telefonistin keine Chance, die aufgebrachte Kundin abzuwimmeln oder auf einen späteren Termin zu vertrösten. Marlene bestand mit aller Entschiedenheit darauf, zu Thomas Krämer durchgestellt zu werden. Zu früher Stunde sah sich der ehemalige Chef Frank Feltens mit der aufgebrachten Ärztin konfrontiert.

»Ich nehme an, Sie haben vom Tod des Projektbetreuers Frank Felten bereits erfahren, und ich hätte gerne gewusst, wie es jetzt weitergeht«, überschlugen sich Marlenes Worte.

Krämer, nicht unerfahren mit aufgewühlten Kunden, tat so, als existiere kein Grund zur Sorge. »Ja, ein trauriges Ereignis«, salbaderte er, »ich hoffe, die Polizei klärt den Fall schnell auf. Wir trauern um einen unserer besten Mitarbeiter. Aber warum machen Sie sich Sorgen?«

Marlene hatte gespannt auf die Antwort gewartet, und jetzt fragte dieser Mann allen Ernstes, warum sie sich Sorgen machte?

»Ich mache mir Sorgen, weil ich nicht weiß, wie es weitergeht mit dem Projekt. Ist das so ungewöhnlich?« erwiderte sie gereizt und musste sich zusammennehmen, um nicht laut zu werden.

»Es gibt überhaupt keinen Grund zur Sorge. Ich werde morgen persönlich nach Paros reisen und das Büro von Frank Felten übernehmen, bis wir einen geeigneten Nachfolger gefunden haben. Wie war noch gleich Ihr Name?«

»Marlene Winter. Dr. Marlene Winter«, schnaubte sie zurück. Sie hörte, wie er in einem Stapel Papier blätterte.

»Wie ich schon sagte, es gibt keinen Grund zur Sorge. Sie sind auf unserer Liste. Ich sehe, Sie haben das kleinste Grundstück erworben.« Seine Stimme klang jetzt fast herablassend.

Was nahm der Flegel sich heraus?

»Sie werden noch heute das Programm für die Grundsteinlegung bekommen. Davon hat Ihnen doch bestimmt Herr Felten erzählt?«

»Ja, das hat er.« Sie entspannte sich langsam und atmete durch. »Das klingt gut«, sagte sie jetzt ruhiger. »Können Sie mir auch die Liste meiner neuen Nachbarn zumailen?« fragte sie, obwohl sie nicht sicher war, ob er das aus Datenschutzgründen überhaupt durfte.

»Ja, das sollte kein Problem sein. Wenn Sie wollen, können Sie morgen am späten Nachmittag in das Büro kommen. Ich nehme die sechzehn-Uhr-Maschine von Athen und schicke Ihnen eine SMS, wenn ich angekommen bin, dann können wir uns persönlich kennenlernen.«

Marlene atmete erneut tief durch. Alle Aufregung war umsonst gewesen, einmal abgesehen von dem ungeklärten Mordfall. Sie bedankte sich für das klärende Gespräch und legte auf. Jetzt konnte sie gelassen den Tag angehen, aber erstmal legte sie sich auf ihr Bett, um den fehlenden Schlaf der letzten Nacht nachzuholen.

KATHARINA WALDMANN
ERMOUPOLIS, SYROS

Scheppernd senkte sich die rostige Heckklappe zur Kaimauer hinab. Es war mittlerweile dunkel. Die Stadt, die einst von Flüchtlingen aus Chios und Smyrna gegründet und nach dem Götterboten Hermes benannt war, strahlte Katharina mit tausend Lichtern entgegen. Als Hauptstadt und Verwaltungssitz der Kykladen hatte Ermoúpolis mit seinen zwanzigtausend Einwohnern einen Hauch von Großstadtflair, einmal abgesehen von Mykonos und Santorini. Wenn man sich der Stadt vom Meer her näherte, war der Anblick überwältigend. Wie die Kulisse eines Amphitheaters stiegen die hell getönten klassizistischen Herrschaftshäuser zwei Hügel hinauf, die beide eine Kirche trugen, rechts die Anástasis-Kirche und links die des Heiligen Georg. Die Stadt machte einen edlen Eindruck; auf Syros wurde, ähnlich wie auf Paros, viel Marmor verbaut, insbesondere auf der großen Plateía mit dem Standbild Admiral Miaoúlis' vor dem pompösen Rathaus, wo Katharina den morgigen Tag verbringen würde. Dorthin war man ausgewichen, weil im Polizeipräsidium kein geeigneter Besprechungsraum verfügbar war.

Zunächst zog es sie nur in ihr Hotel. Und zu einem guten Essen. Ihr Magen knurrte. Das Hotel lag nicht weit vom Hafen entfernt, sie legte den kurzen Weg über die breite Promenade zu Fuß zurück, vorbei an unzähligen Tavernen. Im Hotel angekommen, erfuhr sie an der Rezeption, dass zwei ihrer Kollegen bereits eingetroffen waren: der Leiter des Polizeireviers von Naxos und ihr Kollege aus Amorgós. Das traf sich gut, so konnte sie vielleicht noch heute abend ein paar Dinge zu dem Todesfall in Aigiáli mit ihm besprechen.

Nach dem Einchecken wählte sie die Zimmernummern ihrer Kollegen. Der Beamte von Naxos schien das Hotel verlassen zu haben, aber ihr Pendant von Amorgós war hocherfreut, als er Katharinas Stimme hörte und stimmte einem gemeinsamen Abendessen zu. Sevastós schlug eine Fischtaverne in der Nähe des Hotels vor. Ein winziges Restaurant, um diese Zeit vollbesetzt, sodass sie zunächst mit der Theke vorliebnehmen mussten. Mit einer kleinen Flasche Ouzo und ein paar Mezédes wurde die Wartezeit angenehm überbrückt. Der Wirt versprach ihnen den nächsten freien Tisch, und die beiden stießen auf das erste halbe Jahr von Katharinas Dienstzeit auf Paros an. Der ältere Kollege zeigte echtes Interesse an ihrer Arbeit, was an seiner langjährigen Freundschaft zu Ádonis lag. Er fühlte sich seinem alten Freund verpflichtet, das hatte sie schon beim ersten Kollegentreffen bemerkt, wo er ihr geholfen hatte, die zugeknöpften Kollegen bei ihrem Antrittsbesuch aus der Reserve zu locken.

»Wie klappt es denn so mit deinen Mitarbeitern?«, fragte Sevastós neugierig nach.

Katharina blickte skeptisch auf. Warum schaute er so kritisch? Gab es da vielleicht ein paar Dinge, die ihr bisher verborgen geblieben waren?

»Soweit ganz gut«, entgegnete sie, »besonders Xenia überrascht mich immer wieder. Sie ist inzwischen eine richtige Verbündete. Sie bekommt alle Stimmungslagen der Mannschaft mit und steckt mir ganz oft Dinge, die ich nicht sehe. Halt weibliche Intuition.« Sie lachte und nippte an ihrem Ouzo. »Ich habe natürlich peu à peu ein paar Änderungen vorgenommen, aber bisher spielen alle ganz gut mit, bis auf ...«

»Alexis«, ergänzte Sevastós, als könnte er hellsehen.

Katharina sah ihn erstaunt an.

»Mit dem hatte Ádonis auch seine Probleme. Hat er dir nie davon erzählt?«

Katharina hob kurz eine Augenbraue. »Dann liege ich wohl wieder einmal richtig mit meinem Gefühl«, meinte sie und strich sich durch ihr dunkles Haar. »Ich kann dir noch nicht einmal sagen, was mich an ihm stört, aber ich traue ihm einfach nicht und habe mir fest vorgenommen, ihn etwas näher unter die Lupe zu nehmen, sobald er von seiner Krankheit genesen ist.«

Sie wurden unterbrochen, als der Wirt sie zu einem frei gewordenen Tisch winkte. Sevastós bestellte Lammfrikassee mit Artischocken. Die Kommissarin genoss nicht nur die Speisen, sie schätzte auch die respektvolle Art ihres älteren Kollegen, der wie ein väterlicher Freund viele Anekdoten aus seinem langen Arbeitsleben preisgab. Das Essen war vorzüglich. Es wurde ein kurzweiliger Abend, die Zeit verstrich wie im Flug, als Katharina sich an ihr eigentliches Anliegen erinnerte: der Tod von Jannis Pantoúlis und jene Notiz auf dem Ordner des Weinhändlers. Sie wechselte das Thema und erklärte kurz den Sachverhalt.

»Es ist bisher nur eine Vermutung, aber ich denke, ich brauche in diesem Fall deine Hilfe. Hast du von diesem Todesfall gehört? Kanntest du diesen Mann?«

Der Polizist grübelte eine Weile, doch am Ende schüttelte er nur den Kopf. »Der ist nicht bei uns auf dem Tisch gelandet. Dazu fällt mir beim bestem Willen nichts ein, aber ich könnte dir die Adresse unseres Amtsarztes in Katápola geben, der kann herausfinden, wer den Totenschein ausgestellt hat und ob es da irgendwelche Ungereimtheiten gab.«

Das zu überprüfen wäre ein Job für Fílippos, sie würde ihn gleich morgen anrufen, um ein paar Recherchen auf Amorgós einzuleiten. Mit dieser Information musste sie sich zufrieden geben, denn Sevastós kannte weder Einzelheiten über das Bauprojekt in Aigiáli noch den Weinbauern Stéfanos Kourákis. So wechselten sie zu fröhlicheren Themen, und nachdem sie kurz die Agenda des geplanten Meetings durchgegangen waren, machten sie sich auf Weg zurück ins Hotel.

BRACHLAND AUF DEN KYKLADEN

Im rückwärtigen Bereich des Schuppens stand, abgeschirmt hinter einem zerschlissenen Vorhang, eine hölzerne Werkbank, die für unterschiedliche Handwerksarbeiten genutzt wurde, meist jedoch für die Herstellung des aufwändigen, nur zu besonderen Anlässen zu tragenden Lederschmucks. Die dafür notwendigen Gerätschaften wie Stechahlen und Punzier Eisen lagen fein säuberlich in Reih und Glied bereit. Für das bevorstehende Ereignis sollte ein neues, ganz außergewöhnliches Armband gefertigt werden. Die Vorbereitungen für das wertvolle Schmuckstück hatten etliche Stunden in Anspruch genommen. Auf dem aufgespannten, breiten Stück schwarzen Rindleders waren bereits Skizzen von Bildern zu erkennen, die das fertige Stück später zieren sollten. Etwas ganz besonderes sollte es diesmal sein: das Gemälde von Jacques-Louis David, einem französischen Historienmaler aus dem 17. Jahrhundert. Es zeigte unverkennbar den Tod des Sokrates.

Das Punzieren von Leder war eine Technik, die vor vielen Jahren in Thessaloniki in einer klassischen Lederfabrik gelehrt wurde, heutzutage ein seltenes Handwerk. Das Material war gut angefeuchtet, denn im trockenen Zustand war Leder zu elastisch, um punziert zu werden. Erst wenn die Oberfläche nahezu getrocket war, konnte das aufgemalte Muster in das Leder eingeritzt und gestanzt werden. Die Zeit wurde knapp. Außerdem musste die Vorrichtung für die kleine Einwegspritze eingebaut werden. Es blieben nur wenige Tage bis zu dem großen Ereignis. Für diese Art von Arbeit war eine ruhige Hand erforderlich. Zu den klärenden Klängen des Kyrie-Eléison der Sonntagsliturgie wurde das kunstvolle Stück schwarzen Leders unter höchster Konzentration fertiggestellt.

THOMAS KRÄMER
NÁOUSSA, PAROS

Seine Sekretärin hatte ihn auf den Lufthansa Flug um 09:35 Uhr von Frankfurt nach Athen gebucht und danach auf einen Anschluss-Flug um 15:50 Uhr mit der Olympic Airways nach Paros. Thomas Krämer war erleichtert gewesen, er hatte das Schlimmste befürchtet. Allein der Gedanke, fast fünf Stunden auf einer Fähre sitzen zu müssen, ließ ihn in schiere Panik verfallen - ihm wurde ja schon schlecht, wenn er ein Schiff nur aus der Ferne sah. Doch leider würde dieses Schicksal ihn noch früh genug ereilen, denn seine Sekretärin hatte ihm mitgeteilt, dass Amorgós ausschließlich auf dem Seeweg erreichbar war, ein Umstand, den er bislang erfolgreich verdrängte.

Seinen Rückflug hatte er offengelassen, konnte er doch zum jetzigen Zeitpunkt noch nicht wissen, was es auf dieser Insel alles zu regeln gab. Zwar hatte er sich einen Überblick zu dem geplanten Event verschafft anhand der Aufzeichnungen zu dem ›Amorgós Projekt‹, aber es waren einige Fragen offen geblieben. Diese hatte er akribisch auf einer Checkliste notiert. Der Rest, hoffte er, würde sich vor Ort ergeben. Zumindest bis zum Wochenende, zur feierlichen Grundsteinlegung am Samstag stand seine Planung; danach würde er weitersehen.

So viel stand fest: Er musste Präsenz zeigen, um nicht das gesamte Bauvorhaben zu gefährden. Außerdem wollte er die Klientel kennenlernen, die bereit war, für ein Anwesen in einer Einöde dermaßen viel Geld auszugeben. Griechenland war nie sein Verkaufsgebiet gewesen, er mochte weder das Essen noch die Mentalität der Griechen, ganz abgesehen davon, dass ihnen auch die vornehme Eleganz fehlte, die er an Frankreich so schätzte. Wohl oder übel würde er aber in der nächsten Zeit häufiger auf Amorgós weilen, denn speziell in Griechenland war eine achtsame Baubetreuung unerlässlich.

Und das alles wegen dieses verfluchten Mordes! Was hatte sein Mitarbeiter nur verbrochen, dass man ihn auf so fürchterliche Weise aus dem Weg geräumt hatte? Ob dessen tragisches Schicksal etwas zu tun habe mit dem Grundstück in Aigiáli, hatte ihm seine Frau ängstlich in den Ohren gelegen. Obschon er das vehement verneint hatte, bereitete ihm diese Überlegung ein mulmiges Gefühl in der Magengegend. Zusätzliche Probleme brauchte er nun wirklich nicht.

Im ›Aliportas‹ in Náoussa war ein Zimmer für ihn reserviert. Vielleicht würde er sogar von dort aus arbeiten müssen, denn er hatte ganz vergessen, die Kommissarin zu fragen, ob das Büro der Dreamroom GmbH schon wieder freigegeben war.

Die Anreise auf die ungeliebte Insel war nach Plan verlaufen, auch wenn ihn das Einsteigen in die veraltete kleine Propellermaschine einige Überwindung gekostet hatte. Der mitten ins Nichts gebaute Flughafen auf der Kykladen-Insel hatte seine Ressentiments bestätigt, in einer vollkommen entvölkerten Gegend gelandet zu sein. Während der Taxifahrt vom Flughafen nach Náoussa, vorbei an der Inselhauptstadt Paríkia, hatte ihn allerdings der Anblick der für die frühe Jahreszeit zahlreichen Touristen aufatmen lassen, und als er am belebten Café ›Aliportas‹ eintraf, war er angenehm überrascht über das rege Treiben vor dem Lokal.

Ángelos empfing ihn freundlich und wollte als erstes wissen, ob die Reservierung Feltens für kommenden Donnerstag – zwölf Zimmer und ein Tisch für ungefähr zwanzig Personen – noch gültig sei. Die Antwort erleichterte den Wirt. Er nutzte die Gelegenheit, das Abendmenü mit dem Neuankömmling durchzugehen.

Felten hat tatsächlich alles gut geplant, dachte Krämer. Es sollte gegen acht Uhr einen Begrüßungscocktail geben, anschließend war ein typisch griechisches Abendessen geplant, womit Thomas Krämer sich nicht wirklich anfreunden konnte; griechische Küche verband er mit Bergen von Gyros und Souvláki, wie es in eingedeutschten griechischen Restaurants üblich war. Er staunte allerdings, als ihm Ángelos ein komplettes Menü auflistete, das Felten angeblich selbst zusammengestellt hatte. Die einzelnen Gerichte verschlugen ihm die Sprache – sein Vorgänger schien ein wahrer Gourmet gewesen zu sein. Als Vorspeise hatte er verschiedene

Klassiker geordert wie Tsatsiki, Saganáki, frittierte kleine Tintenfische sowie Maroúli-Salat, zusätzlich mehrere Portionen eines Garnelen-Saganáki. Gefüllte Calamari als Hauptgericht und für diejenigen, die keine Meeresfrüchte mochten, Kalbfleisch mit Zucchini in Ei-Zitronensauce. Das hörte sich vielsprechend an, gestand sich Krämer trotz all seiner Vorbehalte ein.

Jetzt musste nur noch der Bus organisiert werden, der die Gäste am Freitag nach Paríkia zur Fähre bringen sollte – ein offener Punkt auf seiner Checkliste. Aber da konnte ihm bestimmt der Wirt des ›Aliportas‹ helfen. Das Schiff nach Amorgós würde gegen zehn Uhr abends ablegen, sie würden also gegen zwei Uhr morgens in Aigiáli eintreffen. Eine grauenhafte Vorstellung, auch noch bei Nacht auf einem Boot verweilen zu müssen. Er betete jetzt schon, dass es einigermaßen windstill sein würde. Schnell schickte er Marlene die angekündigte SMS und schlug eine Uhrzeit für ihr Treffen vor.

Ángelos zeigte dem neuen Gast das Zimmer. Krämer hatte es sich wesentlich spartanischer vorgestellt – es wirkte gemütlich, und sein innerer Widerstand schwand allmählich. Es war angenehm kühl und ruhig, erleichtert riss er die Krawatte vom Hemd. Für ein paar Tage war es hier auszuhalten, signalisierte ihm sein Gemüt; er spürte, wie er langsam runterkam.

Was ihn auf Amorgós erwartete, war ihm nur in groben Umrissen klar, denn die gesamte Organisation des Events hatte sein Vorgänger auf die Beine gestellt. Einzig das Budget für diese VIP-Veranstaltung hatte Krämer knallhart vorgegeben, was selbstredend auf den Kaufpreis der Objekte umgelegt worden war. Gemäß seiner Checkliste waren für die Gäste der Dreamroom GmbH zwölf Zimmer im ›Greek Blue‹, einer Appartementanlage in Aigiáli, gebucht, von Freitag bis Montagabend. Angeblich sollte der Baustil dieser Anlage dem des neu entstehenden Komplexes ähneln. Laut Programm sollten alle Gäste nach der Überfahrt von Paros den verbleibenden Samstag bis zum späten Nachmittag zur freien Verfügung haben. Gegen 17:00 Uhr sollte das offizielle Abendprogramm mit einem Champagnerempfang im ›Greek Blue‹ beginnen, organisiert vom Besitzer der Appartement-Anlage. Dort würde auch Brian Pantoúlis, der Sohn des verstorbenen Grundstückbesitzers wohnen.

Thomas Krämer hatte hinter dem Namen des New Yorkers ein Fragezeichen gesetzt und überlegte nun angestrengt nach dem Grund dafür. Dann fiel ihm ein, das er noch keine Antwort auf seine Mail erhalten hatte mit der Bitte um Bestätigung der Teilnahme. Das Erscheinen des Erben war für Frank Felten enorm wichtig gewesen, was Thomas Krämer zunächst nicht einordnen konnte, denn Flugkosten und Unterbringung dieses Herrn belasteten zusätzlich das Budget, weshalb er dessen Teilnahme mehrfach abgelehnt hatte. Erst als Felten mit der Sprache herausgerückt war, es habe ein paar Probleme mit den Nachbarn gegeben, weshalb Brian Pantoúlis als Vermittler eingesetzt werden solle, hatte Krämer schließlich eingelenkt. Was da im einzelnen vorgefallen war, hatte ihn wenig interessiert. Er wusste nur von Felten, dass der alte Pantoúlis im Dorf sehr beliebt gewesen war und sein Sohn im Namen des toten Vaters sprechen sollte. Außerdem war der Bürgermeister eingeladen, der mit Jannis Pantoúlis eng befreundet gewesen war und nun, gemeinsam mit dem Erben, am Samstag nach dem Champagnerempfang die feierliche Grundsteinlegung vornehmen sollte. Im Anschluss war ein üppiges Abendessen geplant im ersten Lokal am Ort. Auch dort wollte Krämer noch einmal nachfragen, damit nichts dem Zufall überlassen blieb. Der Sonntag war zum Ausspannen gedacht, für Montag war die Rückreise organisiert.

Er packte seine Checkliste ein, zog sich schnell ein frisches Hemd an, bevor es Zeit wurde für das Treffen mit der zickigen Kundin. Er machte sich auf den Weg zum Hafen, ganz gespannt auf die Umgebung, in der sein früherer Angestellter gearbeitet hatte.

FÍLIPPOS PANOS
NÁOUSSA, PAROS

Fílippos hatte schlecht geschlafen; Stéfanos Kourákis war ihm nicht aus dem Kopf gegangen. Für den Tatzeitpunkt gab es keine Zeugen. Der Tod von Frank Felten war, laut Aussage von Marlene Winter, kurz vor halb eins nachts eingetreten. Die Zeit zwischen der Einnahme des Giftes bis zum Eintritt des Todes war auf fünfzehn bis vierzig Minuten festgesetzt worden, je nach Konzentration des Coniins. Das bedeutete, Stéfanos Kourákis hätte Zeit und Gelegenheit gehabt, die Dosierung des tödlichen Cocktails vorzunehmen. Die Strecke vom Weingut bis zum alten Hafen war in sechs bis sieben Minuten zurückzulegen, das hatte er schon überprüft - theoretisch Zeit genug, um einen geplanten Mord dieser Art durchzuführen. Die Ehefrau hätte – fest schlafend – es nicht einmal mitkriegen müssen; er hätte ohne deren Wissen den Weinkeller verlassen und zurückkehren können.

Er brauchte dringend Zeugen aus dem Skopeliós, überlegte Fílippos, denn wenn Stéfanos Kourákis tatsächlich im alten Hafen gewesen war, hatte ihn jemand sehen müssen. Es sei denn, er hätte sich vor dem Besuch maskiert, was aber zu zeitaufwendig gewesen wäre. Hier musste Fílippos als nächstes ansetzen; er würde heute mit dem Inhaber des Restaurants sprechen und eine Liste der ihm bekannten Besucher anfordern. Auch mit Kourákis würde er noch einmal reden. Oft deckte eine zweite Vernehmung Widersprüche auf. Ganz besonders interessierte er sich für den Besuch des Weinbauers auf Amorgós am Todestag von Jannis Pantoúlis. Der Önologe hatte beim letzten Verhör zurückhaltend reagiert, als Fílippos Details dazu hatte wissen wollen.

Mit diesem Plan im Kopf schritt er die Treppe zum Café hinab, als ihn der Anruf seiner Chefin erreichte. Sie war im Rathaus in Ermoupolis, das Meeting mit ihren Amtskollegen sollte in Kürze starten. Alles, was sie ihm an neuen Informationen zu- und an weiteren Aufgaben auftrug, passte gut in seinen Tagesplan.

»Falls du auch nur die kleinste Ungereimtheit feststellst, wirst du einen Trip nach Aigiáli machen müssen«, endete sie. »Es geht täglich eine Fähre um 11:45 Uhr von Paríkia nach Naxos, von dort kannst du gegen 14:00 Uhr weiter mit der berühmt-berüchtigten Skopelítis nach Aigiáli fahren.«

Nach einem schnellen Kaffee rief er den Amtsarzt in Katápola an. Sein Gesprächspartner war, nachdem er ihm kurz die Hintergründe erklärt hatte, sofort zur Hilfe bereit und schien gut organisiert zu sein. Nach ein paar Minuten raschelnden Suchens lieferte ihm der Mediziner die Telefonnummer desjenigen Kollegen, der am 10. April 2010 zu diesem plötzlichen Todesfall gerufen worden war. Ohne lange zu überlegen, wählte Fílippos die Nummer von Dr. Aristidis.

»Klar kann ich mich an den Vorfall erinnern«, hörte er den Arzt freundlich antworten. Doch auf seine Frage, ob es eventuell eine Vergiftung hätte gewesen sein können, reagierte der Mediziner erkennbar irritiert. »Es war ein klassischer Herztod! Ganz eindeutig! Aber das wissen Sie ja schon. Ich konnte für den guten Mann nichts mehr tun. Er war schon tot, als ich ankam.«

Der letzte Satz war energisch gesprochen, doch Fílippos war die Nervosität in Dr. Aristidis' Stimme nicht entgangen. Wie konnte ein junger Kollege es wagen, die Aussage eines seit Jahrzehnten amtierenden Dorfarztes in Frage zu stellen? Sein Gesprächspartner nannte ihm noch den Ort des Geschehens. Es sei im ›O Ílios‹ passiert, einem alteingesessenen Restaurant im Hafen von Aigiáli, und die Taverne sei an besagtem Abend voller Leute gewesen.

Fílippos erschrak: Registrierte er gerade eine erste Parallele zu dem Mord an Frank Felten? Beide Todesfälle hatten in einem belebten Umfeld stattgefunden, in gutbesuchten Restaurants.

Schnell hatte er sich die Adresse und die Telefonnummer des genannten Lokals geben lassen und war neugierig, an welche Einzelheiten man sich dort erinnerte. So ein Ereignis passierte ja nicht alle Tage und hatte sicher für einigen Aufruhr gesorgt, was ihm der Besitzer der Taverne durchaus bestätigte.

»Es war schrecklich mitanzusehen, wie ein äußerlich trotz seines Alters sportlicher Mann plötzlich anfing, nach Luft zu schnappen und vor unser aller Augen erstickt ist.«

»Erstickt?«, fragte Fílippos überrascht nach. »Im Totenschein steht Herzinfarkt. Wie passt das zusammen?«

»Ich war dabei«, erwiderte der Gastronom bestimmt, »und ich habe gesehen, wie der Mann keine Luft mehr bekam und plötzlich seine Beine nicht mehr bewegen konnte. Mag sein, dass Symptome eines Herzinfarktes so aussehen. Ich bin schließlich kein Arzt.«

Fílippos kam die Aussage Marlene Winters in den Sinn, die Parallelen waren unübersehbar. Auch Frank Felten hatte plötzlich Probleme gehabt, seine Beine zu bewegen. Hatte derselbe Mörder etwa vorher schon einmal zugeschlagen?

»Ist Ihnen sonst noch etwas aufgefallen?«, fragte er den Gastwirt.

»Ja, da war noch was ...«, gab der Besitzer des ›O Ílios‹ nach kurzem Überlegen zur Antwort, »dem Sterbenden lief Speichel aus dem Mund, sodass sich eine richtige Lache gebildet hat. Das war widerlich mit anzusehen, aber was hätten wir tun sollen?«

Wieder erkannte Fílippos Ähnlichkeiten mit dem Todesfall in Náoussa. Dasselbe war von der Stuttgarter Ärztin beobachtet worden, und er selbst hatte den Toten in einer Lache liegen sehen. Fílippos Müdigkeit war mit einem Schlag verflogen. Hier tat sich ein größerer Fall auf. Er musste unbedingt Katharina anrufen.

Freundlich bedankte er sich bei dem Wirt und kündigte seinen Besuch an, danach wählte er hektisch die Mobilnummer seiner Chefin. Innerhalb weniger Sekunden, als hätte sie darauf gewartet, nahm die Kommissarin den Anruf entgegen.

»Du lagst gar nicht so falsch mit dem Trip nach Amorgós«, überschlug sich seine Stimme. »Der Tod des Jannis Pantoúlis scheint die gleiche Handschrift zu tragen wie der Tod Frank Feltens. Die Atemnot, die bewegungsgestörten Beine, der Speichelfluss – für mich ist das eindeutig!«

»Ja, du hast recht, das sieht verdammt nach einer Serie aus«, hörte er Katharina antworten. »Nur, wo ist der gemeinsame Nenner? Der Mann liegt seit zwei Jahren unter der Erde.«

»Stimmt. Beweise zu dessen Tod kriegen wir nur von der Leiche, wenn da überhaupt noch etwas Verwertbares übrig ist«, meinte Fílippos.

Katharina, jetzt mit gedämpftem Enthusiasmus, ergänzte: »Die Frage ist, ob sich das Gift nach so langer Zeit überhaupt noch nachweisen lässt. Aber das kann uns bestimmt Angelikí beantworten. Ich rufe sie gleich an und melde mich zurück«.

Bevor sie auflegte, erinnerte sie ihren Kollegen daran, unbedingt ein Foto von Stéfanos Kourákis mitzunehmen, damit er die Zeugen in Amorgós auch mit dem Foto des verdächtigen Weinbauers konfrontieren konnte. Fílippos spürte, dass die Kommissarin das Meeting am liebsten sofort verlassen hätte, um sich den neuen Wendungen des Mordfalles zu widmen.

MARLENE WINTER
NÁOUSSA, PAROS

Marlene Winter hatte sich in eine ruhige Ecke des Hotelgartens zurückgezogen. Die Liste ihrer zukünftigen Nachbarn in Aigiáli beanspruchte ihre volle Aufmerksamkeit; kaum konnte sie es erwarten, mehr über die elitäre Truppe zu erfahren. Thomas Krämer hatte ihr die Adressen gemailt, jetzt saß sie seit Stunden über ihrem Laptop gebeugt und googelte jeden Namen. Nicht bei allen wurde sie fündig; sie hätte sich mehr Informationen gewünscht, aber die meisten hatten wenigstens ein paar Spuren im Netz hinterlassen. Es bereitete ihr eine wahre Freude, dass aus der schnöden Namensliste mehr und mehr Profile jener Menschen erkennbar wurden, mit denen sie dieses wunderbare Areal in den nächsten Jahren teilen würde. Aus ein paar nichtssagenden Daten entstanden langsam Konturen der neuen Hausbesitzer, die ihr Rückschlüsse auf deren Persönlichkeit erlaubten. Und das war erst der Anfang, frohlockte sie, als nächstes würde sie die Namensliste über Facebook abklopfen. Dort gab der eine oder andere bestimmt weitere Informationen über sich preis.

Die Liste, die sie minutiös in einer Datei angelegt hatte, füllte sich allmählich. Männliche Personen, die ihr besonderes Interesse weckten, wurden rot markiert, darunter ein Geschäftsmann aus Berlin, der in der Nähe des Savignyplatzes ein exklusives Antiquitätengeschäft betrieb und dessen Foto ihren Puls in die Höhe schnellen ließ. Sie schätzte ihn auf Mitte Fünfzig; er schien noch ganz gut in Schuss. Doch leider gelang es ihr auch nach intensiver Recherche nicht, seinen Familienstand ausfindig zu machen, was sie kurzzeitig etwas ärgerte.

Ebenfalls in Rot stach ein Herr aus Belgien hervor, der auf einer Harley im Internet posierte und sein Geld mit Elektronikbauteilen verdiente. Er war um die sechzig; das Profilbild erweckte den Anschein, mit Hilfe von Photoshop geschönt worden zu sein. Das genügte ihr fürs erste; zwei interessante Männer, mit denen sie während der großen Feier auf Tuchfühlung gehen würde.

Mit der Gewissheit, bei dem geplanten Treffen über einen Informationsvorsprung zu verfügen, lehnte sie sich zurück und erwog, die erfolgreiche Recherche mit einem Hennessy zu krönen. Doch war es noch vor Mittag - lieber mit dem ersten Drink warten, bis der Besuch im Maklerbüro absolviert war. Zu diesem Termin wollte sie fit erscheinen; so froh sie darüber war, ihre Immobilie trotz des ermordeten Maklers in trockenen Tüchern zu wissen, wurde sie das mulmige Gefühl nicht los, ihr Traumhaus und der Mord könnten irgend etwas miteinander zu tun haben.

Marlene legte ihr Notebook zur Seite. Mit Seelchen war sie im ›Aliportas‹ verabredet. Die Schweizerin hatte schon drei Mal angerufen, um letzte Details der geplanten Reise nach Amorgós zu besprechen; sie schien aufgeregter zu sein als Marlene selbst.

Seelchen schlürfte an einem Kaffee, als Marlene das Lokal betrat. Wie üblich wedelte sie zur Begrüßung mit beiden Armen.

»Ich lass dich jetzt nicht mehr aus den Augen«, rief sie und winkte mit den beiden Fährtickets, die sie kurz vorher erworben hatte. »Ángelos hat mir alle Details erzählt, und ich werde euch natürlich alle beobachten, euch neue Immobilienbesitzer«, sagte sie selbstsicher, ihr Gatte schüttelte nur verständnislos den Kopf.

Marlene saß kaum am Tisch, hatte gerade einen Frappé bestellt, als Seelchen ihr verschwörerisch anvertraute: »Wie es scheint, sollte man den Weinbauern aus Náoussa im Auge behalten. Mir ist da etwas zu Ohren gekommen. Angeblich war die Polizei schon mehrere Male bei diesem Stéfanos Kourákis und hat ihn vernommen. Die fahren doch sicherlich nicht so oft zu ihm bloß wegen eines Einbruchs. Weißt du etwas?«

Marlene schüttelte ihren Kopf und wunderte sich über ihre alte Freundin. Wie schaffte es diese umtriebige Dame nur, so schnell an Informationen zu gelangen? Spyros hatte der Polizei zwar in ihrem Beisein den Hinweis zu dem Weinbauern gegeben, aber seitdem hatte sie nichts mehr von der Kommissarin gehört. Anscheinend gingen die Ermittlungen voran.

Kurze Zeit später machte sie sich auf den Weg zu dem Immobilienbüro, um den Termin für das Treffen mit Thomas pünktlich einzuhalten. Im Nachhinein ärgerte sie sich über ihr grimmiges Telefonat mit dem Mann und nahm sich fest vor, freundlicher mit ihm umzugehen. Das Abenteuer mit ihrem neuen Haus fing ja gerade erst an, da konnte ein gutes Verhältnis zum Makler nur von Vorteil sein. Als sie in die Gasse zu dem Büro einbog, sah sie einen Mann mittleren Alters irritiert vor der Eingangstür stehen. Das Büro war versiegelt.

Der ratlose Mann am Eingang bemerkte Marlene erst im letzten Moment. Nachdem er sich der Ärztin als Thomas Krämer vorgestellt hatte, standen beide etwas verloren in der verwaisten Gasse, bis Marlene die Situation rettete und ihn auf einen Kaffee im alten Hafen einlud.

»Ich möchte Ihnen den Ort zeigen, wo Ihr Kollege gestorben ist«, sagte sie und schritt in Richtung ›Agóri‹ davon, ohne eine Antwort des Maklers abzuwarten. Erst dessen Zögern ließ sie innehalten; anscheinend kostete es den Mann aus Frankfurt einige Überwindung, ihr an den Tatort zu folgen.

Das fast fertige Schmuckstück lag auf einem Tuch aus rotem Samt, was dem edlen Armband aus feinstem schwarzen Rindleder eine noble Aura, ja, eine fast sakrale Überlegenheit verlieh. Der kunsthandwerkliche Part war vollendet, jetzt musste nur noch die kleine Führungsschiene zur Aufnahme der Einwegspritze fixiert werden, damit das Dosierinstrument sicher in der Hand lag. Die Spritze konnte leicht mit einem Druckknopf am Armband befestigt und nach vollbrachter Tat rasch entfernt werden. Die Fünf-Milliliter-Plastikspritzen lagen auf einem weiteren Stück Samt bereit zum Befüllen mit der grünlichen Tinktur. Wie Fremdkörper wirkten die funktionalen Tötungsinstrumente in dieser klerikal anmutenden Umgebung.

Für heute war alles erledigt. Morgen würde das Kunstwerk erstmals getragen werden. Es musste ein gewohnter Anblick werden, damit es niemandem besonders auffiel.

Bald darauf war der Weihrauch ausgebrannt. Die Schuppentür wurde mit einer schweren Eisenkette verschlossen.

FÍLIPPOS PANOS
NAXOS, STADT

Fílippos saß im Hafen von Naxos Stadt und wartete auf die Abfahrt der ›Express Skopelítis‹. Der ältere Kahn hatte 1998 die ehemalige ›Skopelítis‹ abgelöst und war mit seinen fünfundzwanzig Metern doppelt so groß wie sein Vorgänger, der kaum mehr als ein kleines Passagierschiff gewesen war, etwa von der Größe eines Bodenseedampfers, nur rostiger. Die Fähre gehörte zu den ›Small Cyclades Lines‹, betrieben von der Familie Skopelítis aus Katápola. Er hatte Glück, dass ruhige See herrschte, denn ab Windstärke sechs wurde kurzerhand jede Fährverbindung zu den kleinen Kykladen eingestellt.

Der junge Kriminalbeamte rekelte sich in der Sonne. Manchmal hatte er das Gefühl, in Ferien zu sein. Entspannt ließ er den Blick schweifen. Das mächtige, aus Marmor gebaute Tempelportal – die berühmte Portára, Reste eines unvollendeten Apollon-Tempels – faszinierte ihn, wie es erhaben auf einem Hügel über dem Hafen thronte. Es war eine Touristenattraktion; Fílippos hätte gern in den Abendstunden einen Blick auf das Portal geworfen, um zu erleben, wie das Marmortor sich glitzernd über dem Meer gegen die untergehende Sonne abhob.

Die Anreise nach Aigiáli würde eine längere Reise werden, denn das Boot legte etliche Zwischenstopps auf seiner Fahrt nach Amorgós ein. Fílippos Gedanken wanderten ein paar Jahre zurück, als er für wenige Tage die Ruhe und Abgeschiedenheit auf Koufoníssi genossen hatte, und es kam ihm sonderbar vor, dass er jetzt, kurze Zeit nach seinem Dienstantritt auf Paros, jene Insel passieren würde. Dieser Trip war eine Mischung aus Urlaub und Dienst, stellte er zufrieden fest, und es beschlich ihn ein wohliges Glücksgefühl, das er in Athen stets vermisst hatte. Doch schnell wurden seine Träumereien verscheucht von den Gedanken an die Aufgaben, die es in den nächsten Stunden zu erledigen galt. Die Zeit war knapp, und seine Chefin drängte auf Ergebnisse.

Als erstes wollte er sich mit dem Wirt des ›O Ílios‹ treffen; dieser hatte am Telefon die präzisesten Angaben gemacht, darum erhoffte sich Fílippos Kontakte zu weiteren Zeugen. Danach stand die eventuelle Exhumierung der Leiche Jannis Pantoúlis' an, was einiger Vorbereitung bedurfte.

Die ›Express Skopelítis‹ lag am kleineren Kai des Hafens. Die Heckklappe war bereits heruntergelassen, als Fílippos kurz vor zwei zum Schiff schlenderte. Das kleine Boot schaukelte leicht in der Dünung, und jedes Mal, wenn ein Fahrzeug in dem dunklen Bauch verschwand, verstärkte sich das Schaukeln zu einem heftigen Wanken. Er suchte sich einen Platz auf den weißen Holzbänken des Oberdecks. Sollte es zu kühl werden, konnte er das geschlossene Unterdeck aufsuchen, wo sogar eine kleine Bar untergebracht war. Ansonsten würde er die Sonne genießen.

Die erste Station war Iráklia, die größte Insel der kleinen Ostkykladen, wo die Fähre an einer winzigen Mole anlegte. Keine Touristenströme, die ungeduldig von Bord drängten, nur ein paar Händler, die ihre Waren abluden, ohne jede Hektik. Fast wie eine andere Welt, dachte Fílippos. Es ging weiter nach Schinoússa. Das Schiff hatte nur eine Handvoll Passagiere an Bord, somit konnte er sich bequem auf einer der Bänke ausstrecken. Das tat gut nach den Umtrieben des heutigen Morgens. Er schlief in der wärmenden Sonne ein und wurde aufgeweckt von den aufgeregten Rufen einiger Kinder, als ein Rudel Delphine in unmittelbarer Nähe zum Boot majestätisch vorbeiglitt und Sprünge zeigte. Als das Boot in Koufoníssi anlegte, bewunderte er wehmütig das türkisfarbene Wasser rund um die Insel und wäre am liebsten von Bord gegangen.

Am frühen Abend näherten sie sich der weitläufigen Bucht von Aigiáli, wo von ferne die drei wie an einer Perlenkette aufgereihten Dörfer Potamós, Lagadá und Tholariá zu erkennen waren. Jetzt brauchte er zunächst eine Unterkunft; vielleicht war im ›O Ílios‹ ein Tipp zu bekommen. Während er sich im Hafenbüro nach dem Weg zur Taverne erkundigte, klingelte sein Handy. Katharina rief ihrerseits aus einem Hafenbüro an.

Sie hatte das Meeting vorzeitig verlassen und wollte sich auf dem schnellstem Weg nach Paros bringen lassen.

»Fílippos, ich habe kein gutes Gefühl«, sagte sie in bedrücktem Ton. »Ich glaube, wir haben es hier mit einem heimtückischen Mörder zu tun, der am kommenden Wochenende erneut zuschlagen könnte. Bist du schon in Aigiáli?«

Die Kommissarin stellte zwischen der geplanten Grundsteinlegung und dem Todesfall auf Amorgós einen Zusammenhang her. »Alles nur Vermutungen bislang, daher brauchen wir dringend die Exhumierung von Jannis Pantoúlis. Ich habe sie im Schnellverfahren beim Staatsanwalt beantragt und die Erlaubnis in der Tasche. Mein Kollege aus Amorgós ist informiert und wird telefonisch alles in die Wege leiten. Sag einfach auf dem örtlichen Polizeirevier Bescheid, dass du angekommen bist. Mit Athen habe ich ebenfalls alles geklärt, Angelikí ist bereits auf dem Weg nach Amorgós. Sie trifft heute Nacht gegen zwei in Aigiáli ein und wird bei der Exhumierung dabei sein, um die Gewebeprobe zu entnehmen. Ein Polizeiboot wird sie zurück nach Naxos bringen, von dort kann sie einen Flieger nach Athen nehmen. Wenn alles klappt, haben wir die Analysenergebnisse am Samstagmorgen. Angelikí will sich beeilen.«

»Ich verstehe«, erwiderte Fílippos. »Was soll ich tun? Hast du schon ein Zimmer für Angelikí gebucht?«

»Nein, das musst du organisieren. Bitte besorge für uns beide jeweils ein Zimmer. Kümmere dich um die Polizei und die Exhumierung. Ich möchte morgen früh, sobald es hell wird, die Probe entnehmen lassen, bevor das ganze Dorf etwas mitbekommt. Falls es Schwierigkeiten gibt, beziehe dich auf Sevastós. Ich simse dir gleich seine Telefonnummer. Samstagabend plant Thomas Krämer, Frank Feltens Chef, die große Kundenparty. Bis dahin müssen wir Klarheit haben. Wenn es wirklich einen Zusammenhang gibt, möchte ich vorbereitet sein. Das wird alles verdammt eng.«

Fílippos schluckte.

»Ich versuche, mich mit einem Polizeiboot nach Paros bringen zu lassen, von dort aus nehme ich die nächste Fähre«, fuhr Katharina fort. »Sobald ich mehr weiß, rufe ich dich an.« Und schon hatte sie aufgelegt.

Fílippos setzte sich auf eine kleine Mauer, um kurz nachzudenken. Sein Blick schweifte über die sich links vom Fähranleger erstreckende Bucht. Auf den ersten Blick schien es keine Bausünden am Strand zu geben. Ein paar vereinzelte Tavernen und eine lange Reihe schimmernder Tamarisken säumten den langen Strand, der unverbraucht und beruhigend auf ihn wirkte.

Er machte sich auf den Weg zum ›O Ílios‹, das nur wenige Meter vom Hafenbüro entfernt lag: ein vielbesuchtes Restaurant und eine der wenigen Gaststätten, die auch im Winter geöffnet hatten. Der gesellige Ort war erster Anlaufpunkt für viele Besucher im überschaubaren Aigiáli. Im Internet hatte er gelesen, dass hier Anfang der neunziger Jahre Luc Bessons Filmcrew jeden Abend gesessen hatte, wenn sie nach einem anstrengenden Drehtag von ›Im Rausch der Tiefe‹ hungrig in den Ort zurückgekehrt war. Der große Gastraum der Taverne war mit unzähligen Bildern von Künstlern geschmückt, die ihre Rechnungen mit gemalten Werken bezahlt hatten. Draußen saß man in einer breiten Gasse unter riesigen weißen, fast baumartigen Oleanderbüschen. Nur wenige Gäste nahmen dort ihr Abendessen ein, dafür war der Gastraum gut besucht. Ein Mann mittleren Alters nahm gerade die Bestellungen einer französischen Wandergruppe auf; an der Stimme erkannte der junge Kommissar den Besitzer. Der Wirt machte einen aufgeweckten Eindruck. Als er auf dem Weg in die Küche war, passte Fílippos ihn ab und stellte sich vor, worauf der Wirt kurz in die Küche verschwand und mit einer kleinen Flasche Ouzo, ein paar Oliven, einem Becher Eis sowie zwei Gläsern zurückkehrte.

»Ich habe schon auf Sie gewartet«, er setzte sich an einen freien Tisch, wies einladend auf den Stuhl neben sich und goss ohne zu fragen die Gläser voll. »Sie haben mich ganz schön neugierig gemacht mit Ihrem Anruf. Ich mache mir große Sorgen, was hier vor sich geht.« Er hob sein Glas und prostete Fílippos zu.

»Jámas«, antwortete der Beamte. Einen Schluck Hochprozentiges konnte er vertragen.

Der Wirt war nervös. Fílippos spürte förmlich die Erwartung des Mannes, zog kurzerhand das Foto von Stéfanos Kourákis aus der Tasche und legte es ihm vor.

»Klar kenne ich Stéfanos«, nickte der Wirt. »Der ist regelmäßig hier, um nach dem Rechten zu sehen. Er ist seit gestern abend wieder in Aigiáli,«

Fílippos erstarrte. Auch das noch! Als hätte er nicht genug zu erledigen, jetzt musste er sich außerdem um die Beschattung des Weinbauern kümmern. Das war unmöglich allein zu schaffen, er brauchte dringend Verstärkung.

»Der war auch an jenem Abend hier«, fuhr der Gastwirt fort, ohne eine Spur von Fílippos Anspannung zu bemerken. »Direkt am Nachbartisch von Jannis hat er gesessen, hat sogar geholfen und wollte ihn beruhigen, bevor es mit ihm zu Ende ging.«

Fílippos schaute den Gastwirt ungläubig an. Das hatte ihm der Weinbauer so nicht erzählt. Auf genau so eine Aussage hatte er gehofft, denn sie bestätigte seinen Verdacht. Der Weinbauer war also ganz nah bei Jannis gewesen, als dieser im ›O Ílios‹ zusammengebrochen war. Der Tavernenwirt registrierte den Ausdruck in Filippos Augen und schien langsam zu begreifen.

»Stimmt mit der Sache etwas nicht? Ich meine, mit dem Tod von Jannis Pantoúlis vor zwei Jahren«, fragte er mit ängstlicher Stimme nach. »Merkwürdig war das schon ...«, nach kurzem Zögern ergänzte er: »... wie der so umgekommen ist«.

Filippos war sich ziemlich sicher, dass es hier einen Zusammenhang gab. Es fehlte nur noch der Nachweis einer Vergiftung. Hätten sie bloß schon die Analysenergebnisse von der Exhumierung! Die Geschehnisse um den Tod des ehemaligen Grundstückbesitzers wurden zunehmend klarer, und das Netz um Stéfanos Kourákis, der nun zu Fílippos‘ Verdächtigem Nummer eins avanciert war, zog sich immer enger zusammen.

KATHARINA WALDMANN
ERMOUPOLIS, SYROS

Katharina hatte den Hafen von Ermoúpolis bereits verlassen, der Kapitän beschleunigte das Polizeiboot auf volle Geschwindigkeit. Diesen Spezialeinsatz hatte ihr Kollege aus dem Meeting heraus mit einem kurzen Telefonat geregelt, auch wenn der Kapitän dafür eine Sonderschicht einlegen musste.

Sie lehnte sich zurück in einen bequemen Ledersessel und war nach ein paar Minuten eingeschlafen. Erst beim Anlegemanöver in Náoussa wurde sie unsanft geweckt, als der Bootsführer sie zum Ausstieg an der Kaimauer aufforderte. Er hatte kurzerhand an einer freien Stelle gegenüber der ›Taverne Melina‹ nahe der Marina angelegt und half ihr beim Aussteigen. Binnen weniger Sekunden wendete er die kleine Barkasse und verschwand Richtung Syros. Katharina packte ihre Reisetasche und marschierte zu der kleinen Bruchsteinbrücke, wo Dawid ihr mit weit geöffneten Armen entgegen kam.

»Jetzt weiß du, was du dir an Land gezogen hast mit mir«, sagte die Kommissarin sanft und gab ihm einen Kuss auf die Wange. »Ich bin ständig im Dienst und muss mich dauernd mit fremden Männern rumschlagen, toten oder lebendigen.«

Er lachte und griff nach ihrer Tasche: »Komm, lass uns fahren. Viel Zeit bleibt uns nicht, und du bist bestimmt hungrig!«

»Hungrig? Ich könnte ein halbes Schwein vertilgen«, sprudelte es aus ihr heraus. »Seit heute Morgen habe ich nichts mehr gegessen. Aber ob ich die Ruhe habe, es zu genießen? Die Lage hat sich furchtbar zugespitzt. Am liebsten würde ich mich per Helikopter direkt nach Aigiáli bringen lassen.«

Dawid blieb stehen und schaute sie beruhigend an. »Hey, entspann dich. Vor heute Nacht kommst du nicht nach Amorgós, also nutze die paar Stunden, um etwas Energie zu tanken.« Er streichelte kurz ihren Arm und lief weiter Richtung Parkplatz. Erst als sie vor seinem Wagen standen, sagte er: »Lass dich einfach überraschen. Ich habe uns eine Kleinigkeit gekocht, und ich muss sagen, in deiner neuen Küche macht das richtig Spaß.«

Katharina nickte und stieg in den alten Pickup, in Gedanken war sie schon auf Amorgós. Trotzdem lächelte sie ihren Begleiter an: »Was für ein Glücksfall: ein Schreiner, der kochen kann und auch sonst einiges drauf hat ... nun fahr' schon los, sonst falle ich dich schon im Auto an.«

Dawid lächelte zurück und startete seinen klapprigen Wagen. Als sie die festlich eingedeckte Terrasse erblickte, vergaß sie für einen Moment ihren brisanten Einsatz. Dieser Mann steckte voller Überraschungen! Sie war gespannt auf die Köstlichkeiten, mit der ihr neuer Lover sie überraschen würde. Im ganzen Haus duftete es nach Essen, ihr Appetit war kaum zu bremsen. Eine Schüssel mit golden leuchtendem Skordaliá, jener göttlichen Kartoffel-Knoblauchpaste, verfeinert mit getrockneten Tomaten – eine geniale Idee –, das Zitronenhühnchen mit viel Rosmarin und Knoblauch ließ ihren Respekt Dawids Kochkünsten gegenüber wachsen. Es tat ihr gut, so liebevoll verwöhnt zu werden, erst recht, wo sie in Kürze schon wieder auf Dienstreise musste. Sie goss sich ein zweites Glas des kalten Weißweins ein, spürte die einsetzende Wirkung des Alkohols. Mit Schrecken dachte sie an den nächsten Morgen.

»Was hast du denn? Warum schaust du so grimmig?«, fragte Dawid.

»Ach, wäre es nur schon morgen Abend. Wir werden eine Graböffnung durchführen lassen, und davor graut mir.« Sie schlug beide Hände vor das Gesicht als wollte sie sich verstecken.

Dawid legte sein Besteck zur Seite. »Das klingt ja schaurig.«

»Ist es auch«, erwiderte die Kommissarin, griff nach einem Hähnchenschenkel und biss hinein. »Aber wo wir schon mal dabei sind ...«, sie blickte fragend zu Dawid. »Du bist doch Schreiner und kennst dich mit Holz aus? Wie lange braucht so ein Sarg, bis er in der Erde verrottet ist?«

Dawid zog die Stirn in Falten und verschränkte die Arme. »Du hast ja Themen drauf, und das beim Essen. Aber gut: Es kann bis zu zehn Jahren dauern, bevor ein Sarg einbricht. Und es kommt immer auf die Holzsorte an. So verrottet Eiche zum Beispiel schneller als Fichte.«

»Gut zu wissen. Der Kerl liegt seit zwei Jahren unter der Erde; das bedeutet, wir stoßen nicht direkt auf die Leiche, sondern zunächst auf den Sarg.« Dawid nickte zustimmend und nahm sie in den Arm.

»Und jetzt Schluss mit den Schauergeschichten, lass uns die verbleibende Zeit mit etwas Angenehmeren verbringen ...«

Kurz vor zehn Uhr abends erreichte Katharina die ›Blue Star‹ im Hafen von Paríkia.

STÉFANOS KOURÁKIS
AIGIÁLI, AMORGÓS,

Stéfanos Kourákis hatte seinen Besuch in Aigiáli seit Monaten sorgfältig vorbereitet. Diesmal würde er eine ganze Woche auf Amorgós verbringen, um einige wichtige Arbeiten zu begleiten, die schon vor Monaten hätten erledigt sein sollen. Das in die Jahre gekommene Bewässerungssystem auf dem von ihm gepachteten Areal musste komplett erneuert werden. Zwar war die Wasserbeschaffung in Aigiáli über einige wenige Tiefbrunnen möglich, aber die Verteilung auf der gesamten bewirtschafteten Fläche stellte ein Problem dar. Die Temperaturen stiegen jetzt täglich, und eine qualitätsorientierte Bewässerung war ab Anfang Mai essentiell für den Ausbau eines guten Jahrganges, denn von Mai bis September gab es so gut wie keinen Regen mehr. In einem Land mit Mittelmeerklima konnte der erhöhte Wasserbedarf nur mit künstlichen Bewässerungssystemen sichergestellt werden. Zum Glück gab es auf Amorgós nicht mehr so viel Landwirtschaft wie auf anderen Inseln, wo eine immer höhere Wasserentnahme nötig war, was wiederum zu erheblichen Umweltproblemen geführt hatte.

Am nächsten Morgen wollten sie mit den Arbeiten beginnen. Die notwendigen Fachleute zur Verlegung des Rohrnetzes hatte ihm der Grundstückseigner, Ilías Galánis, empfohlen. Nachdem sich Stéfanos vergewissert hatte, dass sein bestelltes Material wohlbehalten angekommen war, begab er sich ins ›O Ílios‹ zum Abendessen. Durch seine vielen Besuche dort kannte er einige Stammgäste, und mit dem Besitzer der Taverne pflegte er einen guten Kontakt. Später sollte noch Ilías dazustoßen, um die letzten Details der anstehenden Arbeiten durchzusprechen. Hungrig und guter Dinge betrat er den Gastraum und winkte dem geschäftigen Besitzer zu, der ihm umgehend eine Karaffe Ouzo bringen ließ.

Der Weinbauer liebte die regelmäßigen Besuche in Aigiáli, war es doch eine gute Gelegenheit, der Hektik seines Betriebes für ein paar Tage zu entkommen und Energie aufzutanken. Diesmal genoss er es ganz besonders, Paros den Rücken gekehrt zu haben, denn die Vorkommnisse der letzten Tage, insbesondere der Umstand, von der Polizei verdächtigt zu werden, hatten ihm zugesetzt. Er füllte sein Glas mit Anisschnaps und nahm einen großen Schluck, als Ilías im Gastraum auftauchte.

»Da bist du ja!«, begrüßte Stéfanos seinen Pächter, als der auf ihn zutrat. Ein kurzes Nicken des mundfaulen Gemüsebauern war die einzige Reaktion, schwerfällig setzte er sich an den Tisch. So kannte ihn der Weinbauer, es würde schwierig werden, eine einigermaßen fließende Unterhaltung zu schaffen. Stéfanos bedeutete dem Wirt, ein paar kalte Vorspeisen zusammenzustellen, die prompt geliefert wurden.

»Ich habe soeben die Anlieferungen kontrolliert, es müsste alles da sein. Wie sieht es mit der Mannschaft aus, hast du alle Leute bekommen für morgen?«, fragte er den Landwirt.

Ilías pickte lustlos in den Appetithäppchen herum, bis er Gefallen an den in Kräuter-Vinaigrette marinierten Sardellen fand. Die schienen ihm zu munden, denn sein Gesicht hellte sich etwas auf, bevor er mit grimmiger Stimme antwortete: »Das hatten wir doch so besprochen, und genau so habe ich es organisiert. Morgen nach Sonnenaufgang stehen wir bereit, ich habe erst mal vier Tage mit den Leuten vereinbart. Falls wir länger brauchen, ist das auch kein Problem.«

Stéfanos war zufrieden; auch wenn der Kerl keine Plaudertasche war, konnte er sich auf Absprachen mit ihm verlassen. Sie besprachen anschließend die Organisation der Verpflegung für die nächsten Tage und waren sich dann einig, dass alle Punkte besprochen und organisiert waren.

Geschickt lenkte Stéfanos das Gespräch auf die Feier am letzten Sonntag, als ihm plötzlich das Wort im Halse stecken blieb. Soeben hatte der Kommissar aus Paríkia, der sich ihm als Fílippos Panos vorgestellt hatte, das Lokal betreten. Gelähmt vor Schreck blickte er offenen Mundes in dessen Richtung, was selbst Ilías merkwürdig erschien, sodass auch er sich zu dem Polizisten umdrehte.

Fílippos, der nichtsahnend die Taverne betreten hatte, blieb wie angewurzelt stehen, als er die beiden Männer sah, die ihn von weitem mit aufgerissenen Augen anstarrten, als hätte er sie bei einem konspirativen Treffen überrascht.

KATHARINA WALDMANN
AIGIÁLI, AMORGÓS

Der Sonnenaufgang war an diesem Donnerstag für 06:53 Uhr vorausgesagt, was für Katharina und ihre beiden Kollegen bedeutete, dass die Nacht um fünf Uhr morgens zu Ende war – nach nur drei Stunden Schlaf, die der Kommissarin und Angelikí nach ihrer Ankunft in Aigiáli vergönnt waren.

Wortkarg trafen sie sich in der Lobby der kleinen Pension, deren Wirtin für sie einen Kaffee gekocht hatte. Auf deren hartnäckiges Nachfragen hatte die Kommissarin den frühen Aufbruch mit einer morgendlichen Wanderung erklärt. Alle hatten ein unsicheres Gefühl im Magen, voller Sorge, was sie auf dem Friedhof erwarten würde. Schweigend schlürften sie ihren Kaffee, bevor Angelikí einige für die Exhumierung nötigen Utensilien zusammenpackte: drei weiße Overalls, Handschuhe und mehrere chirurgische Instrumente, die bei der Entnahme der Gewebeproben zum Einsatz kommen sollten, sowie eine kleine Akku-Kühlbox, um das entnommene Material während des Transportes nach Athen kühl zu lagern.

Fílippos schaute mehrfach nervös auf seine Uhr, um schließlich das Schweigen zu brechen: »Ich gehe schon voraus. Der Totengräber müsste inzwischen vor Ort sein. Ich möchte checken, wie lange wir etwa brauchen. Der Friedhof liegt am Ortsausgang in Richtung Potamós, verlaufen könnt ihr euch kaum in diesem Nest.« Er war aufgesprungen, seine innere Unruhe ließ ihn nicht länger still sitzen.

»Ich hoffe, wir kriegen das ohne großen Menschenauflauf hin«, Katharina gähnte ungehemmt los.

»Wird schon klappen, geht recht schnell«, meldete sich die Gerichtsmedizinerin mit ihrer rauchigen Stimme zu Wort und zündete sich eine Zigarette an. Sie war die einzige, die der Sache vollkommen entspannt entgegen sah. Das brachte ihr Beruf so mit sich; Leichen, egal in welchem

Zustand, konnten ihr schon lange nichts mehr anhaben. Ganz cool saß sie da und trank in aller Seelenruhe ihren Kaffee.

»Nun mach dir nicht ins Hemd, wir sind doch bestens vorbereitet«, plapperte die Rechtsmedizinerin munter weiter und begann erneut, über die frühere gemeinsame Zeit im Athener Kommissariat zu reden - bereits gestern nacht der vorherrschende Gesprächsstoff während der Überfahrt, nachdem sie in Naxos zugestiegen war. Die Kommissarin ließ sie gewähren, für sie war diese unchristliche Tageszeit nicht zu ausschweifenden Gesprächen geeignet, außerdem war sie in Gedanken längst auf dem Friedhof.

Erst als Angelikí aufsprang und auf ein Bild in der Lobby deutete, zog sie Katharinas Aufmerksamkeit auf sich.

»Ein ähnliches Bild habe ich erst kürzlich bei einer Kunstauktion gesehen. Das wollte ich dir gestern schon erzählen. Dort habe ich einen deiner Mitarbeiter gesehen.«

Die Kommissarin wurde hellhörig.

»Einer meiner Mitarbeiter bei einer Kunstauktion? Bist du sicher? Was hat er da gemacht?«

»Er hat Bilder und ein paar Skulpturen angeboten und auch einiges verkauft.«

Katharina schaute verblüfft. »Du bist dir ganz sicher, er hat tatsächlich selbst Kunstwerke angeboten?«

»Klar, ich habe mich sogar für ein Bild interessiert, aber das passte leider nicht zu meinem Geldbeutel.«

Katharina war so perplex, dass sie ihre Gedanken sortieren musste.

»Da brauche ich dringend weitere Angaben«, bat sie die Athener Kollegin. Ein Verdacht kam in ihr auf, aber ein Blick auf die Uhr beendete abrupt das Gespräch. Sie mussten los, um endlich Gewissheit zu bekommen, was mit Jannis Pantoúlis passiert war.

Es war unangenehm kühl, als sie in die dunkle, stille Gasse hinaustraten. Aigiáli lag noch im Schlaf, und bevor das Leben in dem beschaulichen Hafenort erwachte, wollten sie alles erledigt haben. Sie schienen als einzige unterwegs zu sein, nur das Bellen eines streunenden Hundes war aus der Ferne zu hören.

Bis zum Ortsausgang waren es nur wenige Minuten. Als sie den Wegweiser nach Potamós erreichten, hörten sie gedämpfte Stimmen vom nahen Friedhof. Fílippos' Stimme erkannten sie sofort; die andere, fremde Stimme musste die des Totengräbers sein. Beim Näherkommen kristallisierten sich langsam die beiden Gestalten aus der Morgendämmerung heraus. Das Grab war bereits ein gutes Stück ausgehoben, stetige Schaufelgeräusche durchdrangen die morgendliche Stille des verlassenen Ortes. Angespannt beobachtete Katharina die Arbeiten des Friedhofsarbeiters und malte sich in Gedanken aus, welch schreckliche Überraschung in wenigen Minuten auf sie zukäme. Sie war zwar vertraut mit Toten aller Art, aber an Exhumierungen hatte sie sich in all ihren Dienstjahren nie gewöhnt.

Allmählich kündigte ein roter Streifen am Himmel den nahenden Tag an. Während sie schweigsam den fortschreitenden Arbeiten zusahen, gab es plötzlich einen dumpfen Knall. Der Totengräber hatte mit der Schaufel des Minibaggers den Sargdeckel erreicht. Er stieß einen zufriedenen Laut aus, der signalisierte, dass sie ihrem Ziel nahe waren. Ein unheimlicher Zeitgenosse, fand Katharina. Sein zerfurchtes Gesicht war fast vollständig von einem zotteligen Bart zugewachsen, seine hagere Gestalt erinnerte an einen Sensenmann, es fehlte nur die dazugehörige Kutte. Den Rest musste er von Hand erledigen; er verließ seine Maschine, sprang in das Grab und winkte Fílippos zu, ihm mit der zweiten Schippe bei der Freilegung des Deckels behilflich zu sein. Zum Glück war die Erde ziemlich locker.

Nach wenigen Minuten war der Sarg von Jannis Pantoúlis vollends freigelegt. Schnell hangelte sich Fílippos wieder aus der Grube, als sei ihm bang vor den nächsten Schritten.

Jetzt wurde es ernst. Angelikí griff in ihren Utensilienkoffer und holte Mundschutz, Handschuhe und Schutzbrillen hervor. Fílippos und Katharina griffen erleichtert zu, als wollten sie sich hinter dem weißen Stück Stoff verstecken, was dem Totengräber eine verächtliche Handbewegung entlockte - für ihn war das Routine. Gemäß der Vorschriften war er es gewohnt, Gräber nach Ablauf von fünf Jahren zu öffnen, um im Beisein der Angehörigen die Gebeine der Verstorbenen freizulegen. Diese wurden in einem Behältnis gesammelt und mit einer Zeremonie im zum Friedhof gehörenden Beinhaus hinter einer Platte erneut beigesetzt. Die Gräber standen danach wieder zur Verfügung.

Die Kommissarin hasste Friedhöfe und empfand das Szenario als gespenstisch. Es erinnerte Katharina an einen schlechten Horrorfilm: vier Personen in der Morgendämmerung auf einem Friedhof, davon drei mit weißen Masken vor dem Gesicht. Halloween im April!

Es dauerte noch einen Moment, bis der Friedhofsarbeiter rund um den Deckel Platz geschaffen hatte. Dann legte er Seile um den Sarg und hob diesen gemeinsam mit dem Polizisten heraus. Dann setzte er beherzt die Brechstange an, um den Deckel zu öffnen.

Die Kommissarin drehte sich reflexhaft zur Seite, als das Splittern von Holz wie eine Explosion in ihre Ohren drang. Es brauchte noch zwei weitere Ansätze, bevor der robuste Deckel einen Satz nach oben machte und schräg auf dem Sarg liegen blieb. Auch Fílippos hatte weggeschaut, bis ihn der Arbeiter aufforderte, mit ihm gemeinsam den schweren Deckel vollständig abzuheben. Zögerlich griff der junge Polizist nach dem Sargoberteil und war froh, dass seine Kollegin aus der Gerichtsmedizin an Handschuhe für alle gedacht hatte. Angewidert drehte er seinen Kopf zur Seite, als eine Wolke modrigen Geruchs in seine Nase stieg. Er würgte und sah aus dem Augenwinkel, dass es auch Katharina schwer fiel, ihren Magen unter Kontrolle zu halten. Die Sonne war zwischenzeitlich aufgegangen, und als der Totengräber Platz machte, um Angeliki das Feld zu überlassen, streifte ein erster Lichtstrahl den Toten, der auf so brachiale Weise seiner Finsternis entrissen worden war.

Der Anblick des verstorbenen Jannis Pantoúlis war spukhaft. Die Kommissarin beugte sich vor, um den Leichnam näher zu betrachten. Eingefallen und wächsern lag er da. Der schwarze Totenanzug war gut erhalten, nur wirkte er an dem eingefallenen Körper zwei Nummern zu groß. Der Kopf war stark geschrumpft, die ledrige, gelblich schimmernde Haut spannte sich fest über die hervortretenden Wangenknochen. Der Mund war leicht geöffnet, weiße Zähne blitzten hervor, und die schwarzen Löcher, die zu Lebzeiten von Augen bewohnt gewesen waren, starrten die frühmorgendlichen Eindringlinge furchterregend an. Katharina wich entsetzt einen Schritt zurück und räumte das Feld für ihre Kollegin aus Athen.

Ohne lange zu fackeln machte sich Angelikí ans Werk. Sie ließ sich nacheinander von Fílippos eine Zange, ein Skalpell und eine Pinzette reichen. Ohne Zögern setzte sie die große Rippenzange an, ein lautes Knackgeräusch vermeldete das erfolgreiche Öffnen des Brustkorbes. Mehrmals zuckte die Kommissarin zusammen, während Angelikí geschickt weiter operierte. Mit dem Skalpell schnitt sie behende mehrere Gewebeproben ab, entnahm die Fleischreste mit der Pinzette und packte alle Proben in die Kühlbox. Nach knapp zehn Minuten war Angelikí mit ihrem Job fertig; der Totengräber konnte seine Arbeit wieder aufnehmen, um Jannis Pantoúlis seine Totenruhe zurückzugeben.

Nachdem alle sich ihres weißen Mundschutzes entledigt hatten, atmete das Team erleichtert auf. Der Plan hatte ohne Zwischenfälle funktioniert. Nun wich die Anspannung einer unsäglichen Müdigkeit. Erschöpft trotteten sie zurück nach Aigiáli, um Angelikí zum Kai zu bringen, wo bereits das Polizeiboot für die Fahrt nach Naxos wartete.

»Na, dann werde ich die sterblichen Teile dieses Herrn mal unter die Lupe nehmen«, verabschiedete sie sich rauchend und stieg ins Boot. Wenn alles glatt lief, würde sie gegen Mittag mit dem brisanten Material das Chemische Institut der Universität erreichen, um die Gewebeproben einer Analyse unterziehen zu lassen.

BRACHLAND AUF DEN KYKLADEN

Jetzt waren es nur noch knapp zwei Tage, dann war es so weit. Das Zeichen konnte gesetzt werden. Ein Zeichen, das unvergesslich sein würde. Alle Vorbereitungen waren bis ins kleinste Detail geplant. Nichts konnte mehr schiefgehen.

Die Erregung so kurz vor dem großen Ereignis stieg mit jeder Stunde, und die Hoffnung war groß, wieder zu innerem Frieden zu finden. Wären da nur nicht diese quälenden unruhigen Nächte.

Aber es gab Linderung für diese Qualen. Es gab einen Ort des Friedens: den Platz der Besinnung, das einzigartige Felsenkloster an der Ostküste von Amorgós, das dreihundert Meter über dem Meer in seinem grellen Weiß erstrahlte und sich erhaben von der braunen Felswand abhob. Die stolze Abtei, die Anfang des neunten Jahrhunderts von Mönchen aus Palästina erbaut und nach der Zerstörung durch Piraten im Jahre 1088 neu gegründet worden war, verhieß Trost. Die spärliche Kapelle mit ihren dunklen Holzstühlen und den zahlreichen Ikonen auf den nackten Felswänden lud zum Meditieren in der Obhut dieses sakralen Ortes ein. Es war schön, hier sein zu dürfen und sich schweigend den Raum mit einem betenden Mönch zu teilen, bis genügend Kraft getankt war, sich aufs neue dem Alltag in einer immer schlechter werdenden Welt zu stellen.

Danach würden im alten Schuppen die letzten Arbeitsschritte an dem neuen Armband vollzogen werden. Die vorbereitete Führungsschiene lag neben dem roten Samtruch mit dem prunkvollen Schmuckstück. Mit ruhiger Hand würden die beiden Druckknöpfe an den dafür vorgesehenen Stellen fixiert und mehrfach in die zierliche Schiene eingeklickt werden, bis die Druckknöpfe an Spannung verlören und sich später die Spritze leichtgängig und ohne große Geräusche wieder entfernen ließe.

MARLENE WINTER
NÁOUSSA, PAROS

Der erste Eindruck ist entscheidend, lächelte Marlene Winter ihrem Spiegelbild zu. Dann zog sie einen Schmollmund. Dick hatte sie ihren leuchtendroten Lippenstift aufgetragen, auch das übrige Make-up hatte sie großzügiger benutzt als sonst. Zum Teil war das üppige Farbspektakel dem Hennessy zuzuschreiben, der sie leicht beschwipst vor ihrem Badezimmerspiegel sitzen ließ. Hauptsächlich aber wollte sie glänzen heute abend beim Kennenlernen ihrer neuen Nachbarn von Aigiáli. Bis auf eine Dame aus Frankfurt hatten alle Käufer dem von der Dreamroom GmbH gesponserten Ereignis zugesagt; im Laufe des Tages waren sie auf Paros eingetroffen. Dem offiziellen Begrüßungstreffen mit anschließendem Abendessen im ›Aliportas‹ fieberte Marlene schon den ganzen Tag entgegen, vor allem um den Objekten ihrer aufwändigen Internetrecherchen - den zwei männlichen Gästen - endlich in die Augen sehen zu können.

Gestern hatte sie sich Ángelos zur Brust genommen und die letzten Details aus ihm herausgequetscht. So wusste sie nun, dass eine große Tafel mit Namensschildern und Herkunftsländern im Café vorbereitet wurde. Mit Nachdruck hatte sie Ángelos genaue Anweisungen gegeben, wo sie zu sitzen wünschte, nämlich zwischen den beiden Herren, mit denen sie den Abend zu verbringen gedachte. Eine perfekte Gelegenheit, ihre beiden Zielobjekte miteinander vergleichen zu können.

Sie freute sich auf den Abend und auf die gesamte Veranstaltung, war es doch eine gelungene Ablenkung von dem furchtbaren Erlebnis am letzten Samstag. Ihr rotes, in der Mordnacht ramponiertes Kleid war mit Hilfe des Hotelpersonals wieder hergerichtet, auf dass es ihr einmal mehr zu einem großen Auftritt verhelfen würde. Wenn es schon bei Frank Felten nicht geklappt hatte, dann wenigstens heute. Nach einem letzten

Check vor dem Spiegel verließ sie angeheitert das Hotel in Richtung des Cafés.

Kaum war Marlene im ›Aliportas‹ angekommen, schweifte ihr Blick über den Tisch, um zu kontrollieren, ob sich die Namensschilder genau dort befanden, wo sie es mit Ángelos besprochen hatte. Jetzt konnte der Abend wirklich beginnen.

Schon von weitem hatte sie die mit Blumen verschwenderisch eingedeckte Tafel bewundert, die sich von den Einzeltischen im ›Aliportas‹ edel abhob und für etlichen Gesprächsstoff sorgte: alle fragten sich, wer denn wohl kommen würde. Seelchen, die bereits seit einiger Zeit auf ihrem Stammplatz ausharrte, hatte nur häppchenweise ihr Wissen zum Besten gegeben. Dabei hatte sie ständig zu der langen Tischreihe hinübergeschielt, wo erwartungsvoll, aber recht blass um die Nase der Nachfolger von Frank Felten saß und nervös an einem Glas Weißwein nippte.

Marlene konnte ihr ansehen, wie gerne sich Seelchen an diesen Tisch gesellt hätte.

Kurz drauf trudelten die übrigen Gäste ein. Zwei Pärchen aus Frankreich kamen als erste. Es folgte ein Paar aus der Schweiz, dann erschien einer ihrer beiden Favoriten, der Belgier mit den Elektronikbauteilen, ganz in Weiß. Leider war die Realität ernüchternd. Wie sie vermutet hatte, war dem Internetfoto mächtig nachgeholfen worden, da half auch kein weißes Outfit. Hoffentlich ist der zweite keine Luftnummer, dachte sie und stellte sich den anwesenden Gästen vor. Es folgten noch drei deutsche Pärchen, eine Frau aus Italien und ein älteres Paar aus den USA.

Thomas Krämer hakte alle Gäste auf seiner Liste ab, stellte sich als Chef von Frank Felten vor und erklärte, warum er selbst diese Aufgabe übernommen habe. Marlene konnte jedes Mal den Schrecken in den Augen der Gäste erkennen, wenn sie nachfragten, wo denn ihr Verkäufer sei, und Thomas Krämer zum wiederholten Male von dessen Tod berichten musste, wobei er die wahren Todesumstände unterschlug.

Just als der Makler Ángelos bat, den Begrüßungscocktail zu servieren, betrat der letzte Gast das ›Aliportas‹. Es war Marlenes zweiter Favorit, der Antiquitätenhändler aus Berlin, und sie war freudig überrascht, was für ein attraktiver Mann neben ihr Platz nahm. Mit laszivem Augenaufschlag begrüßte sie den Mittfünfziger, der allem Anschein nach allein unterwegs war. Doch weit gefehlt - fünf Minuten später wurde sie eines Besseren belehrt, als ein nicht minder gutaussehender Mann dem Berliner zuwinkte und später an der Tafel Platz nahm. Welch herbe Enttäuschung, ihr Favorit schien dem männlichen Geschlecht zugeneigt zu sein! Es dauerte ein paar Minuten, bis sie sich mit der Sachlage abgefunden und wieder zu ihrer alten Form zurückgefunden hatte.

Alle machten auf den ersten Blick einen sympathischen Eindruck, was Marlenes Enttäuschung linderte. Nachdem die ersten Karaffen Wein getrunken und das Essen verzehrt worden war, entspannte sich Marlene. Vielleicht würde der Abend ja doch noch aufregend werden. Auch wenn wieder einmal kein passender Mann für sie dabei war, freute sich Marlene auf ihre angenehme Nachbarschaft. Als sie gerade mit dem Berliner Antiquitätenhändler und dessen Bekannten plauderte, erhielt Thomas Krämer einen Anruf. Mit einem Ohr hörte sie, wie er die Kommissarin begrüßte, und plötzlich verfärbte sich das Gesicht des Maklers käseweiß.

KATHARINA WALDMANN
AIGIÁLI, AMORGÓS

»Nun setz dich bitte hin und höre endlich auf, die ganze Zeit hin und her zu rennen«, wies Katharina Fílippos unwirsch an. »Du machst mich noch ganz nervös. Angelikí hat die Ergebnisse im Lauf des Vormittags angekündigt, und das bedeutet zwischen acht und zwölf. Jetzt ist es gerade mal kurz vor neun!«

Die beiden Polizeibeamten warteten unter Hochspannung auf das Analysenergebnis der Gewebeprobe. Falls auch in der Leiche von Jannis Pantoúlis das ominöse Gift nachgewiesen werden sollte, würden sie Stéfanos Kourákis als mutmaßlichen Täter sofort festnehmen, selbst wenn es nur übers Wochenende sein sollte, die Indizien waren einfach zu erdrückend. Er hatte sich auf Amorgós befunden, als Jannis ums Leben gekommen war, er hätte genug Zeit gehabt, den Mord in Náoussa zu begehen, und jetzt war er auch wieder anwesend. »Gefahr im Verzug, das reicht allemal aus, um den Herrn für ein paar Stunden aus dem Verkehr zu ziehen«, gab Katharina wiederholt zum Besten, so als wartete sie auf Zustimmung.

»Und wenn sich unsere Vermutung nicht bestätigt?«, fragte Fílippos, der wusste, dass Zweifel zum Geschäft des Polizisten gehörten, diese aber nicht mochte. »Was machen wir dann?«

»Daran möchte ich jetzt lieber nicht denken, sonst würde das ein verdammt anstrengender Samstag werden. Zum Glück müsste Konstantinos in Kürze eintreffen; zusammen werden wir das schon hinkriegen.« Ohne das Resultat aus Athen abzuwarten, hatte sie gestern vorsichtshalber Konstantinos zur Verstärkung nach Amorgós beordert, damit sie die Besuchergruppe der Dreamroom GmbH zu dritt im Auge behalten konnten.

Katharina fischte ihr klingelndes Handy aus der Handtasche. Nach kurzem Blick aufs Display verdrehte sie die Augen. Als hätte sie nicht genug mit dem Einsatz in Aigiáli zu tun, meldete sich ihr Lieblingsreporter von der ›Paros Life‹. Er forderte die zugesagten Insiderinformationen ein. Katharina wimmelte ihn barsch ab und legte auf, bevor er protestieren konnte.

Das erneute Klingeln ihres Handys durchbrach jäh die Stille des kleinen Frühstücksraums. Fílippos drehte sich hastig zu Katharina um. »Na endlich, ich halte es kaum aus. Ist es Athen?«

Die Kommissarin nickte kurz und nahm den heiß ersehnten Anruf entgegen. »Kaliméra, Angelikí, das wurde aber auch Zeit. Fílippos treibt mich in den Wahnsinn. Wie sieht es aus? Was hast du herausgefunden?«

Angelikí, der die Dringlichkeit der Angelegenheit voll bewusst war, kam sofort auf den Punkt: »Treffer! Wir konnten dasselbe Gift in der Gewebeprobe eindeutig nachweisen. Jannis Pantoúlis wurde genau wie Frank Felten mit Coniin vergiftet.«

Sie ließ das Gesagte kurz wirken. Dann sprach sie aus, was alle dachten: »Hier ist ein Serienmörder am Werk, und ich habe kein gutes Gefühl.«

»Wir sollten wirklich auf das Äußerste vorbereitet sein«, warf Fílippos ein. »Haben wir eine Chance, weitere Verstärkung für das Wochenende zu bekommen?«

Die Kommissarin musterte ihren Assistenten sarkastisch: »Du Scherzkeks! Du kennst doch die dünne Personaldecke der griechischen Polizei. Wo soll die Verstärkung herkommen? Aber es gibt ja bereits einen Verdächtigen, den wir uns jetzt sofort greifen werden. Wir haben nur auf die Bestätigung gewartet.« Sie wandte sich wieder ihrer Gesprächspartnerin zu: »Danke dir, Angelikí. Ich melde mich bei dir.« Sie legte auf und rief ihrem Kollegen zu: »Schnappen wir uns erstmal diesen Kourákis!«

»Hoffentlich macht der keinen Ärger. Der muss doch mit uns rechnen, oder? Zumal er mich gestern schon im ›O Ílios‹ gesehen hat«, sagte Fílippos, während er den Schultergürtel für seine Dienstwaffe anzog.

»Schon merkwürdig«, überlegte Katharina unterwegs laut. »Würdest du ein gut laufendes Weingut einfach so aufs Spiel setzen? Nur weil du den Zuschlag für ein Stück Land nicht bekommen hast?« Sie schauten sich ratlos an, während Katharina mit der Faust auf den Tisch klopfte.

»Wir wissen es nicht genau, aber falls er es ist, stellt er eine enorme Gefahr dar. Also los!«

Stéfanos Kourákis wohnte auf Amorgós stets in einer kleinen Pension in unmittelbarer Nähe zur Taverne. Diese war in wenigen Minuten zu Fuß zu erreichen. Die Kommissarin hatte sich den notwendigen Haftbefehl aus Athen faxen lassen; mit dem Dokument in der Tasche machten sich die beiden auf den Weg. Die Tür zur Pension stand offen; von hier aus hatte man Zugang zu den einzelnen Zimmern. Stéfanos Kourákis bewohnte das Zimmer Nr. 4, war an der Rezeption zu erfahren. Fílippos klopfte mit entsicherter Waffe heftig an die Zimmertür, einmal, zweimal, aber es tat sich nichts. Der Vogel schien ausgeflogen zu sein, und sie hatten keinen Anhaltspunkt, wo sich der Weinbauer aufhalten könnte. Einen Hinweis erhielten sie von der verängstigten Pensionswirtin, die ihn in den Weinfeldern vermutete beim Verlegen neuer Wasserleitungen. Sie erklärte den Weg, worauf Katharina und Fílippos einen vielsagenden Blick tauschten: Die Felder lagen in unmittelbarer Nähe des neuen Ferienhausareals.

Sie nahmen den Leihwagen, den Fílippos besorgt hatte, und fuhren hinauf, vorbei an einer Baustellentafel, die den bevorstehenden Baubeginn auf dem ehemaligen Grundstück Pantoúlis‘ ankündigte.

»Sogar in dieser Idylle gibt es Graffiti«, stellte Fílippos nüchtern fest und deutete auf das Schild, auf dem mit roter Sprühfarbe ›Keine weiteren Luxusvillen auf Amorgós‹ geschrieben stand.

»Bleib mal stehen. Das ist ja interessant«, rief Katharina, ihre Kamera zückend. »Es scheint hier Leute zu geben, denen das Projekt missfällt.« Sie fotografierte das Schild. »Irgendwie fällt mir bei all unseren Recherchen immer wieder dieses Grundstück auf. Pantoúlis hat es verkauft. Stéfanos wollte es haben, kriegte es aber nicht. Felten bekam es und wurde ermordet. Pantoúlis auch, allerdings bevor er es hätte verkaufen können. Ziemlich merkwürdig, das Ganze.« Sie erinnerte sich an ihre Überlegungen auf der Fahrt nach Syros: Größere Veränderungen im Lebensumfeld von Menschen wären als mögliches Mordmotiv in Erwägung zu ziehen. Zweifel stiegen in ihr hoch. »Ich hoffe nur, dass wir auf der richtigen

Fährte sind«, rief sie Fílippos zu. »Vielleicht steckt ja etwas ganz anderes dahinter?«

Aber Fílippos verstand ihre Bedenken nicht und schüttelte energisch den Kopf. »Wir ziehen das jetzt durch, wir haben keine anderen Anhaltspunkte«, entgegnete er und zeigte auf einen Kleinbus, der gerade die Baustelle anfuhr. Kurz darauf luden der Fahrer samt Helfer Partyzelte ab: vermutlich für die geplante Grundsteinlegung am morgigen Tag.

»Das scheint ja richtig mondän zu werden. Ich möchte nicht wissen, was die für eine Hütte hier bezahlt haben«, sagte Fílippos und zeigte auf die Bautafel, die eine Zeichnung des zu erstellenden Komplexes aufwies.

»Sieht nach einem Cateringunternehmen aus; die liefern bestimmt auch die Speisen und Getränke«, bemerkte Katharina und notierte sich den Namen. »Vielleicht sollten wir uns dafür interessieren. Das müssen doch Leute von der Insel sein. Aber nun bringen wir erst einmal Stéfanos Kourákis hinter uns.«

Den Acker mit den Rebstöcken konnten sie von hier aus gut einsehen und beobachten, wie ein Dutzend Arbeiter beschäftigt war, die alten Wasserleitungen zu entfernen. Der Önologe lief geschäftig hin und her und gab Anweisungen. Langsam gingen die beiden Polizeibeamten auf ihn zu, wenig beachtet von den meist albanischen Arbeitern. Auch der Weinbauer registrierte die beiden erst, als sie fast vor ihm standen.

»Was für eine Überraschung, die Polizei schon wieder. Und das so früh am Tag«, begrüßte Stéfanos die beiden bissig und ohne groß aufzusehen. »Was wollen Sie denn schon wieder von mir? Wie Sie sehen, bin ich ziemlich beschäftigt.«

»Das mag sein, aber das werden Sie jetzt einstellen müssen«, entgegnete Katharina. »Stéfanos Kourákis, wir verhaften Sie wegen des dringenden Tatverdachtes, Jannis Pantoúlis und Frank Felten ermordet zu haben.« Noch während sie sprach, holte sie den Haftbefehl aus ihrer Tasche und hielt ihn dem völlig überrumpelten Weinbauer vor die Nase. »Sie haben jetzt zwei Möglichkeiten«, erklärte die Kommissarin sachlich, »entweder Sie kommen unauffällig mit, oder ihre Arbeiterkolonne wird diese Szene nicht so schnell wieder vergessen.«

Stéfanos war einen Schritt zurückgewichen, er rang nach Worten: »Wie bitte?! Das ... Sie machen einen großen Fehler! Ich habe mit dem Mord an Frank Felten nichts zu tun. Und jetzt auch noch Jannis. Was reimt ihr euch da nur zusammen?« Verzweifelt schüttelte er den Kopf, las den Haftbefehl und seufzte: »Ich möchte sofort meinen Anwalt kontaktieren. Das wird sich alles aufklären.« Er winkte seinen Vorarbeiter heran: »Vassili, du musst das hier übernehmen. Ich habe etwas Dringendes zu erledigen.«

Widerstandslos folgte er den beiden Beamten zu deren Fahrzeug.

MARLENE WINTER
NÁOUSSA, PAROS

Marlene Winter hatte lange geschlafen, nachdem sie gestern eine der letzten gewesen war, die die lustige Runde im ›Aliportas‹ verlassen hatten. Sie war zufrieden, hatte alles gegeben und sich als Frau von Welt gekonnt in Szene gesetzt. Mit ihrer geplanten Tanztherapie war sie besonders bei den weiblichen Gästen auf Interesse gestoßen; geschäftstüchtig wie sie war, hatte sie die neuen Nachbarn mit einem kostenlosen Schnupperkurs geködert.

Sie hatte nun ein wesentlich klareres Bild von den zukünftigen Bewohnern des Amorgós-Komplexes – es war keiner dabei, der ihr absolut missfiel. Das war ein guter Anfang. Sie schaltete das Radio ein und freute sich auf das Wochenende in Aigiáli, zu dem die Dreamroom GmbH geladen hatte. Heute würde sie es ruhig angehen lassen, das Boot nach Amorgós ging erst am Abend.

Ihr Gastgeber hatte mit ihr zusammen die Party verlassen und stark angeschlagen gewirkt. Was hatte Thomas Krämer noch vor der Tür des ›Aliportas‹ gelallt? »Dann hoffe ich mal, dass wir alle wieder gesund und munter hierher zurückkommen ...«, oder etwas in der Art. Der Tod seines Vorgängers schien ihm mehr in den Knochen zu stecken als er selbst zugeben wollte.

Erst eine Runde im Pool schwimmen, danach ein ausgiebiges Frühstück in dem wunderbaren Garten und sich auf die Bootsfahrt vorbereiten: Ab sofort wollte Marlene sich nur noch amüsieren.

Gegen acht Uhr abends war die gesamte Truppe im ›Aliportas‹ verabredet; von dort sollte ein Bus sie nach Paríkia zum Fähranleger bringen. Thomas Krämer war schon da, um seine Kunden zu begrüßen; er schien nicht wirklich erholt zu sein von dem gestrigen Gelage. Vor ihm lagen elf Briefumschläge mit dem Programm für die nächsten beiden Tage, die er jetzt an jeden einzelnen aushändigte. Marlene musterte den Immobilienmakler von der Seite. Jetzt, wo er sich unbeobachtet fühlte, sah sie es wieder: diese Fahrigkeit und das ängstliche Flackern in seinen Augen, als würde er gejagt und müsste jeden Moment mit seiner Exekution rechnen. Irgendetwas stimmte mit dem Mann nicht. Sie nahm sich vor, den Geschäftsmann genauer im Auge zu behalten.

Die gute Laune des gestrigen Abends setzte sich fort, bis die Fähre den schützenden Hafen Paríkias verlassen hatte und ein mit Stärke fünf bis sechs aufbrausender Wind große Wellen verursachte, was einigen Gästen Probleme bereitete. Schlagartig wurde es ruhig in der gesprächigen Runde. Thomas Krämer, der bislang kaum etwas gesagt hatte, zog sich als erster ins Innere der Fähre zurück. Seine grünliche Gesichtsfarbe sprach Bände. Nach knapp einer Stunde in unruhiger See legte die Fähre in Naxos an, um weitere Passagiere an Bord zu nehmen, darunter auch den lange angekündigten Sohn des verstorbenen Grundstückbesitzers, Brian Pantoúlis, der von Athen aus mit der Olympic Air bis Naxos geflogen war. Thomas Krämer blieb nichts anderes übrig, als sich zur Begrüßung aus seinem Pullmann-Sessel an Deck zu bewegen, was ihn das große Überwindung kostete. Der Seegang machte allen zu schaffen, daher war der Empfang des Amerikaners zurückhaltend. Die Fähre setzte ihren Kurs Richtung Amorgós fort und stampfte gemächlich durch die schwankende Ägäis. Nur Seelchen, der Turbulenzen dieser Art nichts anhaben konnten, machte sich über den Schwächeanfall der Reisemitglieder lustig. »Alles Weicheier, diese jungen Leute«, keifte sie ihren Gatten an, als ob er für das Wohlbefinden der Gäste verantwortlich wäre. »Ein Glück, dass Marlene mir einen Platz bei der Party organisiert hat. Ich hoffe nur, dass die sich bis dahin alle wieder erholen. Übrigens werde ich morgen früh mit Marlene eine Tour zum Kloster machen«, ergänzte sie und holte sich noch einen Ouzo von der Bordbar.

Im Hafen von Aigiáli angekommen, wartete ein Minibus auf die müden Passagiere, um sie zu der reservierten Unterkunft ins ›Greek Blue‹ zu bringen. Der Vorschlag, noch auf einen Absacker in einer Hafenkneipe einzukehren, fand wenig Anklang, zu mitgenommen waren alle von der stürmischen Überfahrt. Man verabschiedete sich bis zum Champagnerempfang am Abend.

Gegen Morgen hatte sich der Wind gelegt. Der Blick vom Balkon des Hotels löste bei Marlene Winter trotz kurzen Schlafs einen Euphorieschub aus. Ein stahlblauer Himmel über der langgestreckten, in vielerlei Blautönen schimmernden Bucht von Aigiáli stimmte sie optimistisch. Sie konnte den Baubeginn kaum erwarten, zu dem mit der heutigen Grundsteinlegung der Startschuss gegeben werden sollte. Doch der Tag war noch jung, und nach dem Frühstück wollte sie, wie oft bei ihren Besuchen auf Amorgós, dem mystischen Kloster der Panagía Chozowiótissa zusammen mit Seelchen einen Besuch abstatten. Obwohl sie schon viele Male die heiligen Mauern des einzigartigen Baus besucht hatte, freute sie sich auch heute wie bei der ersten Besichtigung. Die weiße, wie in den Fels geklebte Abtei hatte eine faszinierende Wirkung, ein Monument aus einer vergangenen Zeit. So als würde sie das ›Jetzt‹ verlassen und in eine längst vergessene Epoche eintauchen, sobald sich die kleine Einstiegstür nach dem Ersteigen unzähliger Stufen hinter ihr schloss und die Hektik des modernen Lebens draußen blieb.

Die beiden Frauen nahmen ein Taxi bis Chóra und baten den Fahrer, sie in zwei Stunden wieder abzuholen. Wie ein riesiges Schwalbennest sah das Kloster in der schroffen Felsküste aus. Sie folgten ein paar Wanderern, die auf dem serpentinenartigen Eselsteig hinabstiegen. Die Mühe wurde belohnt mit einem atemberaubenden Blick auf die Südküste und die kleinen vorgelagerten Inseln. Nach dem Abstieg folgte die eigentliche Herausforderung: der Aufstieg zum Kloster. Dort oben herrschte eine angenehme Ruhe. Jegliche touristische Vermarktung wurde von den Mönchen abgelehnt. Betört von so viel Schönheit, Stille und Erhabenheit wischte Marlene alle trüben Gedanken beiseite.

Ihre alte Freundin Seelchen plapperte ohne Unterlass. So fiel Marlenes Blick nur für den Bruchteil einer Sekunde auf eine entgegenkommende Person. Doch genügte der kurze Augenblick, um sie vollkommen aus dem Gleichgewicht zu bringen. Fassungslos blieb sie stehen. Dann drehte sie sich, am ganzen Körper zitternd, um. Aber es war schon zu spät, die Person hatte sich bereits weit entfernt. Marlene taumelte, ihr wurde schlecht, sie musste sich auf die niedrige Mauer am Wegesrand setzen.

Seelchen, die ein paar Meter vorausgelaufen war, hatte von dem Vorfall nichts mitbekommen und wurde erst aufmerksam, als sie die zitternde Freundin auf der Wegbegrenzung sitzen sah. »War wohl auch für dich gestern nicht ganz so easy?«, sagte sie etwas spöttisch zu Marlene und reichte ihr eine Flasche Wasser.

»Blödsinn«, stotterte Marlene wütend, und erst da erkannte Seelchen den kritischen Zustand ihrer Begleiterin.

»Was ist denn los mit dir? So kenne ich dich gar nicht«, erwiderte die Rentnerin und streichelte Marlenes Arm.

»Der Mann da eben, der uns entgegengekommen ist, der hat mich an etwas erinnert«, stammelte Marlene. »Ich weiß aber nicht, woran. Nur dass … nur dass es mich furchtbar erschreckt hat …«. Marlene holte tief Luft.

»Nun beruhige dich, du bist doch sonst nicht so schnell aus der Bahn zu werfen«, erwiderte Seelchen verständnislos und drängte darauf, weiter zum Klosterportal zu laufen.

Marlene blieb noch einen Moment sitzen, bevor sie sich aufraffte und schwankend wie in Trance hinter der Freundin her stapfte. Irgendetwas hatte sich durch die nur einen Wimpernschlag währende Begegnung verändert. Die fremde Person hatte etwas ausgelöst, das sie nicht mehr zur Ruhe kommen ließ. Unkonzentriert bewegte sie sich durch das alte Klostergemäuer, ohne etwas aufzunehmen; angestrengt versuchte sie sich zu erinnern. Was war es nur? Was hatte sie gesehen? Leider war ihr Gehirn außerstande, die richtigen Schlüsse zu ziehen. Seelchen, die Marlenes Veränderung beobachtete, versuchte vergeblich, die Ärztin abzulenken, sodass sie nach einer Stunde den Taxifahrer anrief für die Rückfahrt nach Aigiáli.

»Ich muss mich etwas hinlegen, bevor es am späten Nachmittag los geht«, sagte Marlene mit müder Stimme, als sie das Hotel erreicht hatten, und verschwand ohne weitere Erklärungen auf ihr Zimmer. Dort zermarterte sie sich das Hirn über den Vorfall. Warum auch immer, Marlene Winter hatte Angst.

KATHARINA WALDMANN
AIGIÁLI, AMORGÓS

»Das könnten wir ja beinahe als Mini-Betriebsausflug verbuchen«, empfing die Kommissarin ihre beiden Mitarbeiter, als sie sich in der Pension trafen. Sie wirkte etwas entspannter, nachdem der Hauptverdächtige aus dem Verkehr gezogen war, und war fast geneigt, Konstantinos – gerade erst angekommen – sofort wieder zurück nach Paros zu schicken.

Stéfanos Kourákis war nach seiner Festnahme nach Katápola gebracht worden, da es in Aigiáli keine Zelle für seine Unterbringung gab. Man wollte ihn einem weiteren Verhör unterziehen, nachdem er gestern energisch seine Unschuld beteuert hatte. Er habe vielleicht einen Hinweis zu den Mordfällen, hatte er der Kommissarin mitteilen lassen, die ganz gespannt war, was das wohl sein mochte. Katharina hatte sich damit abgefunden, auf Amorgós zu bleiben, solange noch kein Geständnis vorlag, denn die Sicherheit der Besuchergruppe hatte Vorrang - für die konnte sie zum jetzigen Zeitpunkt noch nicht hundertprozentig garantieren. Das Verhör plante sie zusammen mit Fílippos durchzuführen; Konstantinos wurde angewiesen, sich im Ort umzuhören, um dem Graffiti-Sprüher auf die Spur zu kommen. »Irgendwie werde ich das Gefühl nicht los, dass noch etwas anderes dahinter steckt. Fragt mich nicht warum. Halt so eine Eingebung ...«, hatte Katharina gesagt.

Sie biss gerade mit Genuss in ein Sandwich, als ihr Handy klingelte. »Herr Krämer, ich hoffe, Sie sind alle wohlbehalten auf Amorgós angekommen trotz des Sturms letzte Nacht«, antwortete sie, nachdem sich der Makler gemeldet hatte.

»Es war ein Alptraum. Wäre ich nur schon wieder in Frankfurt, weg von dieser verdammten Insel«, hörte sie den Geschäftsmann klagen. »Und dazu noch die vielen Diskussionen mit den Eigentümern wegen des Todes von Felten. Das macht natürlich die ganze Gruppe nervös«, vibrierte seine Stimme. »Wie soll ich das meinen Kunden erklären?«

»Ganz ruhig, Herr Krämer«, besänftigte die Kommissarin ihn. »So wie es aussieht, haben wir einen Verdächtigen im Netz, Sie können also entspannt Ihre Party feiern.« Ihr war selbst nicht ganz wohl bei dieser Behauptung, doch ein besänftigter Thomas Krämer war ihr im Moment allemal lieber, damit sie in Ruhe ihre Ermittlungen zu Ende führen konnte.

»Ist das Ihr Ernst?«, fragte der Makler erleichtert. »Sie glauben gar nicht, wie gerne ich diese Botschaft höre. Ich habe die ganze Nacht nicht geschlafen. Ich war schon fast so weit, die ganze Grundsteinlegung abzublasen. Wenn es nach meiner Frau ginge, wäre ich sowieso längst zurück in Deutschland.«

»Herr Krämer, sorgen Sie in Ihrer Runde für Entspannung und feiern Sie Ihr Fest. Wir kümmern uns um den Rest«, versicherte sie ihm und legte auf.

»So, den hätten wir erst einmal vom Hals. Ich hoffe nur, dass wir auf das richtige Pferd gesetzt haben«, brachte sie erneut ihre Zweifel gegenüber ihren Kollegen zum Ausdruck, bevor sie mit Konstantinos dessen Aufgabe besprach: »Versuch die Adresse dieses Bauern heraus zu bekommen, mit dem der Felten Ärger hatte. Vielleicht steckt der ja hinter dem Graffiti.« Noch während sie redete, brachen die beiden Polizisten nach Katápola auf.

Stefano Kourákis wirkte auffällig gelassen, als Katharina und Fílippos bei ihm eintrafen. Er hatte sich ausführlich mit seinem Anwalt besprochen, der ihm offenbar zur Zusammenarbeit mit der Polizei geraten hatte. »Ich versuche, Ihre Vorgehensweise zu verstehen«, empfing er die Kommissarin. »Aber sagen Sie mir einen triftigen Grund, warum ich diese Morde begangen haben sollte?«

Er sah blass aus, was wohl an dem fehlenden Schlaf in der unwirtlichen Umgebung der kargen Zelle lag.

»Den Grund kennen wir leider noch nicht, aber den werden Sie uns hoffentlich bald nennen«, antwortete Katharina und setzte sich zu dem

Weinbauern an den Tisch. »Bisher haben wir nur Indizien, aber die sind leider sehr erdrückend.«

Der Önologe schüttelte energisch seinen Kopf. »Gut, dann will ich Ihnen etwas erzählen, was ich bisher verschwiegen habe.«

Fílippos zuckte und hob den Kopf. »Sie wollen ein Geständnis ablegen?«

»Nein! Um Gottes Willen, nein, das will ich nicht! Aber ich habe einen Hinweis für Sie, dem Sie unbedingt nachgehen sollten, bevor Schlimmeres passiert.«

Fílippos war aufgesprungen. Er hielt die Aussage von Stéfanos Kourákis für reine Hinhalte-Taktik, doch seine Chefin warf ihm einen strengen Blick zu und signalisierte ihm, sich zu setzen.

Stéfanos Kourákis ließ sich nicht lange bitten. »Sie sollten sich schleunigst Ilías Galánis vornehmen«, sagte er, »bevor es weitere Tote gibt.« Ausführlich schilderte er seinen Verdacht, den er schon lange mit sich herumtrage und nur zurückgehalten habe, um seinen langjährigen Bekannten nicht zu belasten. Anschließend gab er den beiden die Adresse des Bauern.

»Ist Ilías Galánis der Bauer, mit dem Frank Felten Ärger hatte?«, hakte Katharina nach.

»Ja, es hat wohl einen Zwischenfall gegeben, wie mir der Gastwirt vom ›O Ílios‹ erzählt hat. Ilías selbst hat sich nie dazu geäußert«, bestätigte der Weinbauer.

Die Kommissarin biss sich auf die Lippe. »Gut, vielen Dank für die Informationen, wir werden umgehend der Sache nachgehen. Bis wir etwas herausgefunden haben, bleiben Sie in Haft.« Sie griff nach ihrer Tasche, winkte Fílippos und verließ hektisch das Vernehmungsbüro.

»Das hätte er uns auch gleich sagen können, dann hätte er uns den Weg nach Katápola erspart«, sagte sie verärgert auf dem Weg zu ihrem Wagen. »Lass uns zurückfahren und uns diesen Bauern vorknöpfen. Ich habe ein ungutes Gefühl.«

Fílippos trat auf das Gaspedal, und die beiden Kriminalbeamten düsten in Richtung Aigiáli davon.

MARLENE WINTER
AIGIÁLI, AMORGÓS

Marlene warf die Tür hinter sich zu und griff nach der halbvollen Hennessy-Flasche. Cognac hatte ihr schon immer geholfen, wenn Panik sich in ihr breit machte. Sie nahm einen großen Schluck, spürte wohlige Wärme, und langsam beruhigte sich ihr Puls. Sie goss nach und legte sich mit dem Glas in der Hand auf ihr Bett. Sie wurde schläfrig. Kurze Zeit später dämmerte sie weg.

Körperlich schien sie sich zu entspannen, doch in der Tiefe ihres Unterbewusstseins suchte sie nach einer Antwort, was sie so in Panik hatte verfallen lassen. Dann war die Antwort plötzlich da. Mit absoluter Klarheit kamen die Bilder zurück, nach denen sie so lange gesucht hatte. Es war, als hätte sich ein Projektor eingeschaltet. Sie stöhnte im Schlaf, versuchte zu schreien, doch es kam nur ein Krächzen aus ihrer Kehle.

Zutiefst erschüttert wachte sie auf. Ihr ganzer Leib vibrierte vor Angst, kreidebleich saß sie auf ihrem Bett.

Nach einer fast schlaflosen Nacht war die innere Erregung ins Unermessliche gestiegen. Endlich war der große Tag gekommen. Heute würde es zu einem historischen Ereignis auf Amorgós kommen, über das die Welt noch lange reden würde. Die Symbolik dieses Aktes sollte die Menschen wachrütteln und sie zugleich in ihre Schranken weisen. Alle notwendigen Gerätschaften lagen wohlsortiert in einer kleinen edlen, mit rotem Samt ausgekleideten Holzkiste bereit für den späten Nachmittag.

KATHARINA WALDMANN
AIGIÁLI, AMORGÓS

Katharina hatte auf der Strecke von Katápola nach Aigiáli wenig gesprochen und ließ Fílippos gewähren, der mit riskanter Geschwindigkeit die kurvenreiche Strecke zurücklegte. Immer wieder musste er hart in die Bremsen steigen, wenn Ziegen ohne Vorwarnung die Straße überquerten. Stéfanos Kourákis ging ihr nicht mehr aus dem Kopf. Ob sie ihm trauen konnte, oder ob das nur ein Ablenkungsmanöver von ihm war? Dabei hätte es so schön gepasst mit seiner Verhaftung. Doch wenn der Önologe die Wahrheit sagte, gab es jetzt noch einen weiteren Verdächtigen – und langsam lief ihnen die Zeit davon. Bis zur Versammlung der Reisegruppe blieben nur noch ein paar Stunden, in denen sie sichergehen mussten, ob an der Aussage des Weinbauers etwas dran war oder nicht. Fílippos nahm gerade eine scharfe Linkskurve, die sie heftig zur Seite rutschen ließ, als ein Anruf sie aus ihren Gedanken riss. Zuerst hörte sie nur ein Schluchzen, dann schrie eine Frau schrill ins Telefon:

»Er ist hier! Er ist hier! Sie müssen etwas unternehmen!«

Ein hektischer, stoßweise gehender Atem unterstrich die Angst der unbekannten Anruferin. Katharina war so überrascht, dass sie einen Moment brauchte, um zu begreifen, wer am Telefon war.

»Was ist los mit Ihnen?«, fragte sie. »Wer ist bei Ihnen? Wo sind Sie denn überhaupt?« Sie versuchte die Frau zu beruhigen, aber sie befürchtete bereits jetzt das Schlimmste

»Er muss der Mörder sein«, stammelte die Frau ins Telefon. »Er stand unmittelbar neben Frank Felten ... in der Mordnacht ... Und dann war er plötzlich weg ... Ich wollte ihn noch ansprechen, aber da war er schon verschwunden.« Die Stimme überschlug sich beinahe. »Und jetzt ist er hier, hier auf Amorgós. Ich habe ihn gesehen. Aber nicht wirklich ... nur

…« Die Frau fing erneut an zu stottern, rang nach Worten und schnäuzte sich.

Katharina schaltete den Lautsprecher ein und wies Fílippos an, rechts an den Straßenrand zu fahren, damit sie sich besser auf das Telefonat konzentrieren konnte.

»Ganz ruhig. Was haben Sie genau gesehen?«, sie versuchte, Struktur in das Gespräch zu bringen. »Sagen Sie es mir, wenn es so wichtig ist, und beruhigen Sie sich.«

Katharina war hochkonzentriert; ihr Instinkt sagte ihr, dass die Anruferin eine wichtige Botschaft für sie hatte, und sie wiederholte mit ruhiger Stimme: »Noch einmal, sagen Sie mir, was Sie gesehen haben.«

Sie wartete ab und hörte, wie die Ärztin mehrfach tief Luft holte und mit fester Stimme sagte: »Das schwarze Armband! Ich habe das schwarze Armband erkannt.«

Die Anruferin keuchte. Der letzte Satz schien sie viel Kraft gekostet zu haben. Es folgte eine längere Pause, bevor sie sich fing und der Kommissarin von der kurzen aufwühlenden Begegnung vor dem Kloster berichtete.

Ohne Marlene Winter zu unterbrechen, hörten sich die beiden Kriminalbeamten deren Schilderung an. Beiden war klar, dass die Aussage ernst zu nehmen war. Sie hatten Marlene Winter mehrfach verhört seit der Mordnacht in Náoussa und sich ein Bild von der Frau machen können. Es bestand kein Zweifel an ihrer Glaubwürdigkeit. Katharina schaute in Fílippos sorgenvolles Gesicht, nickte ihm kurz zu und sagte zu Frau Winter: »Bleiben Sie, wo Sie sind, wir sind in wenigen Minuten bei Ihnen.«

Sekunden später brauste Fílippos zum ›Greek Blue‹. »Wir brauchen dringend ein Foto von diesem Ilías Galánis, vielleicht erkennt sie ihn ja wieder«, sagte er, während er die abschüssige Küstenstraße zum Ortseingang von Aigiáli hinunterjagte. »Wenn der zur Tatzeit, wie Kourákis es vermutet, im alten Hafen statt bei seiner Familie war, muss sie ihn gesehen haben.« Er drosselte die Geschwindigkeit und nahm eine scharfe Rechtskurve zur Appartementanlage.

Katharina starrte mit ernster Miene vor sich hin: »Jetzt kommt richtig Drive in die Sache, die Winter war vollkommen durch den Wind. Wir sollten Konstantinos anrufen. Er soll bei seinen Recherchen nach einem Armbandträger suchen und fragen, ob der Bauer ein schwarzes Armband trägt. Und gib Konstantinos die Adresse durch.«

Sie hatten das ›Greek Blue‹ erreicht, in dessen Toreinfahrt der Wagen des Cateringunternehmers parkte, der mit einer Truppe von Leuten im Innenhof Zelte für den Champagnerempfang aufstellte. Das Appartement von Marlene Winter lag im zweiten Stock, die Frau stand auf der Terrasse und winkte ihnen zu. Sie schien sich beruhigt zu haben, doch in ihrem Gesicht war zu erkennen, was sie in der letzten Stunde durchgemacht hatte.

Langsam erzählte Marlene, was sie in der Mordnacht, kurz bevor Frank Felten gestorben war, im alten Hafen und in der Frühe am Kloster gesehen hatte.

MARLENE WINTER
AIGIÁLI, AMORGÓS

Nachdem die beiden Kommissare sie verlassen hatten, fühlte sich Marlene Winter endlich etwas besser. Sie hatte sich alles von der Seele geredet und war froh, von der Polizei ernstgenommen zu werden. Es erleichterte sie, dass die Polizei ihr mehrfach versichert hatte, der Abendveranstaltung beizuwohnen und die Gäste genau im Auge zu behalten. Die Kommissarin hatte sie gebeten, ihre Befürchtungen vorerst für sich zu behalten, um keine Unruhe bei den Gästen auszulösen.

Marlene Winter hatte eine leichte Beruhigungstablette eingenommen. Trotz aller Dramatik wollte sie den Abend genießen, und dafür brauchte sie dringend ein wenig Schlaf. Bis halb fünf hatte sie Zeit, bevor Seelchen bei ihr eintreffen würde, die schon seit Tagen dieses Ereignis kaum erwarten konnte.

Pünktlich auf die Minute klopfte die alte Freundin an ihre Zimmertür. Sie trug einen geblümten Hosenanzug und hatte ihre Haare mit einem Stirnband fixiert. Marlene war sprachlos, so hatte sie ihre Bekannte noch nie gesehen.

»Wow! Gut siehst du aus«, begrüßte sie die umtriebige Rentnerin und goss zwei Gläser Hennessy ein. »Wie ein Vamp aus den wilden Siebzigern. Super! Hast du dich extra neu eingekleidet für heute Abend? Da kann ich ja kaum mithalten.« Sie lächelte und reichte Seelchen den Cognacschwenker.

»Na ja, bei der auserlesenen Gesellschaft kann ich ja nicht in Sack und Asche erscheinen. Außerdem wollte ich dir zeigen, dass ich auch anders kann.« Kokett schritt sie auf die große Terrasse und setzte sich auf einen der weißen Balkonstühle. »Wie geht es dir? Bist du wieder zur Ruhe gekommen?«, fragte sie und zündete sich eine Zigarette an. »Komm, setz dich zu mir, wir haben noch etwas Zeit. Sag mir, ob du dich erinnert hast. Erzähl mir, was dich so schockiert hat.«

Marlene wusste, sie würde es nicht schaffen, sich an Kommissarin Waldmanns Schweigegebot zu halten. Sie setzte sich zu Seelchen auf die Terrasse, atmete tief durch und erzählte von ihrem Erlebnis. »Die Kommissarin sucht bereits fieberhaft nach einer Person, die so ein schwarzes Armband trägt, und hat mir versichert, alle Gäste nicht aus den Augen zu lassen .«

Seelchen hatte gespannt zugehört, ohne Marlene zu unterbrechen, doch als diese das schwarze Armband erwähnte, schaute sie auf. Ihre hellen blauen Augen sprühten vor Energie. »Sagtest du ein schwarzes Armband? Ein breites schwarzes Armband mit eingestanzten Motiven?«, fragte sie hastig.

»Ja, circa fünf Zentimeter breit und wunderschön verarbeitet.« Marlene blickte Seelchen mit offenem Mund an, dann fragte sie erschrocken mit leiser Stimme, als ob sie Angst vor der Antwort hätte: »Kennst du etwa jemanden, der so ein Schmuckstück trägt?«

Seelchen ergriff Marlenes Hände. »Ich glaube, ja«, antwortete sie. »Ich erinnere mich an eine Begegnung, bei der ich dieses Armband gesehen habe. Es war hier auf Amorgós.«

Marlene Winter wurde hektisch, sie griff sich an den Hals, als würde ihr die Luft zum Atmen genommen. »Wo? Sag mir, wo? Wir müssen die Kommissarin darüber informieren, auch wenn ich ihr versprechen musste, mit niemanden darüber zu reden.«

Hastig sprang sie auf, um ihr Handy zu holen und wählte unverzüglich die Nummer von Katharina Waldmann.

THOMAS KRÄMER
AIGIÁLI, AMORGÓS

Thomas Krämer lief schon eine Weile aufgekratzt durch den Innenhof des ›Greek Blue‹ und rief dem Cateringpersonal Anweisungen zu. Heute war sein Abend, alles sollte perfekt aussehen; schließlich ließ sich die Dreamroom GmbH das Event eine ganze Stange Geld kosten.

Er fühlte sich wie neugeboren nach der Entwarnung der Kommissarin und stolzierte wie ein Gockel die vielen Partystände ab. Voller Euphorie hatte er schon reichlich den gut gekühlten Champagner verkostet, nun wartete er nervös auf seine betuchte Kundschaft und die beiden Gastredner, Brian Pantoúlis und den Bürgermeister von Aigiáli. Mit beiden Herren hatte er heute früh telefoniert, um ihnen noch einmal die große Bedeutung ihrer Anwesenheit für das Projekt und für Amorgós deutlich zu machen. Der dritte wichtige Gast neben den Eigentümern war der Pfarrer aus dem kleinen Nachbarort Potamós, der die Segnung des Grundstücks und der Zeitkapsel vornehmen sollte. Ihn für dieses Event zu gewinnen war nur nach langen Verhandlungen sowie einer großzügigen Spende gelungen, die dem Erhalt der großen Dorfkirche zugutekommen sollte.

Für diese Zeremonie würden sie die kurze Strecke zum Grundstück zu Fuß zurücklegen und danach zum Abendessen in die nahegelegene Taverne spazieren. Gott sei Dank hatte sein Vorgänger alles in die Wege geleitet, ansonsten hätte Thomas Krämer heute verdammt viel zu tun gehabt. Er atmete tief durch – da betrat Katharina mit ihrem Kollegen den Hof. Sie seien nur hier, weil sie noch nie an einer Grundsteinlegung teilgenommen hätten, begründete die Kommissarin ihren unangekündigten Besuch, und Thomas Krämer, immer noch dankbar für die Festnahme von Stéfanos Kourákis, lud sie spontan zum anschließenden Essen ein. Die unruhigen Blicke der beiden Kriminalbeamten bemerkte er nicht, zu sehr war er mit dem Beginn seines Festes beschäftigt.

KATHARINA WALDMANN
AIGIÁLI, AMORGÓS

Die Kommissarin war gerade auf dem Weg zu Marlene Winters Apartment, um ihr das Foto von Ilías Galánis vorzulegen, als diese ihr mit einem Anruf zuvorkam. Wieder war die Stimme erregt, wieder schien sie Angst zu haben. Erst berichtete die Ärztin von der Unterhaltung mit ihrer Freundin Seelchen, dann reichte sie das Telefon an diese weiter.

»Frau Kommissarin, ich glaube zu wissen, wo ich dieses Armband schon einmal gesehen habe. Das passt auch zu Marlenes gestrigem Erlebnis.«

Katharina hörte, wie ihre Gesprächspartnerin einen kräftigen Zug an einer Zigarette nahm.

»Es war im Klostergarten. Im letzten Herbst.«

Katharina wurde leicht schwindelig, ihre Gedanken rasten.

»Welches Kloster?«

»Na, das Kloster Chozowiótissa.«

Es war kurz vor fünf, die Party sollte gleich beginnen. Gut, dass sie Konstantinos nicht zurück nach Paros geschickt hatte.

Katharina bedankte sich und kündigte das Foto des Bauern an, in der Hoffnung, dass Marlene ihn als den Armbandträger identifizieren könnte. Doch Konstantinos‘ Nachricht von vor fünf Minuten machte ihr wenig Mut: Ilías Galánis hatte am Todestag von Jannis Pantoúlis mit gebrochenem Fuß im Krankenhaus gelegen, eine Aussage, die später von dem zuständigen Klinikarzt in Katápola bestätigt worden war. Das bedeutete, dass er mit dem Tod des ehemaligen Grundstückbesitzers nichts zu tun haben konnte, und die Frage, ob er ein schwarzes Armband besäße, konnte von keinem der Befragten eindeutig bejaht werden. Blieb nur noch der angebliche Abstecher in den alten Hafen von Náoussa in der Mordnacht, den es zu klären galt.

Ihr junger Kollege war völlig aufgelöst, nachdem er den grimmigen Gemüsebauern besucht hatte. Die Kommissarin brauchte einiges an Geschick, um ihn wieder zu beruhigen. Total aggressiv habe dieser reagiert, berichtete Konstantinos. Als er ihn schließlich noch mit dem Verdacht von Stéfanos Kourákis konfrontierte habe, sei er ausgerastet. Nur mit einem beherzten Sprung zur Seite habe er sich einer Attacke mit einer Harke entziehen können und sogar seine Dienstwaffe ziehen müssen, um den jähzornigen Landwirt zur Räson zu bringen. Kurzerhand habe er dem Bauern Handschellen angelegt, schnell ein Foto gemacht und dieses in die Zelle nach Katápola bringen lassen. Katharina war froh, dass Konstantinos nichts passiert war.

»Diesen Mann habe ich noch nie gesehen. Allein die Statur, der ist viel zu klein«, schüttelte die Ärztin wenig später energisch den Kopf, als ihr Fílippos das Bild von Ilías Galánis auf seinem Smartphone zeigte. »Das Gesicht habe ich gar nicht richtig gesehen, aber ich kann mit Sicherheit sagen, dass der Armbandträger wesentlich größer und schlanker gewesen ist.«

Katharina schaute resigniert zur Seite; sie hatte mit einer ähnlichen Antwort gerechnet, nachdem der Bauer für den Tod des Grundstückbesitzers ausgeschlossen werden konnte. Selbst wenn er für den Mord an Frank Felten durchaus noch in Betracht kam, so hielt die Kommissarin die These, dass es sich um zwei verschiedene Mörder handeln könnte, für unwahrscheinlich. Enttäuscht schüttelte sie den Kopf, besann sich aber schnell. Jetzt bloß nicht die Nerven verlieren und keine Unsicherheit zeigen.

Sie bedankte sich bei Marlene und Seelchen und zog mit Fílippos ab.

Der Innenhof des ›Greek Blue‹ war bereits gut gefüllt, als die Ärztin und ihre Freundin sich zu den übrigen Gästen gesellten. Die Sonne stand tief, alle Kunden genossen verzaubert den wunderschönen Ausblick auf die in Blautönen schimmernde Bucht. Die gesamte Reisegruppe nebst ihrem Leiter Thomas Krämer schien sich von den Strapazen der nächtlichen Fährfahrt erholt zu haben. Lautes Gelächter drang Katharina ins Ohr, eine Fröhlichkeit, die sie absolut nicht teilen konnte.

Als Thomas Krämer mit lauter Stimme Brian Pantoúlis als Redner ankündigte, verschwanden Katharina und Fílippos in Richtung ihres Leihwagens. Sie brauchten einen Ort, an dem sie sich ungestört unterhalten konnten, um ihre weitere Strategie zu besprechen.

THOMAS KRÄMER
AIGIÁLI, AMORGÓS

»Begrüßen Sie mit mir den Erben dieses wunderbaren Areals«, stellte Thomas Krämer den jungen Amerikaner der Zuhörerschaft vor. »Wenn er sich nicht gegen sein elterliches Erbe entschieden und damit uns, der Dreamroom GmbH, die Möglichkeit für dieses einzigartige Projekt gegeben hätte ...«

Applaus brandete auf; der freudestrahlende Immobilienmakler reichte dem Geschäftsmann den mit ihm abgesprochenen Text und ließ ihn ans Rednerpult treten. Er bedauere zutiefst, nicht in die Fußstapfen seines Vaters treten zu können, heuchelte Brian Pantoúlis gekonnt dem aufmerksam lauschenden Publikum vor, aber er sei sich absolut sicher, dass die Dreamroom GmbH das Richtige aus diesem Stück Land machen werde und es nur ein Gewinn für ganz Amorgós sein könne. Er wünschte den neuen Bewohnern alles Gute und trat wieder ab.

Thomas Krämer blickte überglücklich zu dem Gast aus Amerika, der nach Beenden seiner Rede heftigen Beifall erntete. Es lief wie am Schnürchen, was nicht unbedingt zu erwarten gewesen war nach dem unglücklichen Start auf dem schlingernden Schiff. Erleichtert griff er nach seinem Champagnerglas und forderte die drei Kellner auf, seinen Gästen reichlich nachzuschenken. Anschließend bat er die Runde, gemeinsam auf das benachbarte Baugrundstück zu gehen, um die eigentliche Grundsteinlegung vorzunehmen. Ein Johlen ging durch die Runde, man feierte sich und das ganze Ereignis; die meisten der betuchten Gäste waren bestens vertraut mit dem Konsumieren von Champagner.

Nur Marlene Winter hielt sich dezent zurück, was mittlerweile ein paar anderen Gästen aufgefallen war, hatten sie die sonst so kommunikative Ärztin doch ganz anders kennengelernt.

Gleich neben der mit reichlich Graffiti besprühten Baustellentafel stand auch hier ein kleines Partyzelt, unter dem ein Tisch mit einer weißen Tischdecke aufgebaut war. Auf einem Kissen war ein großes Blechgefäß von etwa dreißig Zentimeter Durchmesser zu erkennen, das Krämer als Zeitkapsel für dieses Grundstück präsentierte.

Zwar war das gesamte Areal vor einigen Wochen mit einem mächtigen Bauzaun umrandet worden, doch das hatte eine kleine Schar von Anwohnern nicht davon abgehalten, dem ungewöhnlichen Schauspiel beizuwohnen. Sie standen abseits der Champagnertruppe und artikulierten ihren Unmut mit Trillerpfeifen. Schweißnass registrierte der Bürgermeister das Verhalten seiner Bewohner und gab sich während seiner kurzen Rede reichlich Mühe, deren Ängste vor dem Projekt zu lindern. Dazu wechselte er ins Griechische, um die aufgebrachten Bürger überhaupt zu erreichen. Es war eine emotionale Rede, doch nur wenige der Käufer waren in der Lage, seinen Worten zu folgen; was vielleicht besser war, denn die lauten griechischen Zwischenrufe der Zaungäste hätten dem einen oder anderen wahrscheinlich die gute Partylaune verdorben.

Katharina war der Gruppe gefolgt und schoss aus sicherer Entfernung ein paar Fotos von den erregten Anwohnern, um sich später ein genaueres Bild von ihnen zu machen. Frieden kehrte erst wieder ein, als der eigens aus Potamós angereiste Priester die feierliche Grundsteinlegung zelebrierte und um Ruhe bat.

Der bärtige ältere Mann wirkte irritiert von dem Aufbegehren seiner Schäflein, aber in diesem Moment war ihm die großzügige Spende für seine Dorfkirche näher als der Protest vereinzelter Bürger. Gekleidet in schwarzem Talar und goldbestickter Stola schwenkte er in der Hand ein silbernes Weihrauchgefäß. Als er zur Segnung der Zeitkapsel ansetzte, verfiel er in lauten Singsang und murmelte einen Psalm. Die meisten Zuhörer waren froh, als er endete. Nach einem weiteren frenetischen Applaus eilten alle Gäste zurück auf sicheres Terrain, denn auf Störattacken von verärgerten Anwohnern hatte man heute wirklich keine Lust. Alle waren sich einig, dass sich die Lage wieder beruhigen würde. Erleichtert über die Abwicklung der formellen Prozedur und voller Erwartung auf den gemütlichen Teil des Abends, spazierte die gesamte Schar, eingetaucht in das goldgelbe Licht der Ägäis, in Richtung Taverne davon. Wer oder was sollte ihnen an einem so gelungenen Abend noch die Laune verderben?

KATHARINA WALDMANN
AIGIÁLI, AMORGÓS

Katharina ließ sich in den Sitz des Leihwagens fallen und knallte mit Schwung die Fahrzeugtür zu. »Ich kriege langsam Bauchschmerzen«, brummte sie und kramte nach ihrem Telefon. »Wenn wir jetzt auch noch diesen Ilías Galánis ausschließen müssen, haben wir es mit einem dritten Verdächtigen zu tun, den wir nicht einmal kennen. Noch dazu jemanden, der frei auf Amorgós herumläuft!« Sie wandte sich Fílippos zu. »Was schlägst du vor? Was machen wir jetzt?«

»Konstantinos soll sofort zu diesem Kloster fahren und sich nach einem Armbandträger umhören. Wenn die Schweizerin recht hat, muss die Person im Kloster aufgefallen sein, vielleicht sogar mit dem Kloster zu tun haben«, überlegte er.

Katharina nickte zustimmend. »Ja, und wir beide bleiben auf jeden Fall hier und behalten die Truppe im Auge. Das wird schwierig genug sein; die geben ja richtig Gas.« Sie strich sich mit der Zunge über die Lippen. »Wenigstens gibt es gleich etwas Anständiges zu Essen. Ich habe einen Mordshunger, und da man uns ja offiziell eingeladen hat ...«

Sie wählte Konstantinos Nummer und gab ihm Anweisungen durch. »Melde dich sofort, wenn du etwas Neues für uns hast, egal wann«, trug sie ihm auf. Anschließend gingen sie die kurze Strecke zum ›O Ílios‹, wo sich die illustre Gruppe lautstark niedergelassen hatte. Der Wirt der beliebten Taverne hatte einen großen Tisch im Innenraum des Lokals vorbereitet, denn draußen unter den Oleanderbäumen hätte die große Gesellschaft kaum an einem Tisch Platz gehabt. Mehrere Karaffen Wein und kleine Krüge mit Ouzo standen auf der mit den typischen Papiertischdecken hergerichteten Tafel.

Thomas Krämer griff zu einer der Glaskaraffen und kreiste um den Tisch, um seinen Gästen großzügig Wein einzuschenken. Er war kaum wiederzuerkennen nach seinem verkrampften Auftritt gestern im ›Aliportas‹ und dem Elend an Bord der Nachtfähre.

Auch Marlene Winter schien sich gefangen zu haben, sie prostete der Menge zu, als hätte die gute Laune des Immobilienmaklers sie angesteckt. Überschwänglich wurden die beiden Beamten von Thomas Krämer begrüßt und schnell noch ein weiterer Tisch an die Tafel gestellt.

Deren Begeisterung hielt sich jedoch in Grenzen, hatten sie doch an diesem Abend eine verdammt heikle Aufgabe zu meistern. Neugierige Anfragen zu den laufenden Ermittlungen wurden mit der Aussage, dass zwei Verdächtige in Haft säßen, kurz und knapp beantwortet, um bloß keine unnötigen Spekulationen auszulösen. Sie verteilten sich strategisch so, dass sie ständig Blickkontakt halten und die übrigen Gäste in der Taverne beobachten konnten. Unauffällig scannten ihre wachsamen Augen den gesamten Raum, während sie so taten, als würden sie den redseligen Gästen an der Tafel zuhören.

KONSTANTINOS KARAFOUDIS
AMORGÓS, KLOSTER CHOZOWIÓTISSA

Gleich nachdem Konstantinos die Anweisungen seiner Chefin erhalten hatte, war er zu dem abgelegenen Kloster aufgebrochen. Es dämmerte bereits; vorsichtshalber hatte er eine Taschenlampe mitgenommen für den einsamen Weg hinauf zum Kloster. Bis auf das Zirpen der Grillen war weit und breit nichts zu hören, auch aus der verschlossenen Abtei drang kein Laut. Die innere Anspannung hielt seinen Adrenalinspiegel hoch. Die letzten Stunden auf Amorgós waren für ihn eine neue Erfahrung gewesen, ganz anders als das, was er normalerweise auf Paros erlebte. Die Festnahme des widerspenstigen Bauern hatte ihn schon an seine Grenze gebracht – was würde als nächstes folgen? Er rang nach Luft. Oben angekommen, klopfte er heftig gegen das hölzerne Portal, wartete und lauschte, aber es tat sich nichts. Er klopfte erneut, noch energischer - endlich hörte er aus der Ferne schlurfende Schritte sich nähern. Licht ging an, dann öffnete sich knarrend die alte Tür einen Spalt breit. Vorsichtig lugte ein greiser Mönch heraus, sein finsterer Blick signalisierte dem Polizeibeamten, dass er wenig willkommen war.

»Wer stört zu so später Stunde? Wir sind gerade beim Gebet,« sagte er vorwurfsvoll zu Konstantinos, während er behäbig die alte Pforte öffnete. Seine alten Hände zitterten. Wie er da stand in seiner schwarzen Kutte und dem langen schlohweißen Bart, löste er bei dem Polizisten fast Mitleid aus.

Konstantinos zückte seinen Dienstausweis und entschuldigte sich für den unangekündigten Besuch, ließ aber keinen Zweifel daran, dass er sofort ein paar Auskünfte brauchte. Ein stummes Nicken bat den Polizisten in einen kleinen Vorraum, von wo aus eine Treppe in das Innere des Klosters führte. Unter großer Anstrengung stieg der Greis die hölzerne Stiege hinauf, der Beamte folgte ihm. Er sei auf der Suche nach einer Person, die häufig ein schwarzes Armband trage, kam Konstantinos, der nicht respektlos erscheinen wollte, auf den Punkt.

»Diese Person wurde von verschiedenen Zeugen hier am Kloster gesehen«, fügte er hinzu, als der alte Mann stehengeblieben war und sich zu ihm umgedreht hatte. Eindringlich schaute er dem Mönch in das zerfurchte Gesicht. Es entging ihm nicht, dass der Ordensbruder bei der Erwähnung des schwarzen Armbandes argwöhnisch die Brauen hob.

»Warum fragen Sie nach dieser Person?«, fragte der Mönch knapp und mit spürbarer Unsicherheit.

»Das tut nichts zur Sache. Bitte beantworten Sie meine Frage, und zwar schnell, ich habe wenig Zeit.«

Der alte Mann stöhnte auf, er schien Schmerzen zu haben, müde suchte er nach einem Stuhl und setzte sich. »Ja, ich kenne einen Mann, der häufig ein Armband trägt«, sagte er schließlich mit fester Stimme. »Sehr kostbare Armbänder, die er selbst in aufwändiger Handarbeit herstellt. Einige unserer Ordensbrüder haben sich ein Armband von dieser Person anfertigen lassen.«

Konstantinos Blutdruck schnellte hoch. War er auf der richtigen Spur? Wenn der Geistliche recht hatte, schien es sogar mehrere Armbandträger zu geben. Er erschrak bei dem Gedanken.

»Und wo finde ich diese Brüder? Sind sie hier in diesem Kloster?«, der junge Polizist war plötzlich furchtbar aufgeregt.

Der alte Mönch hatte die aufkommende Unruhe des Polizisten bemerkt; seine Augen blitzen den späten Störenfried böse an. Er wollte zurück in seine stille Gebetsrunde und nicht von einem jungen aufgebrachten Polizeibeamten um diese späte Stunde noch länger bedrängt werden.

»Nein«, war seine schroffe Antwort, und er zitterte. »Nein, das ist schon ein paar Jahre her, und von diesen Mönchen ist leider keiner mehr hier.«

»Was heißt keiner mehr hier? Geht es etwas genauer?«, Konstantinos Stimme wurde laut.

Der Tonfall des Polizisten ängstigte den greisen Ordensbruder, und seine Augen flackerten misstrauisch, als er antwortete: »Zwei der Brüder sind verstorben, ein jüngerer Ordensbruder ist aufs Festland versetzt worden, ich sagte doch, es ist einige Jahre her.«

Konstantinos schaute einen Moment ratlos, er war doch fast am Ziel gewesen – und jetzt das. »Verstehe ich richtig, es gibt also gar keinen Armbandträger mehr hier im Kloster?«, schlussfolgerte der Beamte.

Der alte Mann schüttelte heftig seinen Kopf. »Doch, doch, den gibt es. Er ist einer unserer Mitarbeiter, der sich um die Außenanlagen der Abtei kümmert, so eine Art Hausmeister. Der ist aber kein Ordensbruder.«

Der Polizist atmete auf – also doch noch eine Information.

»Wo finde ich diesen Mann? Wo hält er sich auf?«, drängte er auf eine Antwort. Die Zeit saß ihm im Nacken, und er tat sich schwer mit der Behäbigkeit des greisen Mönches.

»Er wohnt in Potamós, verbringt aber die meiste Zeit in seiner kleinen Werkstatt ungefähr vier Kilometer von hier. Dort stellt er auch die Armbänder her.«

Konstantinos Augen strahlten. Endlich hatte er einen verwertbaren Hinweis, aber er brauchte mehr. Ohne lange zu fackeln holte er einen Stift und einen Zettel aus seiner Jacke. »Der Mann hat doch bestimmt einen Namen, und wo wohnt dieser Mitarbeiter genau?« Er musste sich zur Ruhe zwingen, um den verdatterten Greis nicht noch stärker unter Druck zu setzen.

»Der Mann heißt Fotis Kordalis und er wohnt neben der großen Dorfkirche«, antwortete der alte Mann grimmig und hoffte, dass er nun endlich entlassen würde.

Doch der Beamte setzte noch einmal nach: »Ich brauche noch die Lage von der Werkstatt, wo finde ich die hier auf Amorgós?« Er reichte dem alten Mann Zettel und Stift.

Mit größter Konzentration skizzierte dieser dem Beamten den Weg. Ein Kraftakt für den Mönch, mit seinen zitternden Händen eine Zeichnung zu erstellen. »Dort können Sie aber nicht mit dem Auto vorfahren, das letzte Stück müssen Sie zu Fuß laufen. Es ist nur ein kleiner Pfad,« gab er Konstantinos auf den Weg.

KATHARINA WALDMANN
AIGIÁLI, AMORGÓS

»Das Lamm schmeckt vorzüglich«, rief Katharina dem Besitzer der Taverne zu und lud sich eine weitere Portion von den dampfenden Kartoffeln auf ihren Teller. Wenigstens gutes Essen hat dieser Abend zu bieten – dachte sie, während sie genüsslich das Lammfrikassee hineinschaufelte. Sogar ein halbes Glas Wein gönnte sie sich und prostete gerade Fílippos zu, als Konstantinos sie mit einem Telefonanruf in die Realität zurückholte. Sie ließ ihr Besteck fallen und eilte mit dem Handy nach draußen, voller Erwartung, was der Kollege ihr mitzuteilen hatte.

»Gut gemacht, Konstantinos«, lobte sie, während sie ihre große Brille zurechtrückte. »Schicke Fílippos den Namen dieses Mannes aus Potamós. Das ist hier gleich um die Ecke. Er kann dort vorbeifahren und sich umsehen. Schau du dich in der Werkstatt um und halte uns weiter auf dem Laufenden.«

Sie winkte Fílippos von der Eingangstür der Taverne zu. »Unser Kollege macht sich gut. Wir sind ein ganzes Stück weiter, er schickt dir gleich ein paar Daten auf dein Handy«, flüsterte sie ihm zu und erzählte ihm eilig von Konstaninos Ergebnissen. »Bitte fahre du nach Potamós und schau nach, ob sich unsere verdächtige Person dort aufhält. Ich bleibe hier. Und noch etwas: bitte keine Alleingänge. Falls du die Person antriffst, rufe mich erst an, damit wir die nächsten Schritte besprechen können.«

Ihre Anweisungen waren präzise formuliert, Fílippos wusste, was er zu tun hatte und brach auf in das kleine Nachbardorf. Die Kommissarin ging zurück in den Gastraum und setzte sich wieder an den Tisch, unbeachtet von der laut schnatternden Gesellschaft, die sich voll und ganz auf die opulente griechische Speisenfolge konzentrierte. Bis auf Seelchen. Die aufmerksame Rentnerin hatte Katharinas kurzen Ausflug nach draußen genau verfolgt, auch das Verschwinden von Fílippos war ihr nicht verborgen geblieben. Katharina begegnete ihrem fragenden Blick und ignorierte ihn.

In dem gut gefüllten Gastraum wurde es immer lauter. In einer Ecke des Lokals hatten sich zwei Bouzouki-Spieler eingefunden, die mit kräftigen Stimmen den Geräuschpegel in der Taverne zu übertrumpfen versuchten. Thomas Krämer, der spontan Gefallen an griechischer Folklore gefunden hatte, versorgte die beiden Spieler üppig mit Hochprozentigem, was die Freizeitmusiker zu noch mehr Engagement anfeuerte. Der Makler lief wie im Rausch laut klatschend umher, immer wieder forderte er Nachschub an Wein für seine Kunden, und Vangelis, der Wirt der Taverne, hatte alle Hände voll zu tun. Der Kommissarin war unterdessen aufgefallen, dass Vangelis mehrfach eine seiner Aushilfen unwirsch angegangen war - die Servicekraft schien nicht richtig bei der Sache zu sein.

KONSTANTINOS KARAFOUDIS
AMORGÓS, KLOSTER CHOZOWIÓTISSA

So schnell er konnte, rannte Konstantinos die unzähligen Stufen zum Parkplatz zurück, in der Hand die Taschenlampe, die ihm wenigstens einen kleinen Lichtschimmer in der stockdunklen Nacht bot. Auch auf der Straße war es finster, nur in sehr großen Abständen standen Straßenlaternen auf der kurvenreichen Strecke; er musste sich konzentrieren, den kleinen Pfad nicht zu verpassen, der zur Werkstatt des Verdächtigen führte. Seinen Wagen stellte er in einer Einbuchtung am Straßenrand ab und lief den enger werdenden Weg zu Fuß weiter. Seine Augen brauchten eine Weile, bis sie sich der Dunkelheit angepasst hatten, erst nach ungefähr dreihundert Metern erkannte er, zunächst schwach, dann deutlicher die Umrisse eines alten Schuppens. Das musste die Werkstatt sein.

Langsamer näherte er sich dem dunklen Steinhaus, akribisch darauf bedacht, keine Geräusche zu verursachen. Schleichend legte er die letzten Schritte zurück. Seine Hand griff unwillkürlich zur Dienstwaffe, auf alles gefasst, was ihn in dieser Einöde erwartete.

Vorsichtig hielt er inne und lauschte. Bei aller Anstrengung konnte er kein Lebenszeichen entdecken, weder drang Licht aus einem der kleinen vergitterten Fenster noch hörte er Laute, die auf die Anwesenheit eines Menschen hätten deuten können. So schlich er weiter, bis er an der mit einer verrosteten Kette verschlossenen Tür stand. Was sollte er jetzt tun? Er brauchte Gewissheit, ob hier tatsächlich die Armbänder gefertigt wurden und sie es mit dem richtigen Mann zu tun hatten. Verärgert schaute er sich den verschlossenen Eingang an, der ohne Hilfsmittel kaum zu öffnen war. Sollte sein Einsatz hier zu Ende sein?, überlegte er verzweifelt. Ihm fiel der Leihwagen ein, doch schnell verwarf er den Gedanken wieder. Heutzutage fand man mit etwas Glück noch einen Wagenheber vor, aber auf weiteres Werkzeug wurde schon lange verzichtet.

Kurz entschlossen zog er die Dienstpistole aus dem Halfter und richtete die Waffe auf das Schloss, das von der schweren Eisenkette zusammengehalten wurde. Ohne lange nachzudenken drückte er ab. Ein Schuss peitschte durch die stille Nacht. Er trat einen Schritt zurück und wartete einen Moment, doch es blieb ruhig, nichts rührte sich. Mit einem Griff zog er das zerfetzte Schloss beiseite und öffnete vorsichtig die marode Holztür.

Höchst angespannt hielt er seine Walther schussbereit. Langsam stieß er mit dem Fuß die knarrende Tür einen Spalt weiter auf, aus dem Inneren strömte ihm ein markanter Geruch in die Nase. Es dauerte ein paar Sekunden, bis ihm einfiel, woran das Aroma ihn erinnerte, dann fühlte er sich in die dunklen Räume einer modrigen Kirche versetzt. Mit seiner Taschenlampe suchte er den Eingangsbereich nach einem Lichtschalter ab. Endlich wurde er fündig, drehte vorsichtig das Licht an. Was er sah, ließ ihm das Blut in den Adern gefrieren.

KATHARINA WALDMANN
›O ÍLIOS‹, AMORGÓS

Das vollbesetzte Restaurant glich einem Hexenkessel. Katharina hatte es längst aufgegeben, die Besucher auch nur halbwegs unter Kontrolle zu halten. Alle sprangen durcheinander, als nach dem Essen Thomas Krämer die Truppe zu einem Sirtaki aufgerufen hatte. Kurzerhand waren ein paar Tische nach draußen verfrachtet worden, danach hatte die angeheiterte Runde begonnen, sich langsam im Kreis zu bewegen, tatkräftig unterstützt von den beiden Musikern. Auch die übrigen Gäste der Taverne wurden zum Mitmachen animiert; der Tanzkreis drohte die Kapazität des überfüllten Gastraumes zu sprengen.

Seelchen, die als einzige nicht teilnahm, hatte ihre Chance genutzt und sich neben die Kommissarin gesetzt. Bislang kannten die beiden sich nur vom Sehen. Katharina entsann sich dunkel der extrem neugierigen, um nicht zu sagen, penetranten Art dieser Frau aus der Schweiz; voriges Jahr während ihres ersten Einsatzes auf Paros war ihr das aufgefallen.

»Sie wirken ziemlich angespannt?«, wagte die Rentnerin eine erste Kontaktaufnahme und hob ihr Glas, bevor sie unverhohlen wissbegierig weiterfragte. »Was haben Sie herausgefunden von dem unbekannten Armbandträger?«

Katharina stöhnte genervt – die hatte ihr gerade noch gefehlt. »Wir sind dran an der Sache«, war ihre knappe Antwort. »Mehr kann ich im Moment nicht dazu sagen und im übrigen …«, sie wurde durch ihr Handy unterbrochen und lief wieder nach draußen, um den Anrufer verstehen zu können. Was sie hörte, verschlug ihr die Stimme. Sie setzte sich auf einen der frei gewordenen Tische im Außenbereich und hörte schweigend zu. Ihre großen Augen waren weit geöffnet, starr vor Schreck.

»Bitte mach Fotos und komme, so schnell du kannst, zurück.«

KONSTANTINOS KARAFOUDIS

AMORGÓS BRACHLAND

Die altersschwachen Neonröhren brauchten eine Weile, bis sie ihr Flackern überwanden und den alten Schuppen in unnatürlichem Licht ausleuchteten. Dann sprangen die Bilder den ungläubig dreinblickenden Polizisten förmlich an. Zunächst konnte er sich keinen Reim machen, aber nach und nach verschmolzen die Einzelelemente zu einem Gesamtbild.

Mit seinen Augen durchstreifte er den Raum. Zwischen den wabernden Nebelschwaden erkannte er einen großen Tisch, der ihn an einen Altar erinnerte, darauf eine Schale, gefüllt mit Früchten einer ihm unbekannten Pflanze. Neben der Schale stand ein großer steinerner Mörser, ein Utensil, das er in kleinerer Ausführung aus der Küche kannte. Sein Hirn rotierte, er versuchte zu begreifen. Erst beim Anblick der braunen, mit klarer Flüssigkeit gefüllten Flaschen dämmerte ihm, welches Geheimnis er zu lüften im Begriff stand. Sein Herz schlug heftig. Allmählich gewöhnten sich seine Augen an die schwache Beleuchtung des Schuppens. Die vielen Ikonen an den Wänden nährten seinen Anfangsverdacht, und als er die kleinen Plastikspritzen fein drapiert auf einem roten Samttuch entdeckte, verlor er beinahe die Kontrolle über seine innere Aufregung. Er riss den schweren Vorhang zur Seite, um den hinteren Bereich des Raums zu inspizieren. Was er dort sah, war der endgültige Beweis, dass er auf der richtigen Spur war. Sein Puls raste angesichts der mittelalterlich anmutenden Werkbank: kein Zweifel, dieser Schuppen diente der Herstellung der ominösen Armbänder.

KATHARINA WALDMANN
›O ÍLIOS‹, AMORGÓS

Katharina holte tief Luft – jetzt bloß nicht die Nerven verlieren. Sie versuchte sich zu konzentrieren. Alles, was Konstantinos ihr am Telefon geschildert hatte, sprach für eine penible Vorbereitung, eine perfekte Organisiertheit. Beim Nachdenken über die beiden Morde erkannte sie Parallelen zum heutigen Abend: In beiden Fällen hatte der Mörder in einem belebten Lokal zugeschlagen, unbemerkt von den übrigen Gästen.

Ihr wurde schlecht. Was sollte sie jetzt tun? Die Party beenden? Würde ihr das überhaupt noch gelingen? Wenn sie nur wüsste, was der Täter vorhatte? Welche Schritte würde er als nächstes tun? Sie spürte Schweißperlen auf ihrer Stirn und wählte die Nummer von Fílippos, der bereits auf dem Rückweg zur Taverne war.

»Unser Mann ist ausgeflogen, die Nachbarn konnten mir nicht sagen, wo er sich gerade aufhält«, erzählte Filippos von seinem Besuch in Potamós. »Angeblich hat er seit ein paar Monaten einen Aushilfsjob am Abend, aber keiner konnte mir sagen, wo.«

Die Kommissarin wischte sich den Schweiß von der Stirn. Wenigstens wären sie vollzählig für den Rest des Abends, versuchte sie sich zu beruhigen und kehrte zurück ins Getümmel des Lokals.

Die Taverne tobte. Ihr Blick kreiste über die aufgepeitschte Menge; fast wurde ihr schwindelig. Ständig checkte sie die Uhrzeit, auf die Rückkehr der Kollegen hoffend. Ihre Anspannung stieg mit jeder Minute. Als Fílippos endlich im Türrahmen auftauchte, entschloss sie sich zu einer Ansage. Es gab keinen anderen Weg, sie musste die Gäste warnen. Nur, was sollte sie sagen? Der Abend war ja bisher reibungslos über die Bühne gegangen.

Völlig verunsichert wollte sie sich mit Fílippos besprechen, als einer der Aushilfen mit einem großen Tablett voller Schnapsgläser aus der Küche erschien. Er ging geradewegs auf Thomas Krämer zu, sprach einige Worte mit ihm und reichte ihm das Servierblatt, damit dieser die bestellte

Runde seinen Kunden kredenzen konnte. Freudestrahlend griff der Makler zu und betrachtete wohlgefällig die vielen mit einem dunkelbraunen Getränk gefüllten Gläschen; es schien Rakómelo zu sein, jener Raki, der mit Honig versetzt in Griechenland meist im Winter getrunken wird. Gerade wollte er das süße Gesöff verteilen, da durchbrach ein gellender Schrei die tosende Geräuschkulisse des Lokals.

Katharina war aufgesprungen, panisch versuchte sie die schreiende Person auszumachen. Systematisch suchten ihre Augen das gesamte Lokal ab, bis sie Marlene Winter, leichenblass und mit offenem Mund, auf ihrem Platz sitzen sah. Unfähig zu sprechen, schrie die Frau erneut auf und sackte regungslos auf ihrem Stuhl zusammen. Thomas Krämer, irritiert von dem unerklärlichen Verhalten seiner Kundin, ließ sich nicht davon abbringen, den Rakómelo seinen Kunden zu servieren und genehmigte sich vorweg selbst ein Gläschen.

»Auf Ihre neuen Traumhäuser! Auf die Dreamroom GmbH und auf Amorgós!« Mit derlei Trinksprüchen hob er ein zweites Glas, als sich Seelchen blitzartig mit brachialer Gewalt über die große Tafel warf.

»Halt! Halt!«, schrie sie aus voller Brust und fuchtelte wild mit ihren Armen. »Nicht trinken! Nicht trinken! Bitte nicht trinken!«

Sie schlug nach den noch unberührten Gläsern mit der bräunlichen Flüssigkeit. Dann drehte sie sich zur Kommissarin um und brüllte lauthals: »Er ist hier! Er ist hier! Er ist in der Küche. Ich habe das Armband gesehen.«

Sie hatte kaum das letzte Wort gesprochen, als Fílippos bereits einen Satz in Richtung Tavernenküche machte. Er war gespannt wie eine Feder; mit gezogener Waffe trat er heftig gegen die geschlossene Tür, Katharina folgte ihm. Vorsichtig wagte er einen ersten Blick in das heillose Durcheinander und sah sich zunächst zwei Aushilfen gegenüber, die, gelähmt vor Schreck, alles fallen ließen, als die beiden Polizisten hereinstürmten. Einer der Aushilfen deutete zaghaft auf eine Nische, vor der zwei Kühlschränke aufgestellt waren. Fílippos gab seiner Chefin ein Signal; langsam kreisten sie von beiden Seiten die nicht einsehbare Ecke ein.

Da sahen sie ihn. Versteckt hinter den Kühlgeräten hockte der Mann, den sie so verzweifelt suchten. Den rechten Arm mit dem markanten

Armband hatte er in die Höhe gestreckt, in der linken hielt er ein halbleeres Glas mit einer dunklen Flüssigkeit. Ganz ruhig saß er auf dem Boden und lächelte ihnen mit einer furchterregenden Grimasse entgegen. Katharina wandte sich angewidert ab. Erst jetzt sah sie auf dem Boden die große Flasche Rakómelo sowie mehrere kleine Spritzen mit Resten einer grünlichen Flüssigkeit, die sie an den Fund im alten Hafen von Náoussa erinnerten. Das musste der gesuchte Mörder sein. Ebenso klar war, dass es für diesen kein Entkommen mehr gab, denn er rang mit dem Tod. Fílippos legte ihm ein Paar Handschellen an und rannte zurück in den Gastraum.

»Wir brauchen dringend einen Arzt! Schnell, einen Arzt!«, schrie er dem Gastwirt zu, der – starr vor Entsetzen – das Geschehen verfolgte. »Und keiner rührt ein Getränk an!« Das letzte rief Fílippos mehrfach laut in den Raum, bis schließlich Totenstille in der eben noch so ausgelassenen Runde herrschte.

Er war schweißgebadet und suchte durch die offenstehende Küchentür Kontakt zu seiner Chefin, die verzweifelt dem Todeskampf des Mörders beiwohnte. »Bleib du hier, ich versuche die Gäste zu beruhigen«, stotterte sie und verschwand ins Restaurant.

Die Gäste standen wie angewurzelt, unfähig sich zu artikulieren, einige brachen in Heulkrämpfe aus.

»Bewahren Sie Ruhe, bitte ...«, rief Katharina mehrfach, während sie jeden einzelnen nach seinem Befinden befragte; konnte in dem ganzen Chaos doch nicht ausgeschlossen werden, dass noch andere von der tödlichen Giftmischung getrunken hatten. Auf eine Person traf dies zu.

Fassungslos und geschockt verließen die meisten Gäste die Taverne. Bis auf einen. Thomas Krämer tat sich schwer, aus seinem Stuhl hochzukommen. Mit vereinten Kräften versuchten zwei seiner verbliebenen Kunden, ihm beim Aufstehen behilflich zu sein - ohne Erfolg. Es schien, als ob seine Beine versagten und er zu wenig Luft bekäme. Katharina hatte die vergeblichen Bemühungen mit Sorge beobachtet, begriff aber erst, als Marlene Winter, immer noch unter Schock, auf ein leeres Glas deutete.

»Wir brauchen dringend Aktivkohle und ein Brechmittel«, sagte Marlene apathisch und fühlte den Puls des röchelnden Mannes. »Wir brauchen Kohletabletten. Das ist die einzige Chance, die wir haben. Holen Sie den Apotheker aus dem Bett. Und beeilen Sie sich!« Sie hatte sich aus ihrer Schreckstarre befreit und war sich ihrer Verantwortung als Ärztin bewusst, denn bis der nächste Arzt aus Katápola eintreffen würde, wäre es zu spät. Diese Erfahrung hatte schon Jannis Pantoúlis machen müssen. Einer der Kellner der Taverne rannte sofort los.

Derweil rang der Mörder in der Küche mit dem Tod, verursacht durch das Gift, die er sich selbst verabreicht hatte. Sein Gesicht hatte die gleiche rotblaue Farbe angenommen, die Fílippos schon bei Frank Felten gesehen hatten. Keine Spur mehr von dem erhabenen Lächeln, das er noch vor wenigen Minuten gezeigt hatte. Der Polizist nahm ihm die Handschellen ab und legte ihn flach auf den Boden, der Mann keuchte heftig.

Im Gastraum spielte sich fast dasselbe Szenario ab. Thomas Krämer kämpfte um sein Leben. Speichel rann ihm aus dem Mund. Marlene Winter sah sich erneut in einer ausweglosen Situation. Sie war äußerst konzentriert und mahnte sich zur Ruhe, in der Hoffnung, mit der dringend erwarteten Aktivkohle doch noch jemanden retten zu können.

Katharina half ihr, als der Kellner endlich mit den Kohletabletten kam, diese zu einem Pulver zu zerstoßen und mit Wasser zu einer trinkbaren Suspension für die beiden Vergifteten zu verrühren. Vielleicht konnte die todbringende Flüssigkeit noch gebunden werden. Es war die letzte Hoffnung, obwohl alle wussten, dass die Chance der beiden gering war. Gemeinsam versuchten sie den schwerfälligen Thomas Krämer aufzurichten, um ihm die schwarze Mixtur einzuflößen. Aber der sackte seitlich weg und war kaum noch ansprechbar. Nur seine Augen starrten in Todesangst zu seinen Helfern. Nach unzähligen Versuchen gaben sie es schließlich auf. Der Vergiftungsprozess war schon zu weit fortgeschritten, und Thomas Krämer war nicht mehr in der Lage zu schlucken. Auch dem Mörder war nicht mehr zu helfen, zumal die Menge seines tödlichen Getränks weitaus größer gewesen war.

Die Party war vorbei, zwei Tote zu beklagen und verstörte Gäste nach allem zu befragen, was sie gesehen hatten. Dass die Tat längst aufgeklärt war, spielte dabei keine Rolle; es war Teil ihrer Polizeiarbeit, und die musste gründlich gemacht werden.

KATHARINA WALDMANN
AIGIÁLI, AMORGÓS

In den darauffolgenden Tagen gab es noch etliche Dinge zu erledigen, bevor die Kommissarin zusammen mit Fílippos den Fall abschließen und ihre Rückreise nach Paros antreten konnte. Konstantinos schickte sie vorzeitig nach Paríkia zurück, nachdem sie ihm für seinen großartigen Einsatz gedankt hatte.

Eine Hausdurchsuchung bei Fotis Kordalis, dem Mörder, ergab: Er hatte seit Jahren alle Aktivitäten der Dreamroom GmbH akribisch verfolgt und dokumentiert, hatte sich verrannt in das Bewahren alter Traditionen und mit allen Mitteln sich gegen jede Form von Veränderungen auf seiner Heimatinsel gewehrt, insbesondere, wenn es sich um Projekte des modernen Tourismus gehandelt hatte. Im Keller seines Hauses fand man unzählige Farbdosen, die ihn eindeutig als den unbekannten Graffitisprayer entlarvten. Er lebte isoliert, wie eine Befragung seiner Nachbarn ergab. Nachdem er seine Frau an einen deutschen Bauunternehmer verloren hatte, der mit einem großen Hotelprojekt auf Amorgós betreut gewesen war, hatte er sich vollends verändert. Das war der eigentliche Auslöser gewesen, wurde vermutet, der den Mann immer stärker radikalisiert hatte. Mehrfach war er durch seinen strikten Widerstand gegen Neuerungen aufgefallen, wo es um eine Weiterentwicklung der Insel gegangen war. Wirr hatte er über frühere Zeiten philosophiert, in denen alles besser gewesen sei; bereits in der Antike habe das Volk gewusst, wie mit Störern der traditionellen Ordnung umzugehen war. Dieses in der Vergangenheit verhaftete Denken dürfte für seine Wahl jenes speziellen Giftes verantwortlich sein, aber das konnte nur noch gemutmaßt werden. Hätte sein Leben gerettet werden können, wäre er mit Sicherheit einem Psychiater übergeben worden.

Die Dreamroom GmbH, die nun den zweiten Verlust eines ihrer Starverkäufer beklagte, hielt unbeirrt an dem Bauprojekt fest; es dauerte keine Woche, bis ein dritter Nachfolger gefunden war. Ärger kündigte sich durch Thomas Krämers Ehefrau an, die eine genaue Untersuchung der Todesumstände ihres Mannes forderte, doch sah Katharina der Angelegenheit gelassen entgegen. Ihr war kein Vorwurf zu machen, nur durch den beherzten Einsatz ihres Teams war noch Schlimmeres verhindert worden.

Am Morgen des nachfolgenden Tages wurden die Verdächtigen Stéfanos Kourákis und Ilías Galánis aus der Untersuchungshaft entlassen. Nur das unermüdliche Zureden seines Anwalts hielt den Weinbauern von einer Klage gegen die Kommissarin ab. Der Jurist konnte kein Fehlverhalten bei den Kriminalbeamten erkennen und überzeugte schließlich auch seinen Mandanten davon. Ilías Galánis indessen musste sich wegen Widerstands gegen die Staatsgewalt verantworten, und die Kommissarin war durchaus der Meinung, dass ein kleiner Denkzettel dem jähzornigen Bauern nicht schaden konnte.

Das alles war eine große Story, die Katharina nun endlich dem nervigen Reporter von der ›Paros Life‹ anbot. Sie verband das mit einem Portrait ihres Teams, um so ihre erfolgreiche Polizeiarbeit auf Paros einem breiteren Publikum zugänglich zu machen.

Zurück auf Paros erwartete sie eine echte Überraschung, denn ihr Untergebener Alexis war in Athen wegen Einbruchs und Kunsthehlerei festgenommen worden. Er wurde als der Drahtzieher der Einbruchsserie identifiziert. In Zusammenarbeit mit einer Firma für Alarmanlagen hatte er den Coup eingefädelt. Maßgeblich geholfen bei der Aufklärung der Diebstähle hatte Angelikí; von ihr war der entscheidende Tipp gekommen. Nachdem sie Katharina bei ihrem Ausflug nach Amorgós vom ersten Zusammentreffen mit Alexis berichtet hatte, war ihnen eine geniale Idee gekommen: Angelikí sollte den Lockvogel spielen und sich bei einer Kunstauktion als potentielle Käuferin ausgegeben. Prompt war Alexis darauf eingegangen. Als eines der von ihm angebotenen Bilder eindeutig als Diebesgut identifiziert werden konnte, hatten sie zugeschlagen. Somit war auch dieser Fall abgeschlossen, selbst wenn Katharina nicht glücklich darüber war, einen ihrer eigenen Mitarbeiter in eine solche Geschichte involviert zu sehen. Ein Glücksfall war es dennoch für sie, denn jetzt hatte sie endlich eine freie Stelle, um den befristeten Vertrag von Fílippos in eine Dauerstelle auf Paros umzuwandeln.

Und dann wartete ja auch noch Dawid auf sie ...

PERSONEN & LOKALES

Agóri
Angesagteste Bar im alten Hafen von Náoussa.
Alexis
Polizist in Paríkia und Mitarbeiter von Katharina. Hat einen kranken Rücken.
Alipórta, Maria
Sie, Ende dreißig, und ihr Mann Ángelos, sind die Besitzer des Cafés Alipórtas in Náoussa-Paros. Das Ehepaar hat das Geschäft vor vielen Jahren von Ángelos Eltern übernommen. Maria steht gerne an der Front und kümmert sich um das Personal und die Organisation.
Alipórtas, Ángelos
Er, Anfang vierzig und seine Frau Maria, sind die Besitzer des Cafés Alipórtas in Náoussa-Paros. Das Ehepaar hat das Geschäft vor vielen Jahren von Ángelos Eltern übernommen. Ángelos, mehr der Mann im Hintergrund, steht gerne hinter dem Tresen und in der Küche.
Alipórtas, Café
Der Treffpunkt der jährlich wiederkehrenden Touristenfamilie in Náoussa. Café-Restaurant und kleines Hotel, betrieben von Ángelos und Maria Alipórtas.
Angelikí
Pathologin aus der Gerichtsmedizin in Athen, mit markant rauchiger Stimme.
Apostolópoulos, Georgios
37 Jahre, Maroúlas Sohn, der von ihr verstoßen wurde, weil er schwul ist. Nach dem Tod der Mutter Besitzer des Apostolópoulos Anwesens. Plant mit seinem Partner Louis einen Neuanfang.
Aristídis, Dr.
Amtsarzt in Katápola auf Amorgós.
Bachl, Dawid
Schreiner aus Österreich, der vor Jahren nach Paros ausgewandert ist und besonders schöne Küchen baut.
Dreamroom GmbH
Großen Immobilienfirma mit Hauptsitz in Frankfurt am Main und einem Büro auf Paros.

Felten, Frank
Mitte vierzig, Mitarbeiter der ›Dreamroom GmbH‹, einer großen Immobilienfirma mit Hauptsitz in Frankfurt am Main und einem Büro auf Paros. Nervt durch sein penetrantes Auftreten.
Galánis, Ilías
Bauer aus Aigiáli auf Amorgós, neigt zum Jähzorn.
Georgídi, Nektaría
64 Jahre, Ehefrau von Ádonis und eine begnadete Köchin. Beide sind seit langem mit Katharina Waldmann befreundet.
Georgídis, Ádonis
66 Jahre, er war Chef der Polizeidienststelle in Paríkia, Paros. Jetzt Rentner. Er und seine Ehefrau Nektaría sind seit langem mit Katharina Waldmann befreundet.
Greek Blue
Appartementanlage in Äigiali-Amorgós in dem die Käufer bei der Grundsteinlegung untergebracht werden.
Karafoúdis, Konstantínos
Polizist in Paríkia und Mitarbeiter von Katharina.
Karapántios, Karis
48 Jahre, Katharinas Waldmann Kollege von der Spurensicherung aus Athen.
Karl
Katharinas eifersüchtiger Stadtkater, der lernen muss, sich auf Paros zu behaupten.
Kloster Chozowiótissa
Einzigartiges Felsenkloster auf Amorgós.
Kordalis, Fotis
Einwohner auf Amorgós, ist von seiner Frau verlassen worden.
Kourákis, Stéfanos
Besitzer des in Náoussa ansässigen Weingutes Morássi, der dringend weitere Anbauflächen sucht.

Krämer, Thomas
Mitarbeiter der ›Dreamroom GmbH‹, einer großen Immobilienfirma mit Hauptsitz in Frankfurt am Main und Vorgesetzter von Frank Felten. Schon beim Anblick eines Schiffes wird ihm schlecht.
Louis
Krankenpfleger in einer Klinik in Athen, seit einem Jahr fest mit Georgios Apostolópoulos befreundet.
Magnolia Inn
Liebevoll eingerichtetes Hotel in Náoussa, in dem Marlene Winter absteigt.
Matt
Mitglied der Touristenfamilie aus London, Ehemann von Patsy.
Nikitídis, Nico
Hotelbesitzer des Magnolia Inn.
Manos
Beamter in Ermoúpolis, der der Versetzung von Fílippos zustimmen muss.
O Ílios
Gut gehende Taverne in Aigiáli auf Amorgós, wo der Ouzo in Strömen fließt. Der Inhaber heißt Vangélis.
Panagiótis
Neuer Kellner im ›Aliportas‹, der ein schweres Erbe antritt.
Panos, Fílippos
33 Jahre, Kommissar-Anwärter, wartet auf die Versetzung nach Paros.
Pantoúlis, Brian
Sohn von Jannis Pantoúlis, der in New York lebt und wenig Interesse für seine griechischen Wurzeln zeigt.
Pantoúlis, Jannis
Grundstücksbesitzer auf Amorgós, der in New York mehrere Restaurants betreibt und seinen Lebensabend plant.
Papoúlis, Kostas
Nerviger Chefreporter der »Paros Life«.
Paros Life
Inselmagazin, das von vielen Touristen gelesen wird.

Patsy

Mitglied der Touristenfamilie, Ehefrau von Matt – die Beiden reisen seit vielen Jahren nach Paros. Fehlt auf keiner Party.

Paul

Mitglied der Touristenfamilie, Ehemann von Seelchen.

Reuter, Stephan

Mitglied der Touristenfamilie, 53 Jahre alt aus Köln, der schon seit 30 Jahren auf Paros Urlaub macht und die Insel als seine zweite Heimat bezeichnet. Wohnt immer bei Dimitra und Ilías Sorakis und gehört schon zur deren Familie.

Seelchen

Mitglied der Touristenfamilie, rüstige Rentnerin aus Zürich, Anfang siebzig, die mit richtigem Namen Maren Stampfli heißt und mit ihrem Gatten Paul schon halb Griechenland durchwandert hat. Ihre Augen erinnern an Maria Schell, daher hat sie diesen Kosenamen.

Sewastós

Leiter der Polizeistation in Ermoúpolis, Syros.

Skopeliós

Fischtaverne im alten Hafen von Náoussa.

Spyros

Polizist in Paríkia und Mitarbeiter von Katharina.

Sophía

Ende sechzig, kam mit ihrem Mann in jungen Jahren als Flüchtling auf das Anwesen der Maroúla Apostolopoúlou. Übernahm nach dem Tod ihres Mannes den Haushalt der Familie und ist seit über vierzig Jahren die Haushälterin des Apostolópoulos-Anwesens. Besitzt seit dem Tod von Maroula Apostolopoúlou dort lebenslanges Wohnrecht.

Spanópoulos, Dr.

62 Jahre, der Arzt für alle Fälle, auf ganz Paros im Einsatz.

Takis

Dienstältester Polizist in der Polizeistation von Paríkia.

Tom

Besitzer eines gut sortierten Spirituosenladens und guter Freund von Marlene.

Vassilis
Saisonarbeiter auf Amorgós.
Waldmann, Katharina
55 Jahre, geschieden. Mutter Griechin, Vater Deutscher. Spricht fließend Deutsch und Griechisch. Kriminalhauptkommissarin, war lange Zeit die Chefin der Mordkommission in Athen, leitet nun die Polizeistation in Paríkia auf Paros. Sie liebt das Leben und gutes Essen, nur die Pfunde bereiten ihr Sorgen.
Waldmann, Jürgen
Vater von Katharina, Deutscher.
Waldmann, Flora
Mutter von Katharina, Griechin.
Vangélis
Wirt des ›O Ílios‹, der immer für reichlich Weinnachschub sorgt.
Winter, Marlene Dr.
51 Jahre, Ärztin aus Stuttgart, die sich endlich ihren Traum verwirklichen will und ein Grundstück auf Amorgós kauft.
Xenía
Mitarbeiterin von Katharina, die gute Seele der Dienststelle.

PAROS LANDKARTE

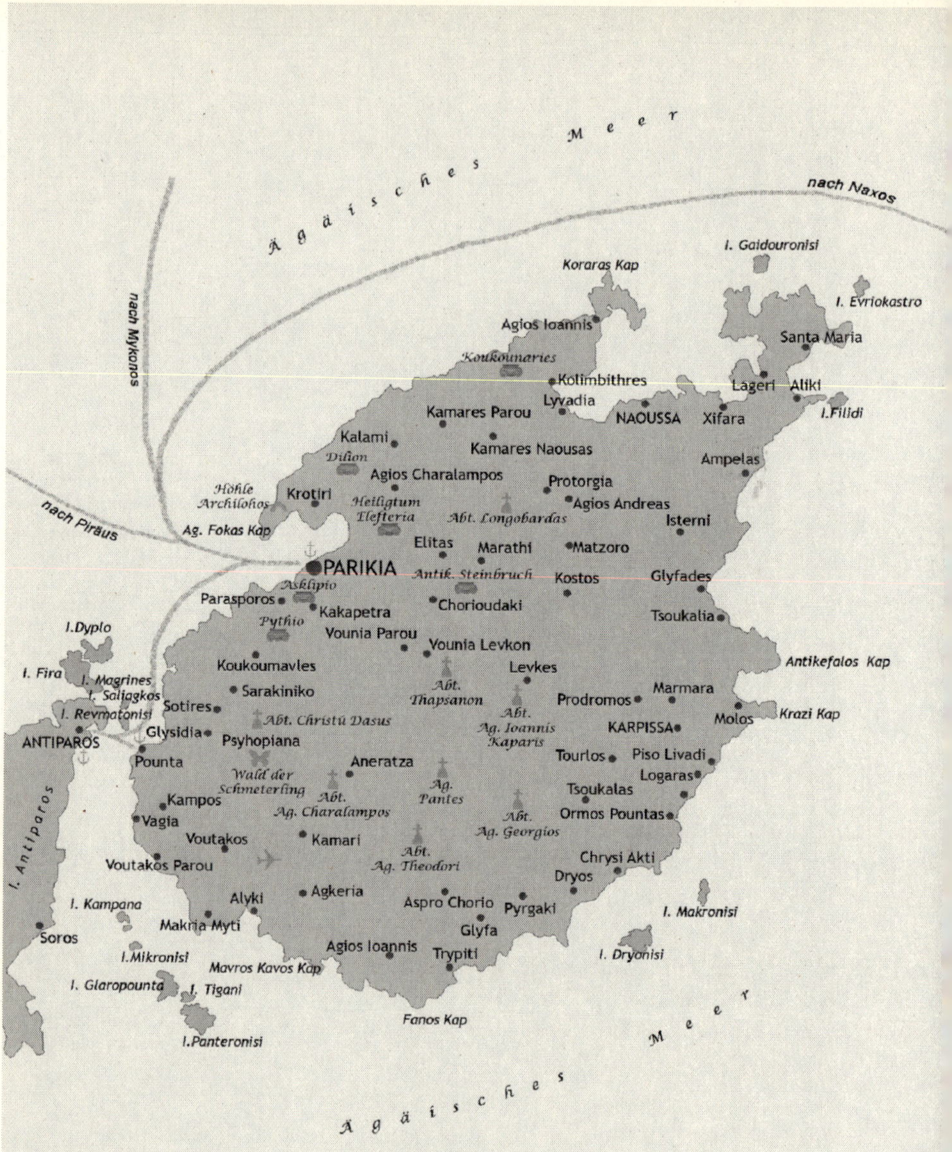

Landkarte
der Insel Paros
im Ägäischen Meer
Griechenland

Grafik:
Marti O´Sigma

Größenwahn Verlag
Frankfurt am Main

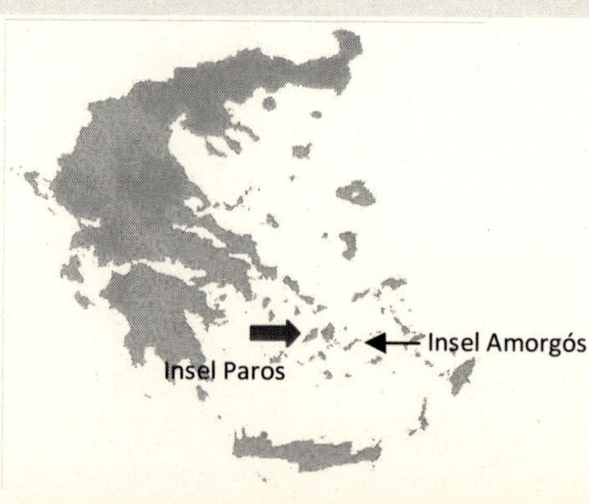

REZEPTE

› Alle Rezepte sind für 4 Personen.

›Majirítsa‹ Ein Muss zum Osterfest

Zutaten:
200 g Lamminnereien (Darm, Lunge, Leber, Milz, Magen, Herz), 1 kleingeschnittene Zwiebel, 1 Tasse kleingeschnittenes Suppengemüse (Karotte, Lauch, Selleriewurzel, Selleriestange), 1 kleingeschnittene Zwiebel, 1 Bund Frühlingszwiebeln, in Ringe geschnitten, 2 Tassen feingehackte Kräuter (Minze, Petersilie, Dill), 1 Tasse Retsina, 1 l Fleischbrühe, ½ Tasse Reis, 5 Wacholderbeeren, 5 Pfefferkörner, Salz, 1 TL Majoran, 3 Lorbeerblätter, ½ Tasse Olivenöl, 3 Eier, Saft einer Zitrone.
Zubereitung:
Lammdärme mit Hilfe eines Stiftes umstülpen und in Essigwasser sehr gut auswaschen. Eventuell über Nacht in Essigwasser stehen lassen. Am nächsten Tag nochmals gründlich waschen. In einem großen Topf ca. 2 l Wasser zum Kochen bringen, leicht salzen, Därme darin weichkochen, diese aus dem Wasser herausnehmen und abkühlen lassen. Die gleiche Prozedur mit Lunge und Milz wiederholen, dann Magen und Herz, ganz zum Schluss die Leber weichkochen. Das Kochwasser abschütten und nicht mehr verwenden. Innereien in gleichmäßige Stücke schneiden.
In einem großen Topf Olivenöl erhitzen, zuerst die Zwiebel glasig andünsten, dann das Suppengemüse hinzufügen und zum Schluss die Frühlingszwiebeln. Einige Minuten andünsten und mit Wein ablöschen. Zum Kochen bringen, bis der Alkohol verdunstet ist, dann die Fleischbrühe beigeben. Wacholderbeeren, Pfefferkörner, Salz, Majoran, Lorbeerblätter und den Reis dazugeben. Alles zum Kochen bringen und köcheln lassen, bis Gemüse und Reis weich sind. Kurz vor dem Ende der Kochzeit das kleingeschnittene Fleisch hinzufügen und noch einmal nachwürzen. Die Kräuter dazugeben und die Suppe rühren.
In einer großen Schüssel die Eier leicht schaumig schlagen und den Zitronensaft untermischen. Mit einer Kelle nach und nach von der Suppe Flüssigkeit in die Ei-Zitronen-Masse gießen und weiterrühren, bis mehr als die Hälfte der Flüssigkeit in der Schüssel ist. Die so angerührte Ei-Zitronen-Brühe in den Topf einrühren und nicht mehr erhitzen, damit das Ei nicht gerinnt. Eventuell nachwürzen.

›Tzatziki‹
Passt auf jede Party

Zutaten:
200 g Quark (40%), 200 g griechischer Joghurt (10%), 1 Salatgurke, 5 Knoblauchzehen, 2 EL Essig (hell), 4 EL Olivenöl, Salz.

Zubereitung:
Die Gurke schälen und kleinreiben. In eine Schüssel geben, mit etwas Salz bestreuen und stehen lassen, damit die Flüssigkeit austritt. In einer großen Schüssel Quark und Joghurt mischen. Die geschälten Knoblauchzehen fein darunter reiben. Die geriebene Gurke durch die Handflächen pressen, damit so viel Flüssigkeit wie möglich austritt. Erst dann die Gurke zu der Joghurt-Quark-Masse geben. Mit Salz, Essig und Olivenöl würzen, gut untermischen und im Kühlschrank mindestens 4 Stunden ziehen lassen. Am besten schmeckt das Tzatziki erst am folgenden Tag.

›Sophías Skordaliá‹
Eine leckere Vorspeise zu Katharinas Osterfest

Zutaten:
4 mittelgroße, mehlig kochende Kartoffeln, 6 Knoblauchzehen, 50 g geriebene Mandeln oder Walnüsse, 1 Tasse Olivenöl, 1-2 TL Essig, Salz und Pfeffer.

Zubereitung:
Die Kartoffeln gar kochen und durch eine Kartoffelpresse drücken. Die Knoblauchzehen im Mörser vollständig zerreiben, dann zusammen mit den Mandeln oder Walnüssen unter die Kartoffeln geben und glattrühren. Nach und nach das Olivenöl und den Essig unterrühren. Zum Schluss mit Salz und Pfeffer abschmecken.

›Spanakópita Alipórtas‹
Katharinas Pausensnack

Zutaten:
1 Packung Filoteigblätter (ca. 450 g), 500 g Blattspinat (gewaschen), 5 Frühlingszwiebeln, in Ringe geschnitten, 2 Tassen feingehackte Kräuter (Petersilie, Minze, Basilikum, Dill), 4 EL Olivenöl, 200 g zerbröckelter Feta, Salz, Pfeffer, 100 g zerlassene Butter, 4 Eier, 100 g Joghurt, 100 g Quark, 1 Tasse Pinienkerne.

Zubereitung:
In einem Topf Olivenöl erhitzen und den Blattspinat andünsten. Es entsteht Flüssigkeit, den Spinat darin weich werden lassen. Frühlingszwiebeln und Kräuter dazugeben, kurz mitdünsten, bis nur noch wenig Flüssigkeit übrig bleibt. Topf von der Feuerstelle nehmen und etwas abkühlen lassen. Erst dann Feta, Joghurt, Quark, geschlagene Eier und die Pinienkerne untermischen. Mit Salz und Pfeffer würzen.

Ein Blech oder eine Auflaufform einfetten, mit 4 Filoteigblättern auslegen, die einzelnen Blätter mit der zerlassenen Butter bestreichen. Die Hälfte der Spinatmasse darauf verteilen. Mit 4 Filoteigblättern abdecken und den Vorgang wiederholen. Als letzte Schicht 4 Filoteigblätter auflegen. Mit einem scharfen Messer die Pita in Quadrate schneiden, so dass die Messerspitze den Boden der Auflaufform berührt. Im vorgeheizten Ofen bei 180 °C ca. 40 Minuten goldgelb backen.

›Maroúli-Salat‹
aus der Taverne Skopeliós
Erfrischend, passt zu vielen Speisen.

Zutaten:
1 Maroúli-Salat bzw. Romanasalat, 4 Frühlingszwiebeln, 5 EL Olivenöl, 2 EL Zitronensaft, 1 EL frisch gehackter Dill, Salz und Pfeffer.

Zubereitung:
Den Salat waschen, trockenschleudern und die Blätter in feine Streifen schneiden. Die Frühlingszwiebeln schälen, klein würfeln und über den Salat streuen. Für die Vinaigrette Olivenöl, Zitronensaft, Salz und Pfeffer kräftig mit dem Schneebesen verrühren, Dill unterheben und alles über den Salat geben. Gut mischen und nochmals abschmecken.

›Rote-Beete-Salat‹

Das Essen ›danach‹, nachdem es zwischen Katharina und Dawid gefunkt hat.

Zutaten:
500g gekochte Rote Beete, 100g grobgehackte Walnüsse, 1 gehackte Knoblauchzehe, 2 EL griechischer Joghurt, 2 TL Zitronensaft, 5 EL Olivenöl, Salz, Pfeffer, 1 EL gehackte glatte Petersilie.

Zubereitung:
In einer großen Schüssel Zitronensaft und Olivenöl mit dem Schneebesen zu einer Vinaigrette verrühren. Dabei kräftig schlagen. Joghurt, Knoblauch und Petersilie untermischen. Rote Beete in grobe Würfel schneiden und in die Soße geben. Mit Pfeffer und Salz abschmecken und alles gut mischen. Mit Deckel oder Klarsichtfolie bedecken und etwas ziehen lassen. Kurz vor dem Servieren die Walnüsse über die Rote Bete verteilen.

G

›Kartoffel-Oktopus-Salat‹

Damit versuchte Katharina, (auch) ihren eifersüchtigen Kater Karl zu besänftigen.

Zutaten:

500 g gekochte und grobgewürfelte Kartoffeln, 150 g gekochter und kleingeschnittener Oktopus, 1 halbe rote Paprika in Würfel geschnitten, 3 EL Kapern, 2 TL Zitronensaft, 5 EL Olivenöl, Salz, Pfeffer, 1 EL feingehackter Dill, 2 EL Olivenöl zum Braten.

Zubereitung:

In einer Pfanne Olivenöl erhitzen und die Oktopusstücke von allen Seiten anbraten. Kartoffeln und lauwarmen Oktopus in eine große Schüssel geben. Kapern, Paprika, Zitronensaft, Olivenöl und Dill untermischen. Mit Salz und Pfeffer abschmecken. Kurz vor dem Servieren alles noch einmal umrühren.

›Auberginentarte mit Feta‹

Zutaten für den Teig:
175 g Mehl, Salz, 100 g weiche Butter, 1 Eigelb, 4 EL Milch.
Für die Füllung:
3 Auberginen in kleine Würfel schneiden, 1 feingewürfelte Zwiebel, 2 feingewürfelte Knoblauchzehen, ½ Tasse Retsina, 1 TL Thymian, 4 EL Olivenöl, Pfeffer, ½ Tasse feingehackte Kräuter (Petersilie, Minze, Basilikum), 200 g zerbröckelter Feta.

Zubereitung:
Mehl, Butter, Eigelb und Salz mit 4 EL Milch verkneten und zu einem weichen Teig formen. Diesen in Frischhaltefolie wickeln und eine halbe Stunde ruhen lassen. Eine Quiche- oder Tarte-Form einfetten, mit Semmelbröseln ausstreuen, den Teig dünn ausrollen, in die Backform geben und die Ränder leicht andrücken. Mit einer Gabel öfters einstechen.
In einem Topf Olivenöl erhitzen und die Auberginenwürfel darin kräftig anbraten. Zwiebeln, Knoblauch und Thymian hinzufügen und glasig andünsten. Mit Retsina ablöschen und einige Minuten kochen lassen. Topf von der Kochstelle entfernen, Kräuter unterheben, mit Salz und Pfeffer würzen.
Die Auberginen mischen, auf dem Teig verteilen und Feta darüber streuen. Backform in vorgeheiztem Backofen bei 180 °C ca. 30 Minuten backen. Die Tarte etwas abkühlen lassen, erst dann in Tortenstücke schneiden und lauwarm servieren.

›Ofenkartoffeln Ladorigani‹

Zutaten:
500 g Kartoffeln, Saft von 1 Zitrone, 6 EL Olivenöl, 2 EL Oregano, Salz, frischgemahlener schwarzer Pfeffer.

Zubereitung:
Kartoffeln schälen und der Länge nach in Spalten achteln. Auf ein großes Blech geben. Mit Zitronensaft, Olivenöl, Oregano, Salz und Pfeffer mischen. Blech in vorgeheizten Backofen schieben, bei 180 °C ca. 40 Minuten backen, bis die Kartoffeln weich sind und eine goldgelbe Oberfläche bekommen. Kartoffeln heiß als Beilage zu Fisch und Fleisch reichen.

›Sardellen mit Kräuter-Vinaigrette‹
Die schmecken sogar Ilías

Zutaten:
1 kg küchenfertige Sardellen, Salz.
Für die Vinaigrette: ½ Tasse Olivenöl, Salz, Pfeffer, Saft 1 Zitrone, 1 Tasse frische feingehackte Kräuter (Koriander, Petersilie, Minze, Basilikum, Rucola, Rosmarin, Thymian).

Zubereitung:
In einer Schüssel Olivenöl, Salz, Pfeffer und Zitronensaft kräftig zu einer Vinaigrette verrühren. Kräuter untermischen.
Sardellen trockentupfen und leicht salzen. Von beiden Seiten auf dem Grill knusprig grillen. Auf eine tiefe Platte geben und mit einigen Löffeln Vinaigrette beträufeln. Mit Zitronenscheiben garnieren und sofort servieren. Restliche Vinaigrette auf den Tisch stellen zum eventuellen Nachwürzen.

›Barbounia Savoro‹

Marlenes Wahl zum Kaufabschluss

Zutaten:

2 kleine Barbounia (Streifenbarbe, Rotbarbe oder Rote Meerbarbe) pro Person, ausgenommen und entschuppt, ½ Tasse Mehl, Salz, Pfeffer, 1 Tasse Olivenöl.

Für die Soße: 2 Stängel Rosmarin, 1 Tasse Rotweinessig, 4 klein gewürfelte Tomaten, 1 EL fein gehackte Petersilie, 1 klein gewürfelte Zwiebel, 2 fein gehackte Knoblauchzehen, Salz und Pfeffer.

Zubereitung:

Den Fisch unter fließendem Wasser abwaschen und gut trocknen. Salzen, pfeffern und in Mehl wenden. In einer Pfanne Olivenöl erhitzen und die Fische von beiden Seiten kräftig anbraten. Die Barben aus der Pfanne nehmen und auf Küchenpapier abtropfen lassen.

Im heißen Olivenöl das Mehl zusammen mit dem Rosmarin unter ständigen Rühren anbräunen. Mit Rotweinessig ablöschen. Tomaten, Zwiebel, Petersilie und Knoblauch zugeben, mit Salz und Pfeffer abschmecken und einige Minuten köcheln lassen. Einige Löffel von der heißen Soße auf die Teller verteilen, die Fische darauf legen, mit Zitronenspalten garnieren und servieren. Restliche Soße separat anbieten.

›Baby-Calamare mit gegrillten Zucchini‹

Zutaten:
8 mittelgroße Tintenfische (Tuben mit Tentakeln), 1 feingehackte Zwiebel, 10 Frühlingszwiebeln kleingehackt, 8 EL Olivenöl, 1 Tasse Reis, Salz, schwarzer Pfeffer aus der Mühle, 1 Prise Muskat, 1 Tasse trockener Weißwein, 1 Tasse Gemüsebrühe, ½ Tasse gehackte Petersilie, 2 Zitronen in Scheiben geschnitten.
Für die Beilage: 500 g Zucchini, 5 EL Olivenöl, 2 EL Zitronensaft, Salz, Pfeffer, ½ Tasse gehackte Petersilie.

Zubereitung:
Die Tintenfische küchenfertig vorbereiten und die Tentakel abschneiden. Die Tuben gut ausspülen und die dünne rötliche Haut abziehen. Tentakel in kleine Stücke schneiden. Beiseite stellen.
In einem Topf Olivenöl erhitzen, zuerst Zwiebeln, Frühlingszwiebeln, dann die Tentakel mit anbraten. Reis unterrühren und etwa 1-2 Minuten unter Wenden glasig werden lassen. Salz, Pfeffer und Muskatnuss zugeben, mit Wein und Gemüsebrühe ablöschen. Auf kleiner Flamme etwas köcheln lassen und Topf von der Kochstelle entfernen.
Die Calmarituben mit dem Reis füllen, eventuell mit Zahnstochern zustecken. Die gefüllten Tuben dicht nebeneinander in eine gefettete Auflaufform legen, mit Zitronenscheiben bedecken und die Form mit Alufolie abdecken. Im vorgeheizten Backofen bei 180 °C ca. 30 Minuten backen bis der Reis weich ist. Auflaufform aus dem Backofen nehmen, Alufolie und Zitronenscheiben entfernen und die Tintenfische mit der gehackten Petersilie bestreuen.
Für die Beilage: Aus Olivenöl, Zitronensaft, Salz und Pfeffer eine Vinaigrette schlagen. Zucchini in längliche dünne Scheiben schneiden, mit der Vinaigrette bepinseln und von beiden Seiten grillen. Fertige Zucchinischeiben in eine Schüssel geben und warm halten. Petersilie unter die gegrillten Zucchinischeiben heben.
Baby-Calmari mit Zucchinischeiben heiß servieren.

›Zitronenhähnchen Dawid‹
Zwischenmahlzeit Paros-Amorgos

Zutaten:
1 Hähnchen (ca. 800 g), Saft von 1 Zitrone, Filets von 1 Zitrone, 1 EL feingehackter Rosmarin, 2 feingehackte Zwiebeln, 50 g Butter, 2 EL Olivenöl, 125 ml Retsina, 250 ml Geflügelbrühe, 2 EL Honig, 15 schwarze Oliven, halbiert und entsteint.

Zubereitung:
Hähnchen innen und außen waschen und abtrocknen. Mit Salz, Pfeffer, der Hälfte des Zitronensaftes und dem Rosmarin einreiben. Butter und Olivenöl in einem Bräter erhitzen und das Hähnchen darin auf allen Seiten anbraten. Zwiebeln hinzufügen und glasig werden lassen. Mit Retsina ablöschen, dann die Brühe angießen. Den Bräter zudecken und das Hähnchen im vorgeheizten Backofen bei 180 °C ca. 30 Minuten garen. Zwischendurch mit dem Bratenfond begießen.
Hähnchen herausheben und auf ein Blech geben. Honig mit dem übrigen Zitronensaft verrühren und das Hähnchen damit bestreichen. Blech in den Ofen schieben und bei 220 °C ca. 5-7 Minuten knusprig grillen.
In der Zwischenzeit Bratenflüssigkeit passieren und zur Hälfte einkochen. Oliven, Zitronenfilets und die restliche Honig-Zitronenmischung unter die Soße mischen. Mit Salz und Pfeffer abschmecken. Das Hähnchen in Stücke teilen und mit der Soße anrichten.

›Lammfrikassee mit Artischocken‹

Zutaten:
1 kg Lammfleisch in Stücke geschnitten, ½ Tasse Olivenöl, 8 mittelgroße Artischocken, ½ Tasse Weißwein, 2 grobgehackte Zwiebeln, 6 grobgehackte Knoblauchzehen, Salz, Pfeffer, 1 Lorbeerblatt, 5 Wacholderbeeren, ½ Tasse feingehackte Petersilie, ½ Tasse feingehackter Dill, Saft 1 Zitrone, 2 Eier.

Zubereitung:
Die Artischocken waschen, Stacheln und Boden abschneiden (ca. 3/4 der gesamten Frucht), bis nur noch das Herz stehenbleibt. Artischockenherzen mit einem Löffel aushöhlen, von den Faserstengeln befreien, vierteln und in einer Schüssel mit Essigwasser und Zitronensaft beiseite stellen.
In einem großen Topf das Olivenöl erhitzen und die Lammstücke von allen Seiten anbraten. Zwiebeln und Knoblauch mit anbraten und alles mit Wein ablöschen. Lorbeerblätter und Wacholderbeeren dazugeben, salzen, pfeffern, Deckel aufsetzen und bei kleiner Hitze ca. 1 Stunde das Fleisch weich schmoren. Immer wieder schauen, ob genug Flüssigkeit vorhanden ist. Eventuell Wein zufügen.
Das weichgekochte Fleisch aus dem Topf entfernen. Artischocken in die Flüssigkeit geben und weichkochen lassen. Fleischstücke hinzufügen, alles zusammen köcheln lassen und nachwürzen. Topf von der Kochplatte entfernen.
In einer großen Schüssel Eier und Zitronensaft leicht schaumig schlagen. Mit einer Kelle nach und nach die Fleischflüssigkeit in die Ei-Zitronen-Masse gießen und weiterrühren, bis mehr als die Hälfte der Flüssigkeit in der Schüssel ist. Die so angerührte Ei-Zitronen-Brühe in den Topf einrühren und nicht mehr erhitzen, damit das Ei nicht gerinnt. Petersilie und Dill untermischen und warm servieren.

›Galaktoboúreko‹

Zutaten:
1 Packung Filoblätterteig (ca. 450 g), 1 Tasse zerlassene Butter, 500 ml Milch, 5 Eier, 1 Tasse Zucker, ½ Tasse Weizengrieß, 1 längs aufgeschnittene Vanilleschote, 1 Orangeschale am Stück.
Für den Sirup:
500 ml Wasser, 250 g Zucker, 1 Stange Zimt, 2 Gewürznelken, 1 Zitronenschale am Stück.

Zubereitung:
Eier, Grieß und Zucker kräftig mischen. In einem Topf die Mich mit der Vanilleschote und der Orangenschale zum Kochen bringen. Eier-Grießmasse langsam hinzufügen und unter ständigem Rühren zum Kochen bringen und eindicken lassen bis eine glatte Creme entsteht. Topf von der Kochstelle nehmen. Orangenschale und Vanilleschote entfernen.
Eine Auflaufform mit Butter bestreichen, mit der Hälfte der Filoteigblätter auslegen, dabei die einzelnen Blätter mit der zerlassen Butter bestreichen. Die Grießcreme darauf verteilen. Die restlichen Filoblätter als obere Schicht über die Creme legen, wieder die einzelnen Blätter mit der zerlassen Butter bestreichen. Mit einem scharfen Messer die oberen Blätter in Rauten schneiden, sodass die Messerspitze die Creme berührt. Restliche zerlassene Butter über den Blätterteig streichen. Im vorgeheizten Ofen bei 180 °C ca. 50 Minuten goldgelb backen.
In der Zwischenzeit den Sirup vorbereiten: In einem Topf Wasser, Zucker, Zitronenschale, Zimt und Gewürznelken für ca. 10 Minuten zum Kochen bringen und abkühlen lassen. Den fertig gebackenen Blätterteig aus dem Ofen nehmen und mit den Sirup löffelweise beträufeln. In der Form auskühlen lassen. Kalt servieren.

›Tsouréki‹
Beliebtes Hefegebäck, das am Ostersonntag serviert wird

Zutaten:
500 g Mehl, 30 g Hefe, 6 EL lauwarmes Wasser, 100 g Zucker, 1 Prise Salz, abgeriebene Schale von 1 Zitrone, 1 TL Anispulver, 100 g weiche Butter, 3 Eier, 6 EL lauwarme Milch.
Für die Garnitur: 1 Eigelb, 1 EL Sesamsamen, 5 hartgekochte rotgefärbte Eier.

Zubereitung:
Alle Zutaten für den Zopf zimmerwarm verwenden.
Das Mehl in eine Schüssel sieben, in die Mitte eine Mulde drücken und die Hefe hinein bröckeln. Das Wasser und 1 TL Zucker zur Hefe in die Mulde geben und alles mit etwas Mehl zu einem Teig verrühren. Ein wenig Mehl darüber streuen. Diesen Hefevorteig zugedeckt an einem warmen ruhigen Ort 30 Minuten gehen lassen, bis der Teig Risse bekommt. Den Hefevorteig in das übrige Mehl geben, das Salz, die Zitronenschale, das Anispulver und den restlichen Zucker über das Mehl streuen. Die Butter in feine Flocken schneiden und mit den Eiern zum Mehl geben. Dann die Milch zugeben und alles miteinander verrühren. Den Teig kneten, bis er locker und glänzend ist. Den Teig abgedeckt 1 Stunde gehen lassen. Dann aus dem Teig drei gleich große und eine etwas größere Kugel formen. Die 3 Kugeln zu Rollen formen und auf einem gebutterten Backblech zu einem Zopf flechten. Die dickere vierte Kugel zu einer dickeren Rolle formen, auf den Zopf setzen und etwas andrücken. Dort hinein die 5 gekochten Eier drücken, sodass sie eine Reihe bilden. Den fertig geformten Teig nochmals 20 Minuten gehen lassen. Anschließend mit Eigelb bestreichen und mit Sesamsamen bestreuen. Im vorgeheizten Backofen bei 200°C ca. 35 – 40 Minuten goldgelb backen.

›Mocca‹

Zutaten für 2 Personen
2 TL Mokkakaffeepulver, 2 TL Zucker, 2 Mokkatassen Wasser.
Utensilien: Briki – das langstielige Mokkatöpfchen, Gas-Stövchen bzw. Gas-Kocher, Mokkatassen mit Tellerchen.

Zubereitung:
Im Briki Kaffee und Zucker mischen, Wasser hinzufügen. Die Flüssigkeit unter ständigem Rühren mit einem Löffelchen erwärmen, bis der Zucker sich gelöst hat. Löffelchen entfernen und Kaffee langsam kochen. Sobald der Kaffeeschaum hochkommt, Briki von der Kochstelle nehmen. Kaffee abwechselnd in beiden Mokkatassen verteilen und dabei darauf achten, dass etwas von dem blasenartigen Schaum auf beide Tassen verteilt wird. Auf der Oberfläche der Mokkatasse liegt nun der Schaum. »Kaimáki« nennen das die Griechen: ein ›Muss‹, bzw. ein Zeichen, dass Sie einen guten griechischen Mokka gekocht haben. Servieren Sie den Mokka stets mit einem kalten Glas Wasser.

›Rakómelo‹

Zutaten:
1 Liter Ouzo oder Tzipouro, 10 EL Honig, 5 Gewürznelken, 1 Zimtstange, 10 Wacholderbeeren, 5 Lorbeerblätter, 5 Pimentkörner, 2 Kardamomkapseln.

Zubereitung:
In einen großen Topf Ouzo oder Tsipouro, Honig und alle Gewürze geben. Langsam erhitzen und gelegentlich rühren. Nicht kochen. Topf von der Kochstelle nehmen, Deckel darauf legen und ziehen lassen. Nach ca. 1 Stunde die Gewürze entfernen. Topf wieder kurz erhitzen und den Rakómelo in eine Karaffe umfüllen. Heiß in kleinen Schnapsgläsern servieren.

Mein besonderer Dank gilt
meinem Verleger Sewastos Sampsounis und meiner Lektorin Edit Engelmann
für ihre Hilfe und kreativen Vorschläge bei der Fertigstellung dieses Romans.
Außerdem möchte ich mich ganz herzlich bei dem Institut für Rechtsmedizin an der
Universität Köln für die Beantwortung einiger fachlicher Fragen bedanken.

Peter Pachel

BIOGRAPHISCHES

PETER PACHEL

Peter Pachel ist 1957 in Siegburg geboren und im Rheinland aufgewachsen. Nach der Lehre zum Chemielaboranten hat er an der Fachhochschule Köln Umwelttechnik studiert. Seit 25 Jahren arbeitet er in einem internationalen Unternehmen und ist im Sales Support & Sales Development tätig. Durch seinen Beruf ist er viel in Europa unterwegs und seine kommunikative Art setzt er bei Vertriebstrainings und Produktschulungen ein.

Der Autor reiste 1981 zum ersten Mal auf die griechischen Inseln und war von Anfang an begeistert von dem faszinierenden Land und seinen Menschen. Besonders die Kykladen mit ihrem unvergleichbaren Licht haben es ihm angetan.

In Naoussa auf Paros fand er schnell Freunde und Familienanschluss bei Flora & Dimitri, die er bis heute mindestens einmal im Jahr besucht. Dort hat er über die Jahre viele Menschen aus aller Welt kennengelernt, die ähnlich wie er alle dem idyllischen Ort erlegen sind – »Infected by the Paroan Virus« nennen sie das Verlangen, immer wieder auf diese ägäische Insel zu kommen. Somit ist es nicht verwunderlich, dass auch sein zweiter Roman über Katharina Waldmanns Fälle auf Paros spielt und er viele unterschiedliche Charaktere der Langzeit-Griechenland-Begeisterten in der Handlung eingefangen hat.

Peter Pachel lebt seit 29 Jahren mit seinem Partner in Köln – der Stadt, die weitaus mehr als Karneval und Kölsch zu bieten hat – und ist ein begnadeter Koch, inspiriert von der ägäischen Küche und den verführerischen Rezepten, die er aus Paros mit nach Deutschland bringt.

Peter Pachel
Maroulas Geheimnis
Kommissarin Waldmann ermittelt auf Paros

ISBN: 978-3-942223-76-6
eISBN: 978-3-942223-77-5

Die griechische Insel Paros ist ein beschaulicher Platz, um Urlaub zu machen, und so trifft sich jedes Jahr aufs Neue eine eingeschworene Gemeinschaft, die bestens vertraut ist mit der Insel, ihren Einwohnern und Eigenheiten. Doch dieses Jahr bricht der Sommer in das geruhsame Inselstädtchen Naoussa mit Gewalt ein. Als Katharina Waldmann, die deutsch-griechische Chefin der Mordkommission Athen, zur Amtshilfe auf die Insel gerufen wird, ist jedem klar, dass ein Mord aufgeklärt werden soll. Paros beweist plötzlich allen Beteiligten, dass es voller Geheimnisse steckt.

Peter Pachel inszeniert die beliebte griechische Kulisse aus Urlaub und Gastfreundschaft neu, bettet seine Charaktere zwischen Tradition und Tourismus ein und lässt sie über Homosexualität und Natur stolpern.

Thomas Bäumler
Priester, Neffe, Tod
Gerti Zimmermann recherchiert
ISBN: 978-3-95771-031-4
eISBN:978-3-95771-032-1

Georg Hornberger – geachteter Theologe, Prälat und Ehrenbürger seines oberpfälzer Heimatorts – wird brutal ermordet aufgefunden. Nicht nur die Polizei steht vor einem Rätsel. Die angehende Journalistin Gerti Zimmermann, die ein Volontariat bei der Heimatzeitung absolviert, beginnt zu recherchieren. Ihre Ermittlungen, die sie bis nach Prag führen, lassen ihr keine Ruhe. Im Tagebuch des Junkies Josef, des Neffen des Ermordeten, findet sie einen erstaunlichen Hinweis: Josef wurde als Jugendlicher von seinem Onkel sexuell missbraucht. Gerti erforscht die Familiengeschichte des Ermordeten und entdeckt Geheimnisse, deren Lüftung vielen Beteiligten ein Dorn im Auge zu sein scheinen. Werden ihre Ermittlungsergebnisse Gehör finden? Ist die Redaktion der Zeitung bereit, die Wahrheit zu drucken?

Thomas Bäumler kreiert den ersten Fall der blutjungen Gerti Zimmermann, die noch am Anfang ihre Karriere steht. Auf der Bühne dieses ländlich geprägten nordbayrischen Umfelds durchlebt eine katholische Familie ihre Tragödie. Eine sozialkritische Kriminalgeschichte mitten in Deutschland um Medienmacht, Meinungsfreiheit und Glauben. Und über sexuellen Missbrauch.

Hilda Papadimitriou
Für eine Handvoll Vinyl
Der erste Fall für Charis Nikolópoulos
aus dem Griechischen von Gesa Singer
ISBN: 978-3-95771-043-7
eISBN: 978-3-95771-044-4

Wie spielt sich das Leben im Stadtteil Exarchia in Athen ab, und was hat sich dort seit den 1970ern wirklich kaum verändert? Warum ist es für manche Leute wichtig, sich durch Musik auszudrücken, und warum sind Beziehungen so kompliziert? Was haben all diese Leute zu verbergen, die sich im Plattenladen von Fontas blicken lassen? Man hört Gang of Four, Neil Young, Clash, aber auch Percy Mayfield und Travis in diesem verregneten Februar. Und dann passiert ein Mord. Kommissar Charis Nikolópoulos muss sich beweisen: sein erster eigener Fall! Wie hängen Schallplattensammeln und Verbrechen zusammen? Welches Motiv hat der Mörder? Ist es denn möglich, für eine Handvoll Vinyl zu töten?

»Hilda Papadimitriou stellt sich bewusst in die Tradition der Markaris-Romane, erweitert sie jedoch in bemerkenswerter Weise. Sie erschließt dem aktuellen griechischen Kosmos wieder die Hard Boiled-Tradition der amerikanischen Noir-Pioniere, und zwar ohne die Eigenheiten der mittelmeerischen Kultur in ihrer spezifisch griechischen Variante zu vernachlässigen.«
Agis Sideras

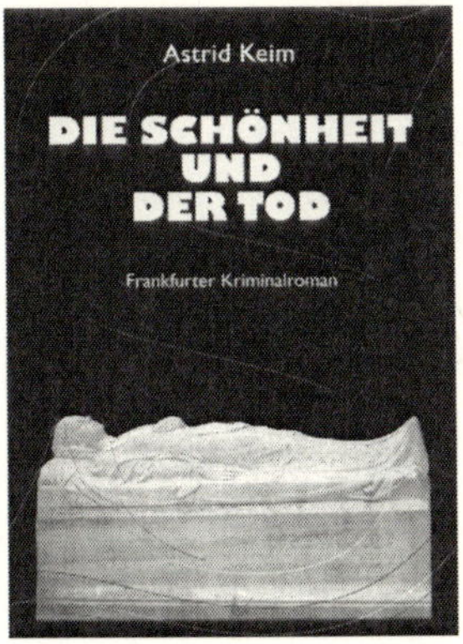

Astrid Keim
Die Schönheit und der Tod
Frankfurter Kriminalromal
ISBN: 978-3-95771-039-0
eISBN: 978-3-95771-040-6

Ausgerechnet auf dem Frankfurter Hauptfriedhof stößt die pensionierte und seit einem Jahr verwitwete Anwältin Laura Mahler auf – eine Leiche. Ein schönes, junges Mädchen ist tot, eingewickelt in durchsichtige Folie, mit einer blutroten Rose im Haar. Die konservierte Schönheit weckt Lauras Interesse und ist zugleich Anlass, mit ihrem alten Freund Thomas wieder Kontakt aufzunehmen. Der ist Kommissar bei der Mordkommission, und Laura beginnt, auf eigene Faust ein paar überraschende Ermittlungsergebnisse beizusteuern. Dabei zeigt sich schnell, dass bei der Zusammenarbeit nicht allein kriminalistische Interessen im Spiel sind. Die beiden kommen sich näher – da wird eine zweite Mädchenleiche gefunden ...

Laura Mahler ist eine Schöpfung der Frankfurter Autorin Astrid Keim, vielen bekannt als kompetente Führerin durch die Geheimnisse der Gastronomie. In ihrem neuen Roman geht es nicht nur um die Frage nach dem Täter, sondern auch um Schönheit, Alter, Begehren, gutes Essen – und Liebe.

Ein sinnlicher und spannender Frankfurter Roman voll überraschender Wendungen.

Antonia Pauly
Himmelfahrt
Kommissarin Myloná ermittelt auf Zakynthos
ISBN: 978-3-942223-18-8
eISBN: 978-3-942223-37-9

Kommissarin Mylona, geschieden, ein Kind, ist dem brutalen Arbeitsalltag bei der deutschen Polizei entflohen und hat eine Stelle auf der griechischen Ferieninsel Zakynthos angenommen. Doch dann wird ein Hotelier grausam ermordet. Eleni Mylonas erster Fall wird sich als alles andere denn als leichter Einstieg sich erweisen. Täter und Motiv sind weit und breit nicht in Sicht und in der dominierenden griechischen Männerwelt muss sich eine alleinstehende Frau erst mal sich durchkämpfen. Deutsch sprechen und denken ist hier von Vorteil und Verbündete machen das Leben leichter: der Tavernenbesitzer am Hafen plaudert gern über alle Neuigkeiten und der französische Schriftsteller ist bereit, ihr die Sehenswürdigkeiten der Insel zu zeigen. Zwischen modernen Hotelanlagen, smaragdgrünen Stränden und Umweltaktivisten zum Schutz der bedrohte Careta-Careta Schildkröte läuft ein Mörder herum. Die ersten herbstlichen Tage bringen neben Regen auch Erkenntnissen über das harte Leben auf einer Insel. Das Ionische Meer stürmt und Zakynthos wird von der Außenwelt abgeschnitten. Kann ein zweiter Mord Licht in die Sache bringen?
Der neue Vermieter kennst sich in der griechischen Mythologie bestens aus. *»Alle Irrungen und Wirrungen der menschlichen Seele, haben in den Mythen ihre Entsprechungen«*, erzählt der Gastgeber und füllt das Glas seiner Untermieterin gut zur Hälfte mit griechischem Wein.

Ein spannender Kriminalroman, der gleichzeitig ein schöner Reiseführer der Ionischen Insel Zakynthos ist. Geschichte, Land und Menschen, Bräuche und Alltagsprobleme werden informativ weiter gegeben.

Antonia Pauly

Entspannung

Kommissarin Myloná und die Gefahren des Yoga

ISBN: 978-3-942223-26-3
eISBN: 978-3-942223-38-6

In Griechenland ist die Finanzkrise längst angekommen, auch die Ferieninsel Zakynthos spürt ihre Wirkung: spärliche Hotelbuchungen und leere Tische in den Tavernen. Ausgerechnet das gestohlene Notebook eines Österreichers, der auf der Insel eine Yoga-Schule betreibt, sorgt für Aufruhr in der Polizeizentrale. Als dann die Leiche der Deutschen Renate Lindenfeld gefunden wird, wächst erst recht die Angst, dass noch die letzten Touristen von der Insel wegbleiben könnten. Die Mordkommission steht unter Druck, es ist erst Mai, und ein Mordfall ist nicht die beste Werbung für die beginnende Ferienzeit.
Kommissarin Eleni Mylona und ihre beiden Inspektoren bekommen es im *Haus Sonnengruß* mit seltsamen Esoterikern und einem smarten Yogi zu tun. Im Rahmen ihrer Ermittlungen erhalten sie nicht nur Einblicke in Meditation und Yoga-Stellungen, sondern auch in die Geheimnisse der Urlauberinnen. Aber wer hatte ein Interesse am Tod der bieder und schüchtern wirkenden Yoga-Touristin? Warum ist der immer weiß gekleidete Guru so ruhig?
Und welche Rolle spielt die merkwürdige Kräuterexpertin mit dem exotischen Namen Shankara?
Antonia Pauly führt die Kommissarin Eleni Mylona in ihrem zweiten Fall hinter die Fassade des Wohlfühl-Tourismus. Sie beschreibt die Gefahren der menschlichen Seele, die auf der Suche nach Erleuchtung und Veränderungsdrang, auf falsche Wege gerät. Das in eine idyllische Landschaft eingebettete Yoga-Haus ist jedenfalls keine Garantie für die ersehnte Entspannung. Und für manche wird diese Erkenntnis die letzte sein. …

GRÖSSEN
WAHN
VERLAG
www.groessenwahn-verlag.de